महायुग उपन्यास त्रयी-2

हिमयुग में प्रेम

दुनिया की पहली प्रेमकथा

महायुग उपन्यास त्रयी–2

हिमयुग में प्रेम

दुनिया की पहली प्रेमकथा

रत्नेश्वर कुमार सिंह

प्रकाशक

प्रभात प्रकाशन प्रा. लि.

4/19 आसफ अली रोड, नई दिल्ली–110002

फोन : 011–23289777 • हेल्पलाइन नं. : 7827007777

इ–मेल : prabhatbooks@gmail.com ❖ वेब ठिकाना : www.prabhatbooks.com

संस्करण

2025

आवरण

संतोष मिश्रा

पेपरबैक मूल्य

चार सौ रुपए

मुद्रक

आर–टेक ऑफसेट प्रिंटर्स, दिल्ली

———— ★ ————

HIMYUG MEIN PREM

novel by Shri Ratneshwar Kumar Singh

Published by **PRABHAT PRAKASHAN PVT. LTD.**

4/19 Asaf Ali Road, New Delhi-110002

ISBN 978-93-5521-491-1

₹ 400.00 (PB)

महाराष्ट्र की ऊर्जावान
प्रकृति को समर्पित
जहाँ मुझे ज्ञान प्राप्त हुआ।

भूमिका

डॉ. शैलेश्वर सती प्रसाद के नाम

कोई उपन्यास सीधे कागज पर उतर आए, ऐसा सहज या सामान्य नहीं। मानव संसाधन शोध के अनुसार दुनिया के हर विचार, हर कथ्य पहले दिमाग में आकार लेता है, उसके बाद ही वह भौतिक रूप से मूर्त रूप लेता है। किसी कथा के लिए भी यही बात मैं मानता हूँ। मेरे मन के भीतर लगभग आठ वर्षों से यह उपन्यास पक रहा था। बीच-बीच में छलककर कुछ नोट्स बाहर निकल आते, या कुछ रिसर्च सामग्री कहीं दर्ज हो जाती, पर 15 जनवरी, 2019 से मैंने इस पर व्यवस्थित और गंभीर रिसर्च शुरू की। दुनिया के अनेक पुराविदों के रिसर्च और उनकी पुस्तकों ने मुझे एक नई दृष्टि दी। भौतिकी शास्त्र की अनेक पुस्तकों को पढ़कर मैंने हरेक विज्ञानी जानकारी को कसौटी पर कसने की कोशिश की। गूगल और यू-ट्यूब पर अनेक सामग्री पढ़ने-देखने को मिलीं। इन सबमें विकिपीडिया से मुझे खूब मदद मिली। हिस्टरी टीवी 18 के एनसिएंट एलियंस सीरिज ने मुझे बेहद प्रभावित किया। मैं इसके रिसर्च में जितना घुसता जाता, उतनी ही अधिक जानने की उत्सुकता बढ़ती जाती। रिसर्च के दौरान बार-बार यह अहसास होता कि हम कितना कम जानते हैं! लगभग हरेक दिन आठ से नौ घंटे तक मेरा अध्ययन-रिसर्च चलता रहता और अनेक तरह की सामग्री को इकट्ठा करता जाता। सामग्री जमा करते, नोट्स बनाते, सेव करते हुए मुझे यह अहसास हो गया था कि मैं कुछ ज्यादा ही सामग्री जुटा रहा हूँ। ...पर क्या करता, जब इतनी रोमांचक जानकरी आपके सामने हो तो आप कैसे मुँह मोड़ सकते हैं! अंततः लगभग छह साल की छिटपुट और एक साल तक गहन अध्ययन-सर्च-रिसर्च करने के बाद 10 जनवरी, 2020 को मेरे रिसर्च का काम पूरा हुआ।

तीन-चार दिन विश्राम करने के बाद 15 जनवरी से मैं अपने उपन्यास के स्टोरी लाइन पर काम करना शुरू किया। इसका पहला चरण था—किस्सों के पॉइंट

तैयार करना। अर्थात् हमारे रिसर्च से कितने किस्से बनाए जा सकते हैं! एक महीने की प्रारंभिक मेहनत के बाद 378 ऐसे रिसर्च पॉइंट्स मिले, जिन पर किस्सा बनाया जा सकता था। अब हमें इन पॉइंट्स को कहानी-सार के रूप में परिवर्तित करना था। अंततः 63 कथानकों के साथ उपन्यास की स्टोरी लाइन तैयार हो गई। मुझे यह अहसास भी हो गया कि यह 700 से 800 पृष्ठों का हो सकता है। बस तभी मैंने इसे त्रयी के रूप में विकसित करने का मन बना लिया।

26 अप्रैल से मैंने उपन्यास लेखन शुरू कर दिया। 7 अगस्त को उपन्यास त्रयी के तीनों खंडों का पहला ड्राफ्ट पूरा हुआ। तीनों उपन्यास लगभग पचत्तर-पचत्तर हजार शब्दों का तैयार हुआ। उपन्यास त्रयी का पहला ड्राफ्ट लिखने में मुझे कुल 83 दिन लगे। उपन्यास त्रयी-1 लिखने में कुल 37 दिन लगे। उपन्यास त्रयी-2 लिखने में कुल 25 दिन लगे और उपन्यास त्रयी-3 लिखने में मुझे 21 दिन लगे। मतलब लगभग दो लाख सत्ताईस हजार शब्दों का यह उपन्यास त्रयी तैयार हुआ।

इस दौरान मैंने प्रतिदिन 8 से 9 घंटे तक काम किया। कोविड महामारी के ऐसे मुश्किल दौर में स्वयं को एकाग्रचित्त करना बेहद कठिन था। दस-बीस मिनट खबर देखने पर ही नकारात्मक भाव प्रसारित होने लगता। आर्थिक और मानसिक दोनों तरह का प्रभाव बहुत भयावह था। लिखते हुए मेरे दाएँ हाथ में दर्द होने लगा। पत्नी ने दिन में दो से तीन बार हाथ की मालिश की। इस बीच मुझे लगातार बैठकर काम करते रहने के कारण स्पॉन्डिलाइटिस भी हो गया। इन सबके बावजूद प्रकृति का साथ मिला और यह उपन्यास पूरा हो पाया।

इस दौरान अनेक गुरुजनों, मित्रों और प्रियजनों ने हरसंभव मेरी सहायत्ता की। मैं अंग्रेजी के विद्वान् आदरणीय शैलेश्वर सती प्रसाद का स्मरण करना चाहता हूँ, जिन्हें भयावह कोरोना महामारी ने हमसे छीन लिया। शैलेश्वरजी मेरे गुरु, मित्र, और बड़े भाई भी थे। इस विषय पर उनसे घंटों विमर्श हुआ था। उन्होंने मुझे कुछ पुस्तकें भी दी थीं। वे मेरे विषय के हिसाब से सामग्री भी ढूँढ़ते रहते थे। मैं उन्हें सादर नमन करते हुए आपको 32,000 साल पहले के उस 'प्रेमयुग' में ले चलता हूँ, जहाँ खुले सेक्स की सांस्कृतिक-परंपरा में बदलाव के साथ नव-सभ्यता का आधार रखा जाने लगा था। तो आइए, उस खूबसूरत-सर्द हिमयुग की प्रेमकथा-यात्रा पर चलते हैं, जो आपके भीतर जरूर हिलोरें मारने लगेगी।

—रत्नेश्वर कुमार सिंह

अनुक्रम

1

चींटी-नौका

"अरे, नदी-किनारे तो बहुत लोग जमा हैं। ऐसा लग रहा है, जैसे पूरा ओखापद ही यहाँ पहुँच गया है।" गति की ओर देखते हुए अथ ने कहा था और भोर के हलके उजाले में गुरुकुल जाने के लिए तेजी से नदी की ओर बढ़ रहा था। शायद उन्हें यह भी अहसास था कि वहाँ उन्हें गुरुकुल की खबर मिल सकती है। वैसे गुरुकुल जाने का भी यही रास्ता है। वे जब नदी के पास पहुँचे तो देखा कि ओखा के सारे लोग हाथ में मशाल या जलती लकड़ी उठाए नदी की ओर देख रहे हैं।

"यह क्या है?" नदी के किनारे पहुँचकर अथ और गति ने नदी में एक अद्‌भुत दृश्य देखा था। वे आगे बढ़ते हुए महा के पास पहुँचे थे और गति ने बड़ी हिम्मत कर महा के करीब खड़े होते हुए पूछ लिया था।

"चींटियों का पहाड़।" बिना उसकी ओर देखे महा ने संक्षिप्त सा उत्तर दिया था। सुबह का उजाला पसर चुका था और आकाश में सूर्य की लाली उसके उदय होने का संकेत दे रही थी। सामने नदी के बीच एक अद्‌भुत दृश्य!

"यह चींटियों का पहाड़ नदी के पानी में तैर कैसे रहा है?" कुल के मुँह से आश्चर्य भरे शब्द निकले थे।

"ये चींटियाँ समूह बनाकर नदी में तैर रही हैं। पानी और हवा के वेग को अपनी चौड़ाई और ऊँचाई से नियंत्रित करते हुए नदी पार कर रही हैं। ये यहखोर चींटियाँ हैं।" उस अद्‌भुत दृश्य पर नजरें टिकाए उनकी गतिविधियों को ध्यान से देखते हुए महागुरु सुधि ने समझाया था।

"मतलब?" महा ने महागुरु की ओर देखते हुए पूछा था।

"मतलब इस प्रकार नदी ही नहीं, सागर को भी पार किया जा सकता है। अब

देखो, वे सागर की ओर ही जा रही हैं। ये इसी तरह तैरती हुई दूर निकल जाएँगी।" महागुरु ने आज फिर एक नई बात कह दी थी। ऐसा लगता, जैसे महागुरु के पास अनुभव के साथ ज्ञान का खजाना भी है, जो अकसर छलकता रहता है।

"अच्छा, धन्यवाद महागुरु! हम अवश्य इसका प्रयास करेंगे।" कुछ ही देर में चींटियों का पहाड़ नदी के बीच से गुजरते हुए सागर की उठती-गिरती लहरों पर तैरने लगा था और देखते-ही-देखते वह अंतरद्वीप की ओर मुड़ने लगा था।

"अरे, तुम तो आहत हो गति? तुम्हारे पैर, हाथ और मुँह से भी रक्त बह रहे हैं। तुम लोग… ?" गति पर नजर पड़ते ही महा ने आश्चर्य से पूछा था।

"हाँ, हम पर चींटियों ने हमला किया था। ठोकर खाकर दीये का तेल गिरने और उसकी वजह से पत्तों व सूखी घास में आग लगने के कारण हम स्वयं को बचा पाए। उसके कारण कुछ देर के लिए चींटियाँ हमसे दूर चली गईं। हमें आग को आसपास फैलाने और उसे उठाने का मौका मिल गया, इसीलिए हम लोग किसी तरह बच पाए। वैसे तुम्हारे चेहरे से भी खून बह रहा है और तुम भी आहत दिख रही हो।" महा का जवाब देते हुए गति की नजर उसके चेहरे, हाथ और पाँव पर पड़ी थी। अनेक जगह से खून रीस रहा था।

"ओ, चलो, अच्छा है। तुम दोनों सुरक्षित हो। औषधालय जाकर अपना उपचार करा लो। यह भयंकर आक्रमण था। इस तरह का आक्रमण हमने पहली बार देखा-सुना है। चींटियाँ बड़ी शीघ्रता के साथ किसी आँधी की तरह आई थीं और जो भी जीवित मिला, उस पर वे आक्रमण करने लगीं। वे आक्रमण क्या कर रही थीं, यह समझो कि पल में जीवित लोगों को खा जा रही थीं। उन्होंने आक्रमण तो मुझ पर भी किया था, पर मेरी मशाल बिल्कुल मेरे करीब जल रही थी। जैसे ही वे मेरी देह पर चढ़ीं, पता नहीं क्यों मुझे किसी खतरे का अहसास हुआ और मैंने तुरंत अपनी मशाल उठा ली। तब तक उन्होंने मुझे घायल कर दिया था। मशाल से उन्हें जलाते हुए मैं बाहर आई और दूसरों को भी शोर करते हुए जगाना शुरू किया, पर दामा… " कहते हुए भावुक हो गई थी महा। उसकी आँखें गीली हो गई थीं।

"क्या हुआ दामा को?" गति ने विचलित होते हुए पूछा था। तब तक महागुरु और अन्य लोग भी महा की ओर देखने लगे थे।

"दामा नहीं रहीं। चींटियों ने… " कहते हुए महा ने अपने दोनों होंठों को एक-दूसरे पर चढ़ाकर रुदन को रोकने की कोशिश करने लगी थी। उसका चेहरा दुःख के भाव में जैसे थरथराने लगा था।

"आह!" महागुरु के मुँह से भी गहरी वेदना के शब्द निकल आए थे। वहाँ उपस्थित सभी लोग इस बात से बहुत दुःखी हुए थे।

"आह, कल ही तो मैंने दामा को खोया की मिठाई खिलाई थी। आज की रात बहुत भयावह थी। दुःख, भय और दर्द से भरी हुई पूनम की रात।" कहते हुए गति की आँखें भी छलछला आई थीं।

"अन्य सभी लोग सुरक्षित हैं न? कोई आहत तो नहीं हुआ? चलो, चलकर देखें! हमें हरेक घर को देखना होगा। साथ ही अन्य पशुओं को भी देखना होगा।" महा ने अपने दोहरे दर्द से उबरते हुए तेज स्वर में पूछा था।

"हाँ, गुरुकुल का क्या हाल है, महागुरु?" गति ने व्यग्र होते हुए पूछा था।

"गुरुकुल में तो सब ठीक है। बच्चों के साथ सभी गुरुजनों ने समय रहते जलती लकड़ियाँ और मशालें हाथ में उठा ली थीं। चींटियाँ आई अवश्य थीं, पर आग-अलाव के कारण वे अधिक संख्या में अंदर नहीं घुसीं। हमें भी बड़ी शीघ्रता से उनके आक्रमण का भान हो गया था।" महागुरु ने गुरुकुल के बारे में बताया था।

"यह अच्छी सूचना है, पर शायद मृदु और उसके साथी...!" महागुरु के चुप होते ही यह कहते हुए अथ चुप हो गया था। वह इस बात से संतुष्ट भी हो गया था कि गुरुकुल में सब ठीक है।

"क्या हुआ मृदु और उसके साथी को? उसका साथी, मतलब कौन थी उसके साथ? कहीं खर तो नहीं थी? कल वह आई थी मेरे पास कुछ नए बाण लेकर।" महा ने चौंकते हुए पूछा था। उसके चेहरे पर आश्चर्य तो था ही, एक अनजाना सा भय भी छिटक गया था।

"उसके घर में उनके कंकाल शेष रह गए हैं।" कहते हुए काँप गया था अथ।

"आह!" महा ने दुःखी मन से अपनी आँखें बंद कर ली थीं, मानो प्रार्थना के साथ व्यथित मन से उन्हें श्रद्धांजलि दे रही हो! भावुक होते हुए उसने असा के कंधे को पकड़ लिया था।

"शांत हो जाओ, महा। अभी हमें सबसे पहले कबीलों में चलकर देखना चाहिए। यदि कोई आहत अवस्था में हो तो उसका उपचार कराना चाहिए। यह भावुक होने का समय नहीं है, महा।" असा ने बड़ी दृढ़ता से महा को समझाया था।

"असा ठीक कह रही है, महा। तुम्हें साहस और धैर्य के साथ कबीले में जाना चाहिए और वहाँ अपने साथियों को ढूँढ़ना चाहिए। साथ ही अपने पालतू पशुओं को भी देखना चाहिए।" महागुरु ने असा की बात का समर्थन किया था और महा के

कंधे पर हाथ रखते हुए उसे कबीले में जाकर देखने का इशारा किया था।

"ठीक है, महागुरु। हमें आज्ञा दीजिए। आप आश्रम में बच्चों को धीरज दीजिए। मैं अपने कबीले की ओर जा रही हूँ। अभी यह देखना शेष है कि किसे-क्या हुआ है? ...और साथ ही दामा को अगन समर्पण भी तो कराना होगा।" भावुक मन से हाथ जोड़कर प्रणाम करते हुए महा वहाँ से कबीले की ओर आगे बढ़ी थी और सारे लोग भी उसके साथ अपने-अपने लोगों की तलाश में कबीले की ओर लौटने लगे थे।

"चपचपचप।" तभी गरुड़ कुछ ध्वनि निकालती हुई नीचे आई। उसके भाव से ऐसा प्रतीत हो रहा था कि वह महा को कुछ इशारा कर रही है और अपनी पीठ पर बैठने के लिए कह रही है।

"कहीं चींटियाँ अंतरद्वीप की ओर तो नहीं मुड़ गईं!" महा के बड़बड़ाते ही गरुड़ ने सहमति में सिर हिलाया था।

"ओ, यह तो अच्छा नहीं हुआ। असा और कुल तुम जरा अपने कबीले में जाकर देखो। दामा की अंतिम क्रिया की भी व्यवस्था करो। मैं तुरंत केवल अंतरद्वीपियों को सचेत करके आती हूँ।" कहते हुए महा ने गजब की फुर्ती दिखाई थी। उसने अपने कलाप को सँभालते हुए मानो गरुड़ पर छलाँग ही लगा दी थी। महा की पीठ पर बैठते ही गरुड़ ने उड़ान भर दी थी। कुछ ही पल में गरुड़ सागर के ऊपर से उड़ते हुए अंतरद्वीप के पास पहुँची। महा की नजर चींटियों के पहाड़ पर पड़ी थी। चींटियाँ सच में अंतरद्वीप की ओर बढ़ रही थीं। महा ने गरुड़ को सहलाते हुए उसे तीव्रता के साथ चलने को कहा था। वह यहखोर चींटियों से पहले पहुँचकर युग और उसके कबीले को आगाह करना चाह रही थी; उसे बचाना चाह रही थी। महा चींटियों को अभी भी अपने बाणों से तितर-बितर करने का प्रयास कर सकती थी, पर पहले उसने अंतरद्वीपियों को सचेत करना ठीक समझा। कुछ ही मिनटों में युग के घर के पास ही गरुड़ नीचे उतरी थी।

"युग, युग!" जोर से चीखते हुए गरुड़ की पीठ से छलाँग लगाकर महा नीचे उतरी थी और वहीं उसके घर के सामने से एक जलती हुई लकड़ी उठाकर उधर ही बढ़ी थी।

"अरे महा, क्या हुआ?" महा की चीखने की आवाज सुनकर युग लगभग दौड़ते हुए ही अपने घर से बाहर निकला था। अपना सिंहाल पहने और हाथ में जलती लकड़ी उठाए महा को देखकर उसे आश्चर्य हुआ था।

"यहखोर चींटियाँ तुम्हारे अंतरद्वीप में घुसनेवाली हैं। वे एकदम सागर के सामने अंतरद्वीप के पास पहुँच चुकी हैं। हम सबने अभी उसे ओखा से भगाया है। मुझे जैसे ही गरुड़ ने सूचना दी, वैसे ही मैं अपने कबीले के आहत लोगों को देखने से पहले तुम्हें सचेत करने यहाँ आ गई। जल्दी करो! सभी को बुलाओ। देर मत करो! दौड़ो!" महा ने जलती लकड़ी उसकी ओर बढ़ाई थी और खुद दूसरी लकड़ी उठा ली थी।

"क्यों? तुम्हारे चेहरे, हाथ और पाँव पर तो घात दिख रहे हैं। अभी भी रक्त बह रहा है, महा! तुम ठीक तो हो न?" युग ने घायल महा को देखकर विचलित होते हुए पूछा था।

"मेरी चिंता मत करो, युग। चींटियों ने मुझ पर आक्रमण तो किया था, पर मैंने उन्हें आग दिखाकर भगा दिया। मैं बिल्कुल ठीक हूँ। जल्दी करो! अधिक बात करने का अभी यह समय नहीं है।" महा ने युग की व्यग्रता को उसकी आँखों में भाँपते हुए शीघ्रता करने को कहा था।

"अच्छा!" कहते हुए युग ने थोड़ा ध्यान से महा की ओर देखा था और महा की आँखों की झपकी ने उसे आश्वस्त किया था।

"आग उठा लो, जल्दी करो! मशाल उठा लो!" युग ने महा की बात सुनकर शीघ्रता दिखाई थी। वे लोग ऐसे समय में बहुत शीघ्रता दिखाते हैं। तब तक महा की आवाज इति के कानों में भी पड़ी थी और वह भी तुरंत घर से बाहर निकल आई थी। लगभग दौड़ते हुए उसने जलती लकड़ी उठा ली थी और सभी को चिल्ला-चिल्लाकर बुलाने लगी थी। युग ने भी बड़ी फुर्ती दिखाई थी। दौड़कर उसने घर से सारंग उठा लाया था और अपने कबीले के लोगों को चिल्लाकर जुटाने लगा था। वैसे सभी कबीलेवाले सुबह ही उठ जाते हैं और अपने काम में लग जाते हैं। उन्होंने जैसे ही चींटियों के हमले की बात सुनी, वे तुरंत ही अपनी रक्षा के लिए दौड़ पड़े। झम, रथ और मेध भी जलती लकड़ियाँ उठाकर दौड़ पड़े थे। लगभग सभी अंतरद्वीपियों ने अपने-अपने घर के आगे रात की जलती हुई बची लकड़ियाँ उठा ली थीं। कुछ लोगों ने दौड़कर उस पर तेल डाला था। ...और बस, सागर-तट की उस ओर दौड़ पड़े थे, जिधर से चींटियाँ आ रही थीं।

"वो देखो, चींटियाँ किनारे पहुँच रही हैं। सभी उस तट पर दूर तक फैल जाओ। युग, तुम अपने गज पर सवार हो जाओ। मैं अपने गरुड़ पर सवार हो जाती हूँ। हम दोनों अपने-अपने उड़वाहन पर बैठकर ऊपर से उसकी इस नौका को

ध्वस्त करेंगे।" कहते हुए महा गरुड़ की ओर लपकी थी।

"गज···गज···!" युग के पुकारने पर भी गज वहाँ नहीं आई थी। वह शायद वहाँ थी ही नहीं।

"लगता है, वह सुबह-सुबह आसपास शिकार के लिए निकल गई है। तुम गरुड़ के साथ ऊपर से हमला करो। मैं नीचे से ही सँभालता हूँ।" युग ने गज को नहीं आते देखकर महा से अनुरोध किया था और सागर की ओर साथियों के साथ बढ़ने लगा था।

"चलो, तुम मेरे साथ चलो। गरुड़ पर हम साथ चलेंगे। हम दोनों ऊपर से उन्हें मार भगाएँगे।" कहते हुए महा ने युग का हाथ पकड़कर तेजी से अपनी ओर खींचा था। महा के कहते ही युग भी उसके साथ गरुड़ की ओर दौड़ पड़ा था। दोनों उत्तरी छोर की ओर हाथ पकड़े साथ-साथ दौड़े थे। उत्तरी छोर के पास पहुँचते ही पहाड़नुमा चींटियों का समूह सागर पर तैरता हुआ दिख गया था। महा ने अपने एक तीर की नोक पर जल्दी से आग लगाई थी। युग ने एक हाथ में ही जलती हुई लकड़ी और अपना सारंग पकड़ रखा था। दोनों दौड़ते हुए गरुड़ के पास पहुँचे थे। इसी के साथ दोनों तेजी से छलाँग लगाते हुए गरुड़ पर सवार हो गए थे। महा ने गरुड़ को सहलाया था और उसके इशारे के साथ ही गरुड़ उड़ने लगी थी। इस समय दो अद्‌भुत दृश्य दिखाई पड़ रहे थे। एक तरफ अद्‌भुत और आश्चर्यजनक चींटियों की नाव थी, तो दूसरी तरफ अपने कलाप के साथ महा तथा उसके पीछे अपने सारंग के साथ युग गरुड़ की पीठ पर अपने अस्त्र उठाए दिख रहे थे। महा अपने जलते तीर को कमान में ताने निशाना लगा रही थी और उसके पीछे बैठा युग जलती लकड़ी को उठाए चींटियों के उस नाव को ध्वस्त करने को आतुर दिख रहा था। गरुड़ पर बैठकर निशाना लगाए संसार के दो महान् योद्धा। दोनों के हाथ में आग्नेयास्त्र थे। शायद हवा से मार करनेवाला यह संसार का पहला आग्नेयास्त्र हो! दोनों अपने अस्त्र और आग उठाए सागर के पास चींटियों के ऊपर पहुँच चुके थे। चींटियाँ अब तट को छूने ही वाली थीं कि महा ने अपने आग्नेयास्त्र चला दिए थे। नीचे तट पर सौ से भी अधिक लोग आग लिये उन चींटियों का स्वागत करने को तत्पर थे। उसी समय युग ने भी जलती लकड़ी से चींटी वाली नाव पर प्रहार किया था। दोनों का निशाना साथ-साथ ही लगा था। उनके अस्त्रों के प्रहार से चींटियाँ जलने लगी थीं और उनका बैलेंस बिगड़ गया था। उनकी नाव बिखर गई और उनके झुंड का एक हिस्सा जमीन की ओर पलट गया। पहले चींटियाँ जमीन की ओर बढ़ना चाहती थीं।

सामने खड़े कुछ लोगों पर उन्होंने चढ़ने की कोशिश भी की थी, पर वहाँ भी आग ने उनका स्वागत किया था। बड़े आश्चर्य की बात थी कि चींटियों ने बड़ी शीघ्रता से जमीन से वापसी की थी और वापस सागर में नाव बनाना शुरू कर दिया था। वे कुछ ही पल में नाव निर्मित कर सागर की ओर भागने लगी थीं। कुछ चींटियाँ आग में झुलस गई थीं और बाकी चींटियाँ वापस अपनी नाव बनाकर सागर की ओर मुड़ गई थीं। महा और युग ने मुसकराकर एक-दूसरे को देखा था। दोनों की आँखों में विजय की खुशी छलक रही थी। यह पहली बार हुआ था कि दोनों ने एक साथ एक वाहन पर बैठकर सफलता पाई थी। चींटियों के वापस भागने से नीचे जयघोष होने लगा था।

"युग, अब मैं तुम्हें नीचे उतारकर शीघ्रता से ओखापद जाना चाहती हूँ। दामा नहीं रहीं। चींटियों ने उन्हें···!" कहते हुए महा की आँखें गीली होने लगी थीं। महा ने थोड़ा दुःखी मन से भावुक होते हुए कहा था।

"आह, यह जानकर बहुत दुःख हुआ, महा।" युग ने महा के चेहरे के घाव को छूकर उसे सांत्वना देने की कोशिश की थी।

"इह, मत छुओ यहाँ। जलन सी हो रही है। अभी ओखापद जाकर भंगरो लगा लूँगी।" महा ने जलन के अहसास के साथ मुँह बनाया था।

"महा, तुमने हमारी रक्षा की। सबसे पहले तुम्हारा धन्यवाद! तुम्हारा यह स्नेह मैं हमेशा याद रखूँगा। अब मेरी बारी है। मैं तुम्हारे साथ ओखा चलता हूँ। वहाँ तुम्हारे साथ लोगों की सहायता करूँगा। बाद में या तो तुम मुझे वापस यहाँ छोड़ देना, या मैं स्वयं चला आऊँगा।" गरुड़ पर सवार दोनों ने आपस में बातें की थीं। जब युग ने महा के साथ चलने की बात की थी, तब महा का चेहरा जैसे खिल गया था। ऐसा भाव उसके चेहरे पर पहली बार दिखा था। उसकी आँखों में खुशी के साथ युग के लिए प्रेम उमड़ पड़ा था।

"ठीक है, चलो! तुम साथ चलोगे तो मुझे हर्ष होगा। ···और ओखा के लोगों को भी आनंद होगा। तुमने पराओं के साथ युद्ध में हमारा साथ देकर पूरे ओखा का दिल जीत लिया है।" कहते हुए मुसकराने लगी थी महा।

"और तुम्हारा?" युग ने स्नेह से यह सवाल पूछ लिया था।

"हा-हा-हा, पूरे ओखा में मैं भी आती हूँ, वीर योद्धा।" कहते हुए महा फिर हँसी थी। उसके खिलखिलाने से युग बहुत आनंदित हुआ था।

"ठीक है, अभी चलो। मैं वापस तुम्हें यहाँ छोड़ दूँगी।" कहते हुए महा भी

युग का साथ पाकर बहुत प्रफुल्लित लग रही थी।

"माँ, मैं अभी ओखा जा रहा हूँ। ओखा में बहुत हानि हुई है। वहाँ उन्हें मेरी सहायता की आवश्यकता है। मैं जल्दी ही लौट आऊँगा। यहाँ आप सब अपना ध्यान रखना और सचेत रहना।" युग की आवाज सुनकर इति ने ऊपर देखा था। युग को महा के साथ गरुड़ पर बैठा देखकर शायद उसे भी अच्छा लगा था। उसे जाते हुए देखकर इति मुसकराई थी और हाथ उठाकर मानो जाने की अनुमति दी थी।

□

"इसका क्या मतलब है, गणी? चींटियों के पानी पर तैरने का क्या रहस्य है?" मिथ ने स्क्रीन पर नजरें गड़ाए गणी से पूछा था।

"मैं भी आश्चर्यचकित हूँ, मिथ। यह तो अद्भुत घटना है। जरा चींटियों पर किए गए रिसर्च की तलाश करो तो। शायद हमें वहाँ से कुछ मिले!" कहते हुए गणी ने भी हैरानी जताई थी।

"अच्छा, मैं अभी चींटियों पर किए गए रिसर्च को खोलकर पढ़ रही हूँ।" कहते हुए मिथ ने एक अलग रिसर्च के पेज को खोला था और उसे पढ़ने लगी थी।

"संसार में हर चार जीव पर एक चींटी है, यानी संसार के हरेक जीव की कुल संख्या का एक-चौथाई।" मिथ ने रिसर्च पढ़कर सुनाया था।

"सर, मेरे पास भी अभी एक रिसर्च है। चींटियाँ लीनियर तरीके से चलती हैं। उनकी चाल का यह तरीका उन्हें एकजुट बनाए रखने में मदद करता है। यही इनके सामूहिक रूप से तैरने का पहला कारण है।" चिंतक ने भी चींटियों पर किए गए एक रिसर्च के कुछ हिस्से को पढ़कर सुनाया था।

"तुम ठीक कह रहे हो, चिंतक। मैं भी उस पैराग्राफ को पढ़ रहा हूँ।" गणी ने भी रिसर्च को पढ़ते हुए कहा था।

"गणी देखो, एक कमाल की जानकारी है। इस रिपोर्ट के अनुसार, उस समय के लोगों ने पाल से नाव चलाना और राफ्ट करना चींटियों से सीखा था। वाउ! कितना साइंटिफिक है यह। जानते हो, चींटियाँ सर्फेस टेंशन से बचने के लिए अपने को दूसरी चींटियों से जोड़ लेती थीं। उसके बाद दूसरी चींटियाँ उनके ऊपर चढ़ जाती थीं और पानी पर छोटा सा टीला बनाकर तैरते हुए पानी को पार कर लेती थीं।" कहते हुए मिथ एकदम से उछल पड़ी थी। वह अपनी कुरसी से उठते हुए गणी के पास गई थी और उसे गले से लगा लिया था। ऐसा लग रहा था, जैसे न जाने उसने क्या खोज लिया है! इस जानकारी ने उसे प्रफुल्लित कर दिया था। हॉल

के अन्य वैज्ञानिक उन्हें देखने लगे थे और मुसकरा दिए थे।

"अरे, क्या हुआ?" मिथ को सँभालते हुए अपनी कुरसी से उठकर खड़ा हुआ था गणी। उसके खड़ा होते ही मिथ को यह अहसास हो गया कि उसने कुछ ज्यादा ही खुशी जाहिर कर दी।

"सच में मिथ, यह कमाल की बात है। उस समय के लोगों ने कितना कुछ सहते हुए क्या कुछ सीखा है! कमाल है। यह जानकरी तो अद्‌भुत है, मिथ। चींटियों को भी इतना ज्ञान होता है या इतनी समझ होती है कि पृथ्वी के टेंशन को दूर करने के लिए वे ऐसी सामूहिकता का इस्तेमाल करें। सच में, कमाल की बात है।" गणी ने खड़े होते हुए खुशी जाहिर की थी। तब तक मिथ ने गणी को अपनी बाँहों से आजाद कर दिया था। इस उल्लास में गणी के चेहरे पर भी एक लाली छिटक चुकी थी। वह इस जानकारी से तो आनंदित था ही, मिथ के इस तरह गले लगने पर भी प्रफुल्लित था। वह खुशी में वहाँ टहलने लगा था।

"चींटियाँ, तुम कमाल हो।" कहते हुए मिथ ने भी खुद को उस उल्लास से बाहर निकालने की कोशिश की थी और अपनी झेंप को कम करने के लिए दो कप कॉफी ले आई थी।

"ये लो, कॉफी पियो।" गणी की ओर कॉफी कप बढ़ाते हुए मिथ ने मुसकराकर कहा था।

"हाँ, लाओ।" मुसकराते हुए गणी ने कॉफी का कप पकड़ा था और वह मिथ को देखते हुए एक घूँट लेकर अपने डेस्क पर चला गया था। वहाँ सभी वैज्ञानिकों को चींटियों की यह वैज्ञानिकता प्रभावित कर रही थीं, साथ ही महा और युग के आग्नेयास्त्र के इस्तेमाल ने भी प्रभावित किया था।

□

2

ओखा कबीले का दर्द

"वह ध्वनि नहीं मिल रही है, मिथ?" गणी साउंड कैचर मशीन को बार-बार ट्यून कर रहा था, पर उसे महा और युग की वह ध्वनि नहीं मिल रही थी, जिसमें वे साथ-साथ गरुड़ पर सवार होकर ओखा की ओर गए थे।

"अच्छा, मैं भी देखती हूँ।" यह कहते हुए मिथ ने इंडस अल्ट्रा कंप्यूटर को ट्यून किया था और दूसरे सेविंग डिस्क पर उसे सर्च करने की कोशिश की थी।

"जीरो पॉइंट फील्ड में तो वह ध्वनि भी रही होगी न?" चिंतक ने भी इंडस अल्ट्रा कंप्यूटर के अलग ट्रैक पर देखने की कोशिश की थी।

"यह बात सही है कि संसार की आज तक की सभी ध्वनियाँ जीरो पॉइंट फील्ड में मौजूद हैं, पर वह हमारी साउंड कैचर मशीन में सेव भी तो होनी चाहिए?" गणी ने सर्च करते हुए चिंतक के सवाल पर सवाल किया था।

"अच्छा, दूसरे चिप के ट्रैक में जाकर देखते हैं।" कहते हुए गणी ने अपने इंडस अल्ट्रा कंप्यूटर को ट्यून किया था और कई तरह की आवाजों को फिल्टर कर साउंड ट्रैक पर उसे सुनने की कोशिश की थी।

"मिल गई, वह ध्वनि मिल गई।" मिथ ने खुशी जताते हुए कहा था और सभी बड़े स्क्रीन पर आवाजों और उसके आधार पर तैयार की गई उसकी ऑटो-फिल्म को देखने लगे थे। चिंतक उन्हें अलग डिवाइस में सेव करने लगा था।

□

"जल्दी चलो, गरुड़! साथी हमारी प्रतीक्षा कर रहे होंगे! वे बहुत दुःखी होंगे! हमें जल्दी पहुँचकर दामा को अगन समर्पण करना है और वहाँ हुई हानि का आकलन करना है। उनका साथ देना है। उनके दुःख को कम करना है।" गरुड़ को सहलाते हुए महा बड़बड़ाई थी। अपने अस्त्रों से लैस गरुड़ पर सवार महा और

युग सागर पार करते हुए ओखा की ओर बढ़ रहे थे। वह दृश्य बहुत ही सुंदर और मोहक था। ऊपर-नीचे होते डैनों के साथ गरुड़ की पीठ पर बैठे महा और युग बहुत ओजस्वी योद्धा लग रहे थे। सुंदर सफेद गरुड़ के डैनों और गरदन के बीच थोड़ी कम जगह थी, पर महा ने युग को भी चींटियों पर हमले/मुकाबले के लिए साथ बैठा लिया था। वहाँ जगह कम होने के कारण वे दोनों एकदम चिपककर बैठे थे।

"दामा की उस बीभत्स मृत्यु से मैं विचलित थी। गरुड़ की जानकारी देने पर मैं जिस समय तुम्हें सावधान करने अंतरद्वीप आ रही थी, उसी समय मेरे कुछ अन्य साथियों की कष्टप्रद मृत्यु की जानकारी भी मुझे मिल चुकी थी। साथ ही कई पशुओं के भी मारे जाने का बोध हो गया था। मैंने असा को अपने ओखी साथियों के साथ कबीले में देखने भेज दिया था, पर मेरे होने से उन्हें बहुत संतोष मिलता है। उन्हें लगता है कि महा है तो वह उनके लिए कुछ बेहतर ही करेगी और किसी भी कठिनाई से उबार भी लेगी। मेरा साथ होना उन्हें अधिक सुख देता है।" सिर घुमाकर युग की ओर देखते हुए महा ने कहा था।

"आह! यह ओखापद के लिए दुःखद है, महा। ऐसे कष्ट और दुःख के समय भी तुम हमें बचाने आई, इसके लिए मैं तुम्हें कैसे धन्यवाद करूँ! ऐसे समय में तुम्हारा अपने साथियों के साथ होना आवश्यक था, पर तुमने मेरे कबीले की चिंता की। ओखी को उसी कष्ट में छोड़कर तुमने हमें आकर सचेत किया। तुमने सचेत ही नहीं किया, बल्कि चींटियों को मार भगाने में मेरी सहायता भी की। हमें बचाया। सच में तुमने आज पूरे अंतरद्वीपियों का दिल जीत लिया।"

"और तुम्हारा··· ?" कहकर महा जोर से हँस दी थी।

"अच्छा, तुम भी वही प्रश्न पूछ रही हो, जो मैंने तुमसे पूछा था!" उम्मम··· कहते हुए युग भी हँसने लगा था।

"फर-फर-फर।" डैनों की फड़फड़ाहट की ध्वनि के साथ गरुड़ नीचे उतर आई थी।

"असा···असा!" अपने घर के पास उतरते ही महा ने असा को पुकारा था। आकाश में धूप ऊपर चढ़ आई थी। उसे देखते ही कई ओखावासी उसकी ओर आने लगे थे। वहाँ दूर से ही कुछ ताजा पशु-कंकालों पर महा की नजर पड़ी थी।

"इह!" कहते हुए महा उस ओर बढ़ी थी, साथ ही युग भी अपने अस्त्रों के साथ आगे बढ़ा था।

"यह कैसे हो सकता है कि इतनी बड़ी-बड़ी गौयाकों को चींटियाँ मिनटों में

चट कर जाएँ?" कंकाल के पास पहुँचकर युग ने उसे एक नजर देखा था और आश्चर्य करते हुए शायद खुद से ही सवाल किया था। वह जानता था कि इस सवाल का किसी के पास कोई जवाब नहीं है। सच तो यही है कि लाखों-करोड़ों की संख्या में चींटियाँ आई थीं और मनुष्य सहित अनेक पशुओं को चट कर गई थीं। तब तक वहाँ महा की आवाज सुनकर कबीले के अन्य साथी भी पहुँच गए थे और वहाँ एक तरह से बड़ी भीड़ इकट्ठी हो गई थी।

"आओ असा! पूरे कबीले में देख लिया? क्या हुआ है? मुझे बताओ, हमारे कितने साथी··· ?" असा से पूछते हुए महा ने उस गौयाक के कंकाल से मुँह मोड़ लिया था और पूरब की ओर मुँह करके खड़ी हो गई थी।

"हाँ, मैंने और कई साथियों ने मिलकर देखा है। बहुत दुःखद है, महा। मैं कैसे वर्णन करूँ उसका?" कहकर कुछ देर के लिए असा ने अपनी आँखें बंद कर ली थीं। उसके होंठ पर दुःख का कंपन साफ दिखाई पड़ रहा था।

"अरे, बताओ न असा, क्या हुआ है?" महा ने बेचैन होते हुए अपने चेहरे को अजीब तरह से बनाया था और असा से अनुरोध-भाव में पूछा था।

"महा, दामा के अलावा हमारे चार साथियों को खा गईं ये चींटियाँ। हमारे तेरह पालतू पशुओं को भी चट कर गईं। उन चार साथियों में दो किन्नर योद्धा के साथ एक-एक स्त्री-पुरुष थे। वे चारों साथी अपने-अपने घरों में सो रहे थे। शायद वे गहरी नींद में थे। लगता है, हमारे साथी अपने बचाव में आग नहीं उठा पाए।" असा को चुप होते देखकर कुल ने हिम्मत की थी और उसने यह बात बताई थी।

"आह, यह बहुत बुरा हुआ। वे हमारे वीर योद्धा थे। मृदु और खर तो अस्त्र बनाने में कुशल थे। आज मैंने चींटियों को भगाने के लिए उन्हीं के बनाए बाणों की नोक पर आग लगाकर चलाया था। कई जगह मैंने अग्निबाण का इस्तेमाल किया, जिससे डरकर और मरकर चींटियाँ भागने लगी थीं। तुम्हारी मौत से मैं बहुत दुःखी हूँ, मृदु। ओ खर! मेरे पास कल अँधेरा होने से ठीक पहले तुम कुछ नए बाण देने आए थे। ओ मेरे प्यारे साथी! तुम्हारा इस तरह अजीव होना, आह!" कहते हुए महा की आँखों में आँसू आ गए थे और वह जैसे कुछ पल के लिए लड़खड़ा गई थी। तभी आगे बढ़कर युग ने उसे बगल से थाम लिया था और वहीं एक गिरे हुए पेड़ की शाखा पर बैठाया था। वहाँ बैठते हुए महा ने ओखापद की चारों तरफ नजरें घुमाई थीं और फिर कुछ पल के लिए अपनी आँखें बंद कर ली थीं। उसके बैठने के बाद युग भी उसकी बगल में बैठ गया था और उसी ने ओखापद के सभी साथियों

की ओर इशारा करते हुए उन्हें भी वहीं आसपास बैठ जाने को कहा था।

"जानते हो युग, अंतरद्वीप से चींटियों को भगाने में मैंने उन्हीं के बनाए बाण का उपयोग किया था! तुम मरकर भी हमारी रक्षा ही करते रहे, मृदु। मेरे प्यारे खर!" महा ने युग की ओर देखते हुए अपनी आँखें हलकी सी छोटी कर उसे खर और मृदु के बनाए तीरों के बारे में बताया था।

"आह, उन दोनों ने तो हमारे अंतरद्वीप पर भी उपकार कर दिया। मैं उन्हें प्रणाम करता हूँ और हृदय से उनका आभार व्यक्त करता हूँ।" मृदु और खर के तीरों के बारे में जानकर युग भी दुःखी हुआ था और आकाश की ओर सिर उठाकर जैसे उन्हें वहाँ तलाशते हुए नमन किया था; उन्हें भावभीनी श्रद्धांजलि दी थी।

"गति और अथ कहाँ हैं?" तभी महा को उनकी याद आई थी और असा की ओर देखते हुए पूछा था।

"गति बहुत आहत थी। चींटियों ने उसे कई जगह काटकर घायल कर दिया था, इसलिए वे दोनों औषधालय गए हैं।" असा ने उनके बारे में बताया था।

"हाँ, मैं मिली थी उससे। उनके अलावा तो कोई आहत नहीं है न?" महा ने फिर छोटा सा सवाल पूछा था।

"अरे हाँ, महा! सात लोग आहत हैं। वे सभी औषधालय गए हैं।" इस बार कुल ने यह बात कही थी।

"सात लोग… ? अधिक आहत तो नहीं हैं न?" महा ने फिर पूछा था।

"हाँ, तीन लोग अत्यधिक आहत हैं। भागने में एक साथी गिर गया था। उसे चींटियों ने बुरी तरह घायल कर दिया है। वह गिरते हुए संभवतः आग के पास पहुँच गया था। उसके पाँव पर चींटियों ने चढ़कर उसे खाना शुरू कर दिया था। एक जलती लकड़ी उठाकर उसने अपने प्राण तो बचा लिये, पर उसकी एक टाँग का मांस चींटियों ने खखोर ही लिया है। वह अपने दोनों पैरों पर खड़ा भी नहीं हो पा रहा था। उसे वैद्य धनवन के आश्रम में मैंने ही कंधे पर उठाकर पहुँचाया है, महा।" कुल ने एक साथी के घायल अवस्था का वर्णन किया था।

"इह, हमें पहले औषधालय चलना चाहिए, महा।" युग ने अपनी राय दी थी। उसकी बात पर सहमति जताती हुई असा ने भी कहा था।

"ठीक है, चलो! सबसे पहले हम औषधालय चलते हैं। उसके बाद गुरुकुल जाकर महागुरु से भी मिलेंगे, पर रास्ते में उन्हें भी देखते हुए चलेंगे, जिनका जीवन…।" कहते हुए महा खड़ी हुई थी। उसके खड़े होते ही युग भी खड़ा हो गया

था। उसके साथ कई और साथी भी चलने लगे थे।

"महा, क्या हम उधर से लौटकर मृतकों के घर चलें, क्योंकि दामा और उन्हें तो अगन समर्पण भी करना होगा न!" युग ने जैसे महा को सुझाव देते हुए कुछ याद दिलाया था।

"तुमने सही कहा, युग।" महा ने युग की ओर देखते हुए कहा था।

"ठीक है, यह दायित्व हम कुल को सौंपते हैं। कुल तुम उनकी अंतिम तैयारी कर उन्हें अग्नि को समर्पित करो। हम शीघ्र ही औषधालय से लौटकर आते हैं।" महा ने यह जिम्मेदारी कुल पर डाली थी।

"ठीक है, महा। मैं बस थोड़ी ही देर में कुछ साथियों के साथ मिलकर प्रबंध करता हूँ।" कुल ने महा के आदेश को स्वीकार किया था।

"...और तुम सब यहाँ अपने भोग का प्रबंध करो, अपने पशुओं की देखभाल करो। हम और युग औषधालय जाते हैं, वहाँ साथियों से मिलने के बाद लौटकर आते हैं, तब विचार करेंगे कि आगे क्या करना है!" महा ने देख लिया था कि आज सुबह से सभी परेशान हैं। किसी ने खाना नहीं पकाया है। सभी भूखे हैं। इसलिए उन्हें खाना पकाने में उलझाकर वह सबसे पहले उन्हें इस डरावनी घटना से उबारना चाहती थी। उसे शायद यह भी लगा होगा कि खाना बनाने में उनका ध्यान भी बँटेगाा और खाना खाकर सबके भीतर थोड़ी ऊर्जा आएगी।

"ठीक है, महा! तुम जाओ, हम यहाँ देखते हैं। तुम्हारे लिए भी भोग पका देंगे।" असा ने महा की बात पर सहमति जताई थी और कुल ने भी इस बात का समर्थन ही किया था। उसे भी यह अहसास था कि इस दुर्घटना से उबरने के लिए सबका ध्यान बँटना आवश्यक है।

"ठीक है, सभी अपना ध्यान रखो। कुल, तुम यह भी देख लो कि सबके पास खाना बनाने की सामग्री है कि नहीं! यदि किसी को कुछ चाहिए तो तुम मेरे घर से लेकर उन्हें दे देना! और हाँ, मैं पहले घात खाए साथियों को देख लूँ, तत्पश्चात् उनके लिए सोचती हूँ।" महा ने एक बेहतरीन नेतृत्वकर्ता की तरह यह बात कही थी। यह कहते हुए वह बहुत गंभीर थी और उसने अपने ओखा के साथियों की ओर नजरें घुमाकर देखा था। इसी के साथ उसने युग की बाँह को छूते हुए कहा था, "चलो युग, हम पहले औषधालय की ओर चलते हैं।" महा को अपनी बाँह छूते हुए युग ने देखा था और फिर महा से उसकी नजरें मिली थीं। महा ने एक झपकी के साथ उसे साथ चलने का इशारा किया था और युग ने भी आँखों-ही-आँखों

में सहमति जताई थी। दोनों साथ चलते हुए आगे बढ़े थे और ओखापद के साथी अपने-अपने घर की ओर जाने लगे थे। वे दु:खी तो थे, पर जिंदगी रुकती नहीं, चलती रहती है। इसी सिद्धांत के साथ वे भोग के इंतजाम में लग गए थे।

"उम्मरर, उम्मररर...।"

"वह गौयाक कुछ अलग तरह की ध्वनि निकाल रही है, युग।" महा ने दूर से ही एक गौयाक को देखते हुए कहा था।

"वह गौयाक रो रही है, महा।" युग ने शायद उसकी भाषा को समझते हुए कहा था।

"हाँ, तुम सही कह रहे हो।" महा ने आगे बढ़ते हुए सहमति जताई थी। उनके पीछे-पीछे गरुड़ भी साथ चल रही थी।

"शायद उसके बछड़े को कुछ हो गया है!" युग ने उसके रुदन को समझकर यह बात कही थी। आगे बढ़ते हुए दोनों उस गौयाक के पास गए थे। सबसे पहले महा ने उसे सहलाया था। उसके साथ ही युग ने उसके मस्तक के सामने आकर उसे छूते हुए चारों ओर नजरें घुमाई थीं। उन्हें सहलाते हुए देखकर गौयाक भी बार-बार वैसी ही ध्वनि निकालने लगी थी और उसकी आँखों से आँसू बहने लगे थे।

"वह देखो!" युग ने एक ओर इशारा करते हुए महा को देखने के लिए कहा था।

"आह!" जैसे ही महा ने उस ओर नजरें घुमाई थीं, उसके मुँह से यह शब्द उभरे थे और कुछ पल के लिए उसने आँखें बंद कर ली थीं। वहाँ एक छोटा ताजा खून लगा अर्ध-कंकाल पड़ा हुआ था। उसका चेहरा गौयाक के बच्चे का था। वह चींटियों के द्वारा लगभग आधा खाया जा चुका था। आधे शरीर पर कुछ मांस बचा था और उसका पूरा मुँह बचा हुआ था।

"आश्चर्य है कि यह गौयाक कैसे बच गई? इसका बच्चा तो पास में ही था और यहाँ तक चींटियाँ भी आई थीं?" महा ने सवाल बुदबुदाए थे।

"लगता है, जब चींटियाँ बछड़े को खा रही होंगी, तभी इसका पालक यहाँ पहुँच गया होगा और आग दिखाकर उन चींटियों को भगाया होगा, इसीलिए इस बछड़े का भी पूरा शरीर वे नहीं खा पाईं।" युग ने पूरा निरीक्षण करने के बाद कहा था। वैसे भी इन दोनों के पास गौयाक को पालतू बनाने के अनेक अनुभव थे।

"अब चलो, युग! यहाँ से चलो। ये दृश्य अब और देखे नहीं जाते! अभी औषधालय चलते हैं।" संवेदित होते हुए महा थोड़ा आगे बढ़ी थी और युग भी

उसके साथ आगे बढ़ गया था। अमृता नदी के किनारे से होते हुए वे गुरुकुल पहुँचे थे और उससे आगे बढ़ते हुए वे औषधालय पहुँच गए थे।

"प्रणाम आचार्य! प्रणाम आचार्य!" महा और युग ने एक साथ वैद्य धनवन को हाथ जोड़कर प्रणाम किया था।

"हमेशा आनंदित रहो। तुम दोनों को साथ देखकर अच्छा लग रहा है। यदि तुम दोनों इसी तरह एक साथ एकजुट होकर मुश्किलों का सामना करते रहे, तब हमारी यह जगह भी स्वर्ग जैसी बन जाएगी!" वैद्य धनवन ने आज स्वर्ग की बात की थी, जिससे ये दोनों वीर युवा अभी तक अनभिज्ञ थे।

"स्वर्ग···स्वर्ग··· ?" दोनों के मुँह से इस शब्द के साथ आश्चर्य के भाव उभरे थे।

"उसके बारे में हम बाद में बात करेंगे।" कहते हुए वैद्य धनवन ने बात टाल दी थी।

"आप कुशल हैं न, आचार्य? चींटियों के हमले का प्रभाव यहाँ तो नहीं पड़ा न?" महा ने थोड़ी आँखें ऊँची कर पूछा था।

"नहीं, कोई कठिनाई नहीं हुई यहाँ। यह जगह पूरी तरह सुरक्षित बची रह गई। चींटियों का एक झुंड आया अवश्य था, पर गुरुकुल में पहले ही शोर हो चुका था और हम तब तक आग लेकर सचेत हो चुके थे। शुरू में हमें शोर की वजह समझ में नहीं आई थी। हम लोग तो हर स्थिति में जलती लकड़ी उठा लेते हैं। इसी की वजह से चींटियों का एक झुंड इधर बढ़ा अवश्य, परंतु आग देखकर भाग गया।" वैद्य धनवन ने रात की पूरी बात बताई थी।

"हमारे साथी कैसे हैं, आचार्य? हम यहाँ अपने आहत साथियों को देखना चाहते हैं।" महा ने वैद्य धनवन से आग्रह किया था।

"अवश्य, आओ मेरे साथ।" कहकर वैद्य धनवन खड़े हुए थे और उन्हें साथ लेकर पीछे के एक हॉल में ले गए थे।

"कैसे हो, साथियो?" युग ने जानबूझकर उत्साह बढ़ाने के उद्देश्य से उल्लास के साथ ऊँची आवाज में पूछा था।

"हम ठीक हैं। हम ठीक हैं।" एक साथ कई स्वर उभरे थे। अधिकतर लोग अब स्वस्थ हाल में थे।

"कैसी हो, गति?" गति को देखकर महा ने पूछा था।

"मैं अब ठीक हूँ, महा। वैद्य धनवन ने दवा लगा दी है और बूटियों का रस

भी पिला दिया है। इन्होंने अभी थोड़ी देर यहीं रुकने को कहा है, इसीलिए अभी हम यहीं रुक गए।" गति के चेहरे, पाँव और हाथ पर कई जगह लेप के साथ पत्ते बँधे हुए थे, पर वह मन से बिल्कुल ठीक लग रही थी।

"अथ कहाँ है?" महा ने उसके साथी के बारे में पूछा था।

"वह तो बिल्कुल ठीक है। उसे कुछ नहीं हुआ। वैसे वह यही कहीं आसपास होगा!" गति ने जवाब दिया था।

"अच्छा, तुम कैसे हो, बद? पता चला कि तुम्हारे पाँव पर अधिक घात है!" महा ने बद से उसका हालचाल पूछा था।

"मेरे पाँव की स्थिति अधिक बुरी है, महा। उसे चींटियों ने पूरी तरह नोच लिया। तलवे में सिर्फ हड्डियाँ दिख रही हैं।" बद ने अपनी व्यथा सुनाई थी। उसके कंधे पर हाथ रखते हुए महा ने उसे स्नेह से देखा था, "मुझे विश्वास है कि तुम भी शीघ्र ठीक हो जाओगे। वैद्य धनवन तुम्हें बिल्कुल ठीक कर देंगे। है न आचार्य?" महा ने आचार्य की ओर एक नजर देखा था और पलकें झपकाकर बद की ओर देखने लगी थी।

"हाँ महा, थोड़ा समय लगेगा, पर इसके घाव भर जाएँगे। अभी कुछ समय तक यह शिकार नहीं कर पाएगा। धीरे-धीरे सब ठीक हो जाएगा।" वैद्य धनवन ने बड़े विश्वास के साथ कहा था।

"ठीक है साथियो, आप सब चिंता न करें। आप सब स्वस्थ होकर घर पहुँचे। बिल्कुल चिंता न करें। ठीक है, गति, घर आओ! रात से पहले ही मिलते हैं। तुम मेरे पास आ जाना। हम लोग साथ में कुछ खाना बनाएँगे। तुम दूसरे दिन अपना घर ठीक करना, ठीक है!" कहकर महा ने सबकी ओर हाथ उठाकर उन्हें साथ होने का विश्वास दिलाया था और फिर युग की ओर धन्यवाद की नजर से देखा था।

"अच्छा आचार्य, उन तीनों का क्या हाल है, जिनका अंग-भंग हुआ था?" महा ने उस हॉल से निकलते हुए पूछा था।

"उन तीनों का घाव अब भर गया है। हम उन्हें उस स्थिति में ही अपने काम करने का अभ्यास करा रहे हैं। दो-तीन दिनों में वे अपने घर लौट सकते हैं। अभी शिकार करना तो उनके लिए कठिन है, पर वे अपना सारा काम कर लेंगे। आगे देखते हैं कि क्या हो सकता है!" वैद्य धनवन ने कुछ अच्छी बातें कहीं थीं।

"उनके अंग···!" अभी महा इतना ही कह पाई थी कि वैद्य धनवन ने फिर कहा, "मैंने उनके घावों को अच्छी तरह देखा है। रक्त दौड़नेवाली उनकी नाड़ी का

भी परीक्षण किया है। इन पर कोई भी प्रयोग करूँ, उससे पहले मैं किसी ताजा अंग-भंग के अंगों को उसकी नाड़ी के साथ जोड़कर देखूँगा, यदि उसमें सफलता मिल गई, तब इनके अंगों को भी हम पुन: तैयार करने का प्रयास करेंगे!" गुरु धनवन ने आज फिर बड़ी बात कह दी थी।

"बहुत सुंदर और उत्साह बढ़ानेवाली बात आपने कही, आचार्य। आपका बहुत-बहुत धन्यवाद! हमें इस बात की प्रतीक्षा रहेगी। वैसे यहाँ खाने की भरपूर सामग्री है न?" महा ने चलते हुए पूछा था।

"हाँ महा, हरेक शिकार से गुरुकुल और औषधालय को पर्याप्त मांस मिल ही जाता है। दूसरे कबीले के लोग भी पर्याप्त सामग्री दे जाते हैं। कुछ फल भी उपलब्ध हो जाता है। कुछ ताजा पत्ते यहाँ रहनेवाले साथी मिलकर तोड़ लाते हैं। कोई परेशानी नहीं है।" गुरु धनवन ने औषधालय के सुचारु चलाए जाने की जानकारी दी थी।

"ठीक है, आचार्य! यदि किसी चीज की आवश्यकता हो तो बताइएगा। अब हमें आज्ञा दीजिए।" कहते हुए महा ने हाथ जोड़ लिए थे।

"मुझे भी आज्ञा दीजिए, आचार्य।" युग ने भी हाथ जोड़े थे और वे दोनों साथ-साथ गुरुकुल की ओर बढ़े थे। उनके साथ पीछे से गरुड़ भी चलने लगी थी।

□

3

सपनों में साम्राज्य

"सुनो, महागुरु सुधि आश्रम में हैं या कहीं गई हुई हैं?" महागुरु उन्हें पेड़ के नीचे अपने विशेष लेखन-स्थान पर या अपनी कुटिया में नहीं दिखी थीं। सबसे पहले वहाँ महागुरु को नहीं देखकर युग ने एक शिष्य से पूछा था।

"महागुरु पीछे अन्य गुरुजनों के साथ बैठकर बातचीत कर रही हैं।" उस शिष्य ने बड़ी विनम्रता से जानकारी दी थी। इस जानकारी के साथ महा और युग आश्वस्त हुए थे कि महागुरु आश्रम में ही हैं। वे तो पूरे गुरुकुल से अच्छी तरह वाकिफ थे। आश्रम के आहाते से दाईं ओर जाकर वे पीछे की ओर गए थे, जहाँ दूर से ही उन्हें एक पेड़ के पास महागुरु बैठी दिखाई दी थीं। उनके साथ गुरु विज्ञ और गुरु प्रज्ञ भी बैठे दिखे थे। महागुरु और गुरु प्रज्ञ वहाँ जमीन पर झुककर कुछ देख रही थीं। गुरु प्रज्ञ कूचियों से पत्तों पर कुछ रेखाएँ खींच रही थीं। दूर से ऐसा लग रहा था कि गुरु प्रज्ञ जमीन पर बनी कुछ रेखाओं को देखते हुए दुबारा पत्तों पर रेखांकित कर रही थीं। महागुरु उँगलियाँ रखकर कुछ बोल रही थीं या शायद गुरु प्रज्ञ से कुछ पूछ रही थीं।

"प्रणाम महागुरु! प्रणाम महागुरु! प्रणाम गुरु विज्ञ! प्रणाम गुरु प्रज्ञ!" महा और युग ने एक साथ महागुरु को प्रणाम किया था। साथ ही अन्य दोनों गुरुजनों को भी सिर झुकाकर हाथ जोड़ते हुए प्रणाम किया था।

"आओ युग, आओ महा। हमेशा आनंदित रहो, वीर। तुम दोनों को साथ-साथ देखकर बहुत अच्छा लगता है। संसार के दो महान् योद्धा साथ-साथ।" उन्हें साथ देखकर महागुरु काफी खुश हुई थीं। उनका चेहरा जैसे खिल उठा था। उनके चेहरे पर फैली मुसकराहट से ऐसा लग रहा था, जैसे वे उन्हीं दोनों के बारे में सोच रही हों!

"अंतरद्वीप में सब ठीक है न, युग?" महागुरु ने युग की ओर देखते हुए पूछा था।

"हाँ महागुरु, आपका आशीष है। महा समय पर वहाँ पहुँच गई थी। इसने हमें आगाह करते हुए बड़ी वीरता से उन चींटियों को मार भगाने में हमारी सहायता की, इसलिए हम पूरी तरह बच गए।" युग ने महा की तारीफ करते हुए अंतरद्वीप का हाल बताया था। सामने जमीन और पत्तों पर खींची गई लकीरों की ओर उसने एक सरसरी नजर दौड़ाई थी और गुरु प्रज्ञ को अब भी उन लकीरों को पत्ते पर खींचते देखा था। ऐसा लग रहा था कि गुरु प्रज्ञ किसी खास गुत्थी को सुलझाने में खोई हुई हैं।

"चलो, अच्छी सूचना है। किसी को कुछ क्षति तो नहीं हुई न?" महागुरु ने युग को देखते हुए फिर सवाल किया था।

"नहीं महागुरु, आज महा ने पूरे अंतरद्वीप की रक्षा की है। महा के इस स्नेह से पूरा अंतरद्वीप आनंदित है और महा का आभारी है।" युग ने एक नजर महा की ओर देखा था और उसके प्रति आभार-भाव दिखाते हुए मुसकरा दिया था।

"बहुत बढ़िया! आओ, यहाँ बैठो।" यह सूचना पाकर महागुरु सुधि के चेहरे पर राहत के साथ खुशी पसर गई थी।

"मुझे तुम दोनों से ऐसी ही उम्मीद रहती है। मेरे सामने ही महा ने तुम्हारे कबीले की चिंता की थी और गरुड़ के साथ तुम्हें आगाह करने चली गई थी, जबकि महा के घर में ही दामा की मृत्यु हो चुकी थी और ओखा में अनेक लोगों की मृत्यु की सूचना इसे उसी समय मिल चुकी थी।" महागुरु की आँखों में उन दोनों को साथ देखकर खुशी के रंग उतर आए थे। उन्होंने भी महा की संवेदनशीलता और अंतरद्वीप के प्रति स्नेह के लिए युग की तारीफ पर यह कहकर मुहर लगा दी थी। महागुरु हमेशा यही चाहती रही हैं कि छोटी-छोटी बातों और झगड़ों से बने कबीले आपस में एक पक्का गठजोड़ कर लें। इससे उनकी सुरक्षा तो होगी ही, उनका ध्यान सकारात्मक विकास पर ज्यादा जाएगा। वे अपने लिए सिर्फ भोग तैयार करने के बजाय सांस्कृतिक विकास पर ध्यान लगाएँगे, ठीक उसी तरह, जिस तरह लाखों साल पहले उनके पूर्वज पका खाना खाकर शारीरिक रूप से अधिक ऊर्जावान हो गए थे। उनकी ऊर्जा संरक्षित हुई थी और वे पशुओं से अलग एक सांस्कृतिक विकास की ओर चल पड़े थे। महागुरु सबकुछ जानती थीं। वे अपने मनुष्य होने के लाखों सालों के विकास को भी जानती थीं, इसीलिए उन्होंने सुरक्षा के नाम पर पाँच कबीलों के एका का प्रयास किया।

"खैर, तुम बताओ, महा! ओखा का क्या हाल है? वहाँ के लोगों से मिली?" महागुरु सुधि ने महा की ओर देखते हुए पूछा था।

"वहाँ अब भी लोग भयभीत हैं। अपने साथियों के खोने और पशुओं की मौत से वे उबर नहीं पाए हैं, महागुरु। आपको तो पता चल ही गया होगा कि दामा के अतिरिक्त हमारे चार साथी अजीव हो गए। उनकी ऐसी मृत्यु की मैंने कल्पना भी नहीं की थी। आह, वे हमारे वीर योद्धा थे। उनके अलावा अनेक लोग आहत हैं, जिनका औषधालय में उपचार चल रहा है।" कहते हुए महा की आँखें भर आई थीं। उसकी गीली आँखें देखकर युग ने उसके कंधे पर अपना हाथ रखा था और उसे सांत्वना देने की कोशिश की थी।

"जब तुम ही इतनी भावुक हो जाओगी, तब उन्हें कौन सँभालेगा, महा? एक प्रमुख को अपने आँसू और अपनी कठिनाई छुपाकर रखनी होती है। उसे हमेशा उत्साह की बातें करनी होती हैं और अपने कर्म-व्यवहार से उसका प्रदर्शन भी करते रहना होता है, क्योंकि उसी को देखकर उसके साथी शक्ति पाते हैं या स्वयं को निर्बल महसूस करते हैं। उसका जीवन स्वयं के लिए तो होता ही है, पर स्वयं से भी अधिक अपने कबीले के लिए, अपने साथियों के लिए होता है, तभी वह एक अच्छा प्रमुख हो सकता है और उसके कबीले में आनंद रह सकता है।" महागुरु सुधि ने महा को प्रमुख का धैर्य और उसके व्यवहार के महत्त्वपूर्ण प्रभाव को समझाया था।

"महागुरु, हम इतने दिनों से उन्हीं के बाणों से शिकार या युद्ध करते रहे हैं। अभी भी मेरे कलाप में उन्हीं के बनाए बाण विद्यमान हैं। ऐसे में कष्ट तो होगा ही न, महागुरु!" कहते हुए महा की संवेदना बाहर छलक आई थी। उसकी छलकती आँखों को जब युग ने देखा था, तब उसने उसके कंधे को सहलाकर उसे सांत्वना देने की कोशिश की थी।

"महा, तुम तो बचपन से इतनी वीर हो। तुम्हें याद है, हमने गौयाकों का दूध कैसे पीया था। तुमने कितने साहस से सिंहों को भगाया था। अभी हाल ही में तुमने इतनी वीरता से पराओं को मार भगाया। तुम इतनी निर्बल नहीं हो सकती! महागुरु सही कह रही हैं। हे वीर महायोद्धा! तुम्हें ऐसे समय में धैर्य रखना चाहिए और कठिनाइयों का डटकर सामना करना चाहिए।" युग ने उसे बचपन की बात याद दिलाई थी। युग ने इन प्रसंगों और संबोधनों से उसे उसके दुःख से उबारने की कोशिश की थी।

उसकी स्नेह भरी बातों को सुन महा ने दुःख से उबरते हुए अपनी आँखें पोंछी थीं। महायोद्धा के संबोधन ने भी उसे गुदगुदाया था, पर उसने महागुरु की ओर देखते हुए कहा था, "महागुरु, मैं आपके सामने यह दुःख व्यक्त कर रही हूँ। हमारे सामने

प्रश्न यह है कि कुछ साथी अधिक आहत हैं और कुछ पशुविहीन भी हो गए हैं। उनके लिए अलग तरह की समस्या है। ऐसे में मुझे क्या करना चाहिए?" महागुरु सुधि के सामने महा ने अपने दुःख के साथ अपनी समस्या व्यक्त की थी।

"यही संवेदना तुम्हारी शक्ति है। तुम्हारे आँसू यह व्यक्त करते हैं कि उनका कष्ट ही तुम्हारा कष्ट है और तुम उनके दुःख को अपना दुःख समझती हो। यह किसी भी कबीले के प्रमुख के लिए महत्त्वपूर्ण है और उसकी शक्ति भी। मुझे तुम्हारे इस भाव ने अत्यधिक प्रभावित किया है, महा। जहाँ तक आहत साथियों और उनके पशुओं की हानि का प्रश्न है, तो उन्हें तत्काल इस अभाव के साथ जीना पड़ सकता है, महा। तुम उनके लिए स्वयं से या अन्य साथियों के सहयोग से दूध और वस्त्र की सहायता करवा सकती हो। मुझे यह विश्वास है कि तुम जो निर्णय लोगी, वह तुम्हारे ओखी अवश्य मानेंगे और तुम्हारा साथ देंगे। जो भी निर्णय होगा, वह सबके लिए मान्य होगा। यदि ऐसी परंपरा विकसित होगी तो भविष्य में यह सबके लिए हितकर होगा!" महागुरु सुधि ने उसे देखते हुए समाधान ढूँढ़ने की कोशिश की थी।

"महागुरु, मैं कुछ कहूँ?" युग ने महा को देखकर फिर महागुरु की ओर देखा था और पूछा था।

"अवश्य कहो, युग।" महागुरु सुधि ने युग की ओर देखते हुए कहा था।

"यदि महा को स्वीकार हो तो मैं अपने अंतरद्वीप से बछड़ा सहित तीन गौयाक महा को उन्हें देने के लिए दे सकता हूँ। मेरे पास कई गौयाक हैं, हमारी आवश्यकता से कहीं अधिक। बस वहाँ से उसे डोंगी पर लाना होगा या जाड़े का इंतजार करना होगा, ताकि हम उन्हें चलाकर इस पार ला सकें। एक काम और कर सकते हैं। यदि वे चाहें तो अभी कुछ दिनों तक अंतरद्वीप में ही आकर वे अपने गौयाक की देखभाल कर सकते हैं और उसका दूध ले जा सकते हैं। हालाँकि उसके लिए उन्हें प्रतिदिन हमारे यहाँ आना पड़ेगा, पर किसी भी स्थिति में वे तीन गौयाक उनकी रहेंगी। महा यह भी कर सकती है कि वह उन गौयाकों को अपने नियंत्रण में रखे और जिनसे चाहे उनसे उनकी देखभाल करवा ले। तत्पश्चात् उसका दूध अपने हिसाब से लोगों में बाँट दे। यह स्थिति तब तक रह सकती है, जब तक गौयाक को इस पार न लाया जा सके!" युग ने आज एक बड़ी बात कही थी। उसकी बात पर महा कुछ पल उसे निहारती रह गई थी।

"यह तो तुमने बहुत बड़ी बात कह दी, युग। मैंने तो ऐसा सोचा ही नहीं था कि इतनी जल्दी हम सब एक-दूसरे से इस तरह एका कर लेंगे। यदि यह विचार अन्य

कबीले भी मान लें तो यह संसार का पहला ऐसा समूह होगा, जो अलग-अलग जगह रहते हुए भी एक होगा। यह कबीलों के समूहों का एक साम्राज्य होगा, जिसे सभी मिलकर संचालित करेंगे। दूसरी बात यह कि इससे कबीले के भीतर भी एक-दूसरे के प्रति स्नेह और विश्वास बढ़ेगा। यहाँ ओखा में भी जिनके पास अधिक पशु होंगे, वे अपने साथी को दे सकते हैं। भविष्य में जब उनके बछड़े होंगे, तब वह लौटा भी सकता है।" महागुरु सुधि युग के इस प्रस्ताव से बहुत खुश लग रही थीं। उनके चेहरे से ऐसा प्रतीत हो रहा था कि युग ने जैसे उन्हीं के सपनों को आगे बढ़ाने की बात कही हो, पर महा अब भी अपलक युग को देखती रही थी। वह उसके इस अद्‌भुत विचार से हतप्रभ भी थी।

"क्या तुम्हें मंजूर नहीं है, महा?" उसे चुप देखकर युग ने पूछा था।

"उम्म, मैं तुम्हारी बात से चकित हूँ, युग। ऐसा साझा तो कभी किसी कबीले के भीतर भी नहीं हुआ है। यह तो लेनदेन की एक नई बात कह रहे हो तुम। हमारे ओखा में भी पशुधन की कमी नहीं है, पर तुम्हारी बात ने मुझे बेहद प्रभावित किया है। जैसाकि महागुरु बता रही हैं, यह कबीले से एक राज्य बनने की बात है। यदि तुम तैयार हो गए तो निश्चित ही अन्य कबीले भी साथ आ जाएँ! वैसे भी पहले ही हमने एका कर अपने संबंधों को मधुर बना लिया है। मैं तुम्हारा कैसे धन्यवाद करूँ, युग! तुमने मेरे लिए अद्‌भुत बात कर दी।" महा अब भी युग को निहारे जा रही थी और उसकी बातों के बाद महागुरु के विश्लेषण ने उसे अति उत्साहित कर दिया था।

"मेरा उद्‌देश्य लेन-देन का नहीं है। यह मेरी ओर से सहयोग है। तुमने आज अंतरद्वीप के लोगों की जान बचाई है। क्या उनका कोई कर्तव्य नहीं बनता कि वे तुम्हारी सहायता करें? मैं तुम्हारे सहयोग का बदला नहीं चुका सकता, पर तुम्हारे दुःख में साथ खड़ा तो हो सकता हूँ न! महागुरु ने जो बातें कहीं, वह एक सुंदर विचार है, पर हम तो यहाँ उसे प्रयोग रूप दे रहे हैं। हम दोनों तो आज से साथ-साथ चल ही सकते हैं। एक-दूसरे का साझा सुख-दुःख।" युग ने अपनी बात को साफ करते हुए नए संकल्प की बात की थी। युग की बात पर महागुरु के चेहरे पर भी मुसकराहट पसर गई थी। महा ने तो थोड़ा उचककर उसे गले से लगा लिया था और कुछ देर तक उसे गले से लगाए रखा था। उसके गले लगते ही युग के चेहरे पर भी मुसकराहट पसर गई थी। महा के चेहरे पर तो मुसकराहट के अलग ही गुलाबी रंग छिटक आए थे। उन्हें इस कदर गले मिलते देखकर महागुरु और वहाँ उपस्थित गुरुजन भी मुसकराने लगे थे। उनके गले मिलने से सभी की आँखों में कुछ नए सपने

बनने लगे थे। युग ने ही गुरुजनों को देखते हुए महा की पीठ सहलाई थी। तब महा ने भी वहाँ की स्थिति को भाँपकर मुसकराते हुए खुद को युग से अलग किया था।

"लो, तुम्हारी इस समस्या का समाधान तो हो गया, महा। अब तुम दोनों मिलकर इसे सुलझा लो। युग की ओर से यह बहुत सुंदर पहल हुई है। अब हमारी नेह संस्कृति का समूल विकास और विस्तार निश्चित होगा। युग के तीन गौयाक देने का प्रभाव ओखा के लोगों पर भी पड़ेगा। तुमने ठीक कहा महा, ओखा के लोग भी एक-दूसरे को और अधिक स्नेह-सहयोग करेंगे।" युग की बात से महागुरु बहुत उत्साहित हुई थीं। आज सुबह ही महा के मन में अंतरद्वीप के लिए जो बेचैनी उन्हें दिखाई पड़ी थी, वह इस सकारात्मक पहल से बहुत आगे की ओर जाती दिखाई पड़ रही थी।

"प्रणाम महागुरु! भोग के लिए पाँत लग चुकी है। क्या आप हमारे साथ भोजन करने चलेंगी या आपका भोग यहीं ले आऊँ?" एक शिष्य ने आकर महागुरु से पूछा था।

"सदा आनंदित रहो। एक क्षण रुको। महा, युग, क्या तुमने सुबह से कुछ खाया है?"

"नहीं, महागुरु।" युग ने मुसकराते हुए कहा था। उसे देखते हुए महा भी मुसकराने लगी थी।

"ठीक है, हमारे साथ चलकर भोग ग्रहण करो। उसके बाद हम एक महत्त्वपूर्ण बात करेंगे। हाँ, तुम मेरे साथ इन दोनों के लिए भी पाँत लगा दो।" महागुरु ने उनकी सहमति के साथ उन्हें खाने पर आमंत्रित कर लिया था।

□

"क्या बात है! संसार के पहले राज्य की भूमिका बन रही है, गणी।" मिथ ने महागुरु के प्रयासों से उत्साहित होते हुए कहा था। उसे सुनते हुए गणी ने सिस्टम को पॉज कर दिया था।

"हाँ, मिथ। यह सुनकर आश्चर्य भी होता है कि हम भारतीय अपने सांस्कृतिक विकास को कितना कम जानते हैं। हम सब बस नौ हजार साल के भीतर के तथ्यों पर अब तक केंद्रित रहे हैं और उसी को अपना विकास मानते रहे हैं। जबकि बत्तीस हजार साल पहले ही हम इतना विकसित होने लगे थे कि एक राज्य बनाने का सपना देखने लगे थे।" कहते हुए गणी ने कंप्यूटर को अनपॉज किया था।

□

4

रेखाओं में नौका

"तुम दोनों की साझा समझ देखकर मेरे मन में एक विचार आया है। यदि तुम दोनों सहमति दो तो मैं कुछ कहूँ?" महागुरु ने यह कहकर उन दोनों के मन में उत्सुकता बढ़ा दी थी। 'महागुरु कौन सी बात कहने के लिए उनकी अनुमति माँग रही हैं? ऐसी क्या बात हो सकती है, जो वे सीधे नहीं कह सकती हैं?' महा और युग के चेहरे पर विस्मय के भाव थे। वे एक बार एक-दूसरे की ओर देखकर उत्सुकता से महागुरु सुधि की ओर देखने लगे थे।

"कहिए, महागुरु।" दोनों के मुँह से एक साथ ये शब्द उभरे थे।

"ओखा और अंतरद्वीप—दोनों कबीले मिलकर पालनौका का निर्माण करो। यह तुम दोनों कबीले का साझा प्रयोग होगा। यदि हम इसमें सफल हो गए तो सागर की लहरों पर तो हम जीत हासिल करेंगे ही, दूसरे कबीले को भी साथ लाने में सफल हो जाएँगे। पालनौका तो एक बड़ी खोज होगी ही, राज्य की परिकल्पना भी साकार होगी।" महागुरु ने मुसकराते हुए बड़े सपनों की बात कही थी।

"पालनौका? यह क्या है, महागुरु?" दोनों के मुँह से विस्मय भरे शब्द उभरे थे।

"आज तुमने जो चींटियों को पहाड़ बनाकर पानी में तैरते हुए देखा है, मैं उसकी बात कर रही हूँ। वे जिस आकार को निर्मित कर पानी में हवा के रुख और उसे दिशा देने के साथ आगे बढ़ रही थीं, वही तरीका हमें अपनी पालनौका के लिए अपनाना है। हम लोग अब तक छोटी सी डोंगी या छोटी सी नौका बना रहे थे, वे तो बस समुद्र और नदी की लहरों के साथ चलते हुए आसपास के लिए ही हैं। नदी की धारा केवल ढलान की ओर होती है, इसलिए हम उसकी धारा के धक्के से आगे बढ़ते हैं, मतलब यहाँ उसकी धारा काम कर रही होती है। सागर की लहरों को हम

अपने चप्पू से पार करने की कोशिश करते हैं, क्योंकि उसकी कोई एक धारा नहीं होती। वह शांत रहती है। वहाँ किसी चप्पू से हम थोड़ी दूर तक जा पाते हैं, पर वहाँ भी हवा हमें अपनी इच्छा से आगे बढ़ने नहीं देती है। यदि हवा के वेग को हम अपनी इच्छानुसार चींटियों की तरह इस्तेमाल करने लग जाएँ तब? सोचो, तब क्या होगा? अभी छोटी डोंगी या नौका को भी नदी में गहरे ले जाना बहुत कठिन होता है। हम उन चींटियों से सीखते हुए ऐसी नौका-निर्माण करेंगे, जो सागर के बीच में भी जा सके और हम सागर पार करने में भी सक्षम हों!" महागुरु सुधि ने अद्भुत बात कही थी।

"हम समझे नहीं, महागुरु? क्या संसार में कभी ऐसा हुआ है? यह हम कैसे कर सकते हैं?" महा ने जैसे कोई सपना देख लिया था। उसकी आँखें फटी रह गई थीं। उसने बड़े विस्मय-भाव के साथ पूछा था।

"हा-हा-हा, मैंने जब से चींटियों को इस तरह नदी की तेज धारा से सागर की लहरों पर तैरते हुए देखा है, तब से मैं उसी के विज्ञान को समझने की कोशिश कर रही हूँ। यदि चींटियाँ ऐसा कर सकती हैं तो हम क्यों नहीं कर सकते?" महागुरु की बातें किसी स्वप्न से कम नहीं थीं। वे सागर पार करने की बातें कर रही थीं। यहाँ नदी पार करना ही कितना मुश्किल होता है। चींटियों के तैरने के तरीके को यदि हम अपना सके या उसमें सफलता पा सके तो निश्चित ही हम धारा के विपरीत या अपनी इच्छानुसार पालनौका को अपने गंतव्य तक ले जा सकते हैं। हमारी इच्छा ही हमारी धारा होगी।" यहाँ महागुरु महासागर की बात कर रही थीं। चींटियों ने उनके 'यह' का जितना बड़ा नुकसान किया है, उस नुकसान से कुछ बड़ा हासिल कर लेने का वे सपना देखने लगी हैं।

"महागुरु, क्या मैं एक प्रश्न पूछ सकती हूँ?" महा की उत्सुकता बढ़ती जा रही थी।

"अवश्य पूछो, महा!" महागुरु सुधि ने उसकी ओर देखते हुए उसकी उत्सुकता को भाँप लिया था।

"आप चींटियों के समुद्र में तैरने की बात कर रही हैं और उसकी विधि के हिसाब से वायुनाव बनाने की बात कह रही हैं। तब क्या हम चिड़ियों की तरह हवा में उड़ने का भी सपना देख सकते हैं?" महा ने तो अद्भुत सवाल कर दिया था। आज तक किसी ने इस तरह नहीं सोचा था।

"अवश्य हो सकता है, महा। तुमने बहुत सही सवाल किया है। हम उस

विज्ञान को समझकर एक दिन चिड़ियों की तरह अवश्य उड़ेंगे। वैसे हवा में उड़ने के लिए हमने चिड़ियों की सहायता ले ली है। इसलिए चिड़ियों की सहायता से हवा में उड़कर तो अभी हम कहीं भी जा रहे हैं, यात्राएँ कर रहे हैं, पर हमारा गज या गरुड़ भी हमें उठाए सागर पार कर पाएगी या नहीं, इसमें संदेह है। वह अकेले तो शायद पार कर भी ले। यदि चिड़ियों की तरह कोई जलजीव हमारा पालतू बन जाए, तब बात बदल सकती है। किंतु आज हमारे सामने चींटियों ने एक राह छोड़ी है, एक रास्ता दिखाया है, तो हमें अभी उसी पर काम करना चाहिए। जो सामने है और जिसे हमने पहली बार देखा है, उस पर ध्यान केंद्रित रखना आवश्यक है। अभी सबसे पहले हमें वायु का इस्तेमाल नौका के लिए करना है। वह कैसे संभव हो सकता है, इसके बारे में सोचना है। आकाश में चिड़िया भी हवा का ही खेल खेलती है, ठीक उसी तरह, जैसे तुम हवा में स्वयं को कई मिनटों तक ऊपर ही बनाए रखती हो। यह सब हवा का ही खेल है, जिसे हमें सीखना है।" महागुरु सुधि ने बड़ी सहजता से हवा के वेग और उसके दबाव को समझाया था।

"अहा, काश, एक दिन मैं चिड़ियों की तरह हवा में उड़ पाऊँ!" कहते हुए महा ने अपने दोनों हाथों को डैने की तरह फैलाकर हवा में ऊपर-नीचे किया था और उड़ने का जैसे अभ्यास किया था। उसके इस प्रयास से सभी हँसने लगे थे। युग ने भी उसे ऐसा करते देखकर हँसते हुए अपने दोनों हाथ ऊपर उठाए थे और उसे हवा में लहराने लगा था।

"ठीक है महागुरु, इसके लिए हमें क्या करना होगा?" हँसी-ठिठोली के बाद महा फिर बैठ गई थी और उत्सुकता दिखाते हुए यह बात कही थी। महा और युग इस प्रसंग से आनंदित हो रहे थे। उन्हें किसी नई दुनिया की कल्पना हो रही थी।

"हम अभी यहाँ गुरुजनों के साथ उसी पर काम कर रहे हैं। सबसे पहले हम यहाँ भूमि और पत्तों पर बनी रेखाओं को समझने का प्रयास करते हैं। वे चींटियाँ कौन सी ज्ञान-विधि के साथ सागर पर तैर रही थीं? देखते-ही-देखते वे सागर की गहराइयों की ओर लहरों पर तैरते हुए इतनी दूर कैसे निकल गई थीं?" महागुरु ने जमीन और पत्तों पर बनीं कुछ रेखाओं की ओर उनका ध्यान खींचा था।

"यह तो अद्भुत बात कही आपने, महागुरु।" उन रेखाओं को देखकर युग जैसे उछल ही पड़ा था। महा ने भी ध्यान से जमीन और पत्तों पर खिंची लकीरों को समझने का प्रयास किया था।

"हाँ महागुरु, मैंने तो आपके साथ खड़े होकर उन चींटियों को बीच मझधार में

तैरते हुए देखा था। आपने पृथ्वी के बारे में बताते हुए कुछ कहा था। उस समय मैं उसे ज्यादा समझ नहीं पाई थी, महागुरु।" महा भी महागुरु सुधि की बात सुनकर पत्तों और जमीन पर खींची गईं उन रेखाओं को बहुत उत्साहित होते हुए देखने लगी थी।

"गुरु प्रज्ञ, कृपया आप इन्हें बताइए कि इन अलग-अलग रेखाओं में क्या है? वह कौन सी विधि थी; वह कौन सा विज्ञान था, जिससे चींटियाँ सागर के पानी पर तैर रही थीं?" महागुरु सुधि ने गुरु प्रज्ञ से रेखाओं को समझाने का आग्रह किया था। गुरु प्रज्ञ हवाओं की विशेषज्ञ थीं। वे उन चींटियों का अध्ययन कर हवाओं के इस्तेमाल की तकनीकी स्थिति समझाने वाली थीं।

"अवश्य महागुरु! मैं बारी-बारी से इन रेखाओं के माध्यम से चींटियों में तैरने की स्थिति समझाती हूँ।" कहते हुए गुरु प्रज्ञ ने मुसकराकर एक बार सभी को सरसरी निगाह से देखा था। उनकी मुसकराहट में एक विजय-बोध साफ झलक रहा था। उनके चेहरे से यह स्पष्ट था कि उन्होंने कोई बड़ी गुत्थी सुलझा ली है। गुरु प्रज्ञ ने एक बार उन रेखाचित्रों पर नजर डाली थी और एक पत्ते पर बने रेखाचित्र से उसकी तकनीकी स्थिति समझाने लगी थीं।

"यहाँ इन रेखाओं में देखो, युग, महा! ये कुछ अलग-अलग रेखाचित्र हैं। इस पहले रेखाचित्र में चींटियाँ पृथ्वी के तनाव को अपने आकार से नियंत्रित करने की कोशिश कर रही हैं। वे नीचे से ऊपर की ओर एक स्तूप बना रही हैं। यह स्तूप नीचे चौड़ा होता है और ज्यों-ज्यों ऊपर जाता है, पतला होता जाता है।" गुरु प्रज्ञ ने बड़ी खूबसूरती से उन रेखाओं में विज्ञान की बड़ी जटिल स्थिति को समझाने की कोशिश की थी। वे मस्तूल की बात कह रही थीं, जो नाव के बड़े से कपड़े को बाँधने के लिए एक लंबा-मोटा डंडा या स्तंभ खड़ा किया जाता है।

"पृथ्वी का अपना कोई तनाव या खिंचाव होता है?" महा ने एक बाल-प्रश्न पूछा था।

"बिल्कुल सही, महा! उसी खिंचाव के कारण हम ऊपर से नीचे की ओर आते हैं।" यह तो बहुत बड़ी बात कही थी गुरु प्रज्ञ ने। उन्हें इस बात का ज्ञान था कि पृथ्वी की अपनी कोई आकर्षण-शक्ति होती है, जो उन्हें अपनी ओर खींचती है।

"अब यह दूसरा रेखाचित्र हवा या पानी को काटकर आगे बढ़ने का है। इसमें चींटियों ने पानी की धारा के वेग को काटने के लिए उसकी सतह पर स्वयं को नौकाकार में परिवर्तित कर लिया था।" गुरु प्रज्ञ ने फिर यह अद्भुत वैज्ञानिक बात कही थी।

"अच्छा, अर्थात् जिस प्रकार हम अपनी नौका के दोनों छोर को नोकदार बनाते हैं?" युग नाव के मामले में ज्यादा जानकार था। वह सागर में अपनी डोंगी या नौका लेकर जाता था और मछलियाँ भी मारता था, जिसमें नौका उनके लिए आवश्यक होती थी।

"बिल्कुल युग! जिस तरह तुम नौका बनाते हो, उसी तरह चींटियाँ पानी की सतह पर अपना आकार बना लेती हैं। इन रेखाचित्रों से अभी तक तुमने उनकी दो महत्त्वपूर्ण स्थितियों को समझा है। अब इस तीसरे रेखाचित्र को देखो।" गुरु प्रज्ञ के यह कहते ही सभी ने अपनी आँखें झपकाई थीं। सभी ने समझ लेने के भाव में सिर हिलाया था और उस तीसरे रेखाचित्र को देखने लगे थे।

"चींटियाँ सबसे पहले पानी की सतह पर नौकाकार बना रही थीं। उसी के साथ वह ऊपर की ओर एक-दूसरे को जोड़ते हुए स्तूप बना रही थीं। वे ये दोनों कार्य एक साथ कर रही थीं। अब यह तीसरी स्थिति है। ऊपर स्तूप बनाते हुए। वे उसे दो सिराओं में निर्मित कर रही थीं। आगे की ओर छोटा स्तूप और पीछे की ओर बड़ा स्तूप। इस तीसरे रेखाचित्र से यह स्पष्ट है कि वे दो स्तूप खड़ा कर हवा की दिशा को अपने गंतव्य की ओर जाने और इच्छानुसार दिशाओं में घूमने के लिए स्वयं को तैयार कर रही थीं।" अपने रेखाचित्रों के आधार पर गुरु प्रज्ञ आश्चर्यजनक बात समझा रही थीं।

"अब इस पाँचवें रेखाचित्र में देखो। युग और महा यहाँ ध्यान दो। अभी तक हम उसके निर्मित होने की बात समझ रहे थे। मतलब वे क्या निर्माण कर रही थीं? यह उसके ढाँचे की बात है। कोई भी ढाँचा किसी क्रिया के लिए आवश्यक होता है। अब इसके तकनीकी पक्ष को समझना आवश्यक है। यहाँ हम उसके द्वारा हवाओं के इस्तेमाल का खेल देखेंगे।" गुरु प्रज्ञ ने मुसकराकर महा और युग की ओर देखा था और उन्हें ध्यान देने को कहा था, क्योंकि उस आकार के साथ उसके तैरने का असली रहस्य यहाँ छुपा था।

"यह देखो, इस छठे रेखाचित्र में इनके स्तूप का पाल बार-बार घूम रहा है, जैसे वह हवा को दिशा दे रहा हो। उनके स्तूप का पाल अलग-अलग दिशाओं में मुड़ता दिख रहा है। वे इसी तरह स्वयं को किसी भी दिशा में मोड़ लेती थीं। वे दोनों स्तूपों का इस्तेमाल हवा को इच्छानुसार मोड़ने के लिए कर रही थीं। हवा का वेग और उसका दवाब उसे मन के अनुकूल आगे बढ़ने में मदद कर रहा थीं। मतलब चींटियाँ उस स्तूप के सहारे हवा के वेग का इस्तेमाल करती हैं और सागर के पानी

पर बढ़ने लगती हैं। नीचे उनकी नौकाकार सतह उन्हें इसमें मदद करती है और वे डूबती भी नहीं हैं।" गुरु प्रज्ञ शायद विज्ञान की इस पहेली को सुलझाकर संसार की पहली वैज्ञानिक बन गई थीं। वे चींटियों के माध्यम से एक कृत्रिम स्वरूप देने की बात समझाने वाली थीं।

"यही चींटियों के तैरने का रहस्य है, महागुरु। महा और युग इसे यदि अच्छे से समझ लें तो उन्हें अपनी नौका को पालनौका बनाने में सहायता मिलेगी।" गुरु प्रज्ञ ने यह कहकर दोनों की ओर देखा था और मुसकराने लगी थीं। उन्हें मुसकराते देखकर महा और युग भी मुसकरा दिए थे। सभी बार-बार उन रेखाचित्रों को देखकर उसे अच्छी तरह समझने की कोशिश कर रहे थे।

"अब प्रश्न यह है महागुरु कि नौका के ऊपर हम स्तूप कैसे बनाएँगे?" युग ने महागुरु सुधि की ओर देखकर पूछा था और फिर गुरु प्रज्ञ की ओर देखने लगा था। उसके प्रश्न के बाद महागुरु ने युग की ओर देखा था और फिर सबकी ओर नजरें घुमाई थीं।

"पहली बात यह है युग कि हम यह तकनीक जान गए हैं। हम यह जान गए हैं कि सागर में या नदी में पालनौका कैसे चल सकती है! अब हमें यही सोचना है कि हम इसे कैसे तैयार कर सकते हैं! निश्चित ही यह आसान प्रश्न नहीं है, पर हमें सामूहिक रूप से बैठकर इस पर विचार करना चाहिए।" महागुरु ने स्थिति स्पष्ट की थी।

"आपने सही कहा, महागुरु। अभी कुछ दिनों तक हमें अपने साथियों को इन चींटियों के हमले से ही उबारने में समय लगेगा। उसके बाद हम दोनों कबीलों के कुछ चुने हुए साथी यहीं बैठकर या नदी किनारे बैठकर इस पर विचार कर सकते हैं।" महा ने अपने कबीले की वर्तमान स्थिति और उसके दुःख के बारे में कहा था।

"हाँ, मैं महा से सहमत हूँ, महागुरु। अभी कुछ दिनों तक हमें प्रतीक्षा करनी चाहिए। उसके बाद हम साथ-साथ बैठ सकते हैं और इस प्रश्न का हल ढूँढ़ सकते हैं। वैसे गुरु प्रज्ञ के इन रेखाचित्रों से एक बात तो मेरी समझ में आ रही है कि हवा से खेलने के लिए हम मेमथ के चमड़े का इस्तेमाल कर सकते हैं और उसे चमड़े की ही बनी रस्सियों या वृक्ष की लताओं-छालों से बाँधने का प्रयास कर सकते हैं। ...पर अब भी सबसे बड़ा सवाल यही है कि किसी मोटे लट्ठ या स्तूप को नाव पर सीधा कैसे खड़ा किया जाए, जो हवा के वेग को थाम सके! यदि वह गुत्थी सुलझ जाए तो हम यह बनाने का प्रयास कर सकते हैं, महागुरु।" युग ने यह कहकर

जाहिर कर दिया था कि उसने इस तकनीक को पूरी तरह समझ ली है। अब उसके दिमाग में लगातार यही चल रहा था कि उस लंबे-मोटे लट्ठ को नाव पर सीधे कैसे खड़ा किया जाए!

"क्या सुंदर बात कही तुमने, युग! तुम बचपन से ही तीक्ष्ण दिमाग चलाते हो। जानती हैं महागुरु, बचपन में इसने पहले गौयाक का दूध पिया, फिर इसने कहा कि अब हम बरतन में दूध निकालेंगे। यह कहकर इसने मुझे डरा ही दिया था, क्योंकि उसकी लताड़ हम पहले ही खा चुके थे। अब सोचिए महागुरु, एक बार हिम्मत कर उसका दूध तो पी लिया। इसने पुन: उसके पास जाकर दूध निकालने की बात कह दी। पता नहीं क्यों, इसे लगा था कि गौयाक ने ज़ानबूझकर दूध पीने दिया है। और बस…!" कहते हुए महा हँसने लगी थी।

"तभी तो आज गौयाक हमारा पालतू पशु है, महा। तुम दोनों के बचपन का वह प्रयास सफल रहा। आज हरेक कबीले वाले गौयाक पालने लगे हैं। मांस, फल, मछलियाँ और जड़ियों के अलावा उनके पास पेट भरने के लिए एक दूसरी भोग सामग्री मिल गई। यह संसार के लिए तुम्हारे द्वारा अद्‍भुत देन है। हमारे लिए सबसे अधिक जाड़े में मुश्किल रहती थी। तुम दोनों के कारण हमें जाड़े की किसी भी परिस्थिति में दूध का भोग भूखे रहने नहीं देता, इसलिए मुझे तुम दोनों पर बहुत विश्वास है। तुम दोनों मिलकर एक नए संसार का निर्माण करोगे।" महागुरु ने आह्लादित होते हुए कहा था।

□

"क्या खूब, मिथ! तुमने तो अद्‍भुत जानकारी खोज निकाली। वाह, ये पालनौका की बात कर रहे हैं। बत्तीस हजार साल पहले वे पृथ्वी के गुरुत्वाकर्षण का विज्ञान जान चुके थे। आश्चर्य है, हम अभी तक इसे न्यूटन के सिद्धांत के रूप में पढ़ते रहे हैं।" गणी ने उनके विज्ञान की जानकारी पर खुशी जताई थी।

"हाँ मिथ, यह अद्‍भुत बात है। उन्हें बत्तीस हजार साल पहले पाल या बादबान पवन की शक्ति द्वारा किसी वाहन को पानी, बर्फ या धरती पर धकेलने के साधन की समझ हो चुकी थी। आमतौर पर आधुनिक पालनौका में पाल किसी कपड़े या किसी अन्य सामग्री से बनी एक सतह होती थी। वह नाव की सतह से जुड़े मस्तूल कहलाने वाले एक सख्त खंभे के साथ ऊपर लगी होती थी। जब पाल पर हवा का प्रहार होता था, तब वह हवा को एक दिशा दे देता था और आगे की ओर स्वत: धकेला जाता था। वाउ! वे एकदम आज के विज्ञान की तरह बात कर

रहे थे। आज भी यही विज्ञान काम करता है, जब पाल का बल मस्तूल द्वारा नाव को प्रसारित होता है। कुछ पालों का आकार ऐसा होता है कि हवा एक ऊपर उठनेवाला बल भी प्रस्तुत करता है। इससे भी नौका को धकेलने में आसानी होती है। पाल के लिए पवन के बल का प्रयोग वस्तुओं को गति देने के लिए होता है।" मिथ ने गद्‍गद मन से आँखें झपकाई थीं और उस अद्‍भुत वैज्ञानिक रहस्य पर रोमांचित होते हुए उसकी तकनीक से मिलान की थी।

"आप सही कह रही हैं, मैडम। आज भी यही विज्ञान काम करता है, जब मस्तूल एक स्थिरता से खड़े लंबे खंभे जैसा होता है, विशेषकर नौकाओं में खड़े खंभे, जिन पर पाल लगाया जाता है। अकसर इन्हें सहारा देने के लिए 'गाई तारों' का इस्तेमाल किया जाता है। आमतौर पर मस्तूल लकड़ी या धातु के बने होते हैं। किसी खंभे या लंबे ढाँचे में लगी हुई ऐसी तनी तारें होती हैं, जो उस ढाँचे को स्थिरता से खड़ा रखने में सहायक होती हैं, पर अभी तक की ध्वनियों से यह लग रहा है कि वे खंभे को खड़ा करने का तरीका ढूँढ़ रहे हैं।" चिंतक ने इस पूरे विज्ञान को और स्पष्ट करते हुए अपनी बात कही थी। इसी के साथ गणी ने साउंड कैचर मशीन की इन ध्वनियों को अलग डिवाइस में सेव किया था और फिर उसे ट्यून किया था। ध्वनियों को अलग फ्रीक्वेंसी पर ट्यून कर उसे अलग करने की कोशिश की थी और उसे फिल्टर मशीन से छानकर इंडस अल्ट्रा कंप्यूटर पर देखने-सुनने की कोशिश की थी।

□

5

प्रणय निवेदन

"असा... असा!" महा ने अपने घर के पास पहुँचकर असा को पुकारा था। उसकी आवाज सुनकर असा अपने घर से बाहर आई थी।

"तुम आ गई, महा? तुम्हें आने में बहुत देर हो गई? मैंने तुम दोनों के लिए भी भोग तैयार कर लिया था।" असा ने महा और युग को पेड़ के नीचे चबूतरे के पास देखकर पूछा था। तब तक वे चबूतरे पर बैठने लगे थे। उसके कंधे पर टँगा धनुष और पीठ पर बँधा तरकश उसे और दिव्य बना रहा था। युग ने अर्धी पहन रखा था। उसका सारंग तो और भी अधिक चमक रहा था।

"हाँ, आने में थोड़ी देर हो गई। मैं औषधालय से निकलकर गुरुकुल चली गई थी। वहीं गुरुकुल में महागुरु ने कुछ विमर्श करने के लिए रोक लिया और उन्हीं के साथ भोग भी कर लिया है। क्या तुमने भोग ग्रहण किया?" अपना धनुष बगल में रखते हुए महा ने अपनी पीठ पर बँधे तरकश को भी उतारा और उसे भी वहीं बगल में रखते हुए देरी का कारण बताया था।

"हाँ, मैंने भी कर लिया है। मुख्य बात यह है कि तुम्हारे यहाँ से किसी को मांस देने की अभी आवश्यकता नहीं पड़ी है। कुल ने हरेक के घर जाकर देख लिया है। सभी के पास अभी पर्याप्त भोग-सामग्री है, क्योंकि चींटियाँ सूखे हुए मांस और फलों को न खाकर केवल जीवी जीवों को खा रही थीं। सबके पास अपना भंडार सुरक्षित रह गया है, इसलिए यहाँ जो भी थे, सबने भोग बनाकर ग्रहण कर लिया है। हम लोग तुम्हारा ही इंतजार कर रहे थे। देर हुई तो लगा कि संभवतः तुम युग के साथ कहीं गई होगी!" असा ने अब तक की सारी बातें थोड़ा विस्तार से बताई थीं।

"अच्छा किया। ...और हमारे अजीव साथियों के संगियों तथा उनकी संतानों का क्या हाल है?" महा ने अपने मृत साथी के परिवार के बारे में पूछा था।

"हमने मिलकर दामा सहित सभी अजीव साथियों के कंकालों को अग्नि-समर्पण कर दिया। हाँ, अपने मृत साथियों की एक संतान इना है, जो गुरुकुल में है। उसकी दो अन्य संतानें अपने संगी और बालों के साथ अलग रहती हैं। अब उसके घर में कोई नहीं है।" वहाँ कुल ने पहुँचते हुए यह बात कही थी।

"मैं दामा सहित अपने अजीव साथियों को पुन: नमन करती हूँ।" महा ने आँखें बंदकर कुछ पल के लिए मानो उन्हें स्मरण किया था। बंद आँखों के साथ ही उसका सिर थोड़ा आकाश की ओर उठ गया था। कुछ पल आँखों को बंद रखने के बाद महा ने आँखें खोली थीं और नजरें घुमाकर सभी की ओर एक सरसरी निगाह से देखा था। अपनी आँखों और चेहरे की भावुकता को नियंत्रित करते हुए वह दृढ़ हुई थी।

"...और अपने वैसे कितने साथी हैं, जो पशुविहीन हो गए हैं?" स्वयं को दृढ़ करते हुए महा ने अब एक प्रमुख के रूप में पूछा था। महा पूरी जानकारी लेना चाह रही थी, जिससे कि उनके लिए कुछ किया जा सके या उसके अनुरूप योजना बनाकर उनकी सहायता की जा सके!

"वैसे चार लोग हैं, जो पशुविहीन हो गए हैं। अन्य तीन साथियों के कुछ पशु बच गए हैं।" कुल ने महा के कहने पर ओखा के घर-घर घूमकर पूरा सर्वे ही कर लिया था और महा को इससे अवगत कराया था।

"ठीक है। तो साथियो, अब हमें चींटियों के हमले को एक बुरे स्वप्न की तरह देखना चाहिए! वह स्वप्न आकर चला गया। 'हमें नेह के साथ जीना है' के सिद्धांत पर आगे बढ़ते हुए जीवन को आगे बढ़ाना है। क्या इसके लिए हम तैयार हैं?" महा ने अपने साथियों में विश्वास भरते हुए हाथ उठाकर शानदार बात कही थी और उनसे प्रश्न भी किया था।

"हमें नेह के साथ जीना है।" किसी नारे के उद्घोष की तरह बुलंद मिश्रित स्वर उभरा था।

"मैं तो पशुविहीन हो गई हूँ। अब मेरे लिए कठिनाई है। केवल मांस, मछलियाँ और कुछ सूखे फलों से जाड़े में भी काम चलाना पड़ेगा! शायद पूरा जाड़ा काटने के लिए वह सामग्री कम पड़ जाएगी!" गति ने आगे आते हुए महा की ओर देखकर कहा था और सबके सामने अपनी चिंता बताई थी। उसके चेहरे, हाथ और पाँव पर अब भी पत्तों की पट्टी लगी हुई थी।

"हमें तुम्हारी बहुत चिंता है, गति और उन साथियों की बहुत चिंता है, जो

अभी भी आहत हैं और औषधालय में पड़े हैं। तुम लोगों के लिए ही गुरुकुल में विचार-विमर्श हो रहा था, जिसके कारण हमें आने में इतनी देर हुई है। अभी तुम सबको कुछ बताना है। सभी यहाँ पर पहुँच गए हैं न?" कुल की ओर देखते हुए महा ने पूछा था।

"शायद कुछ लोग नहीं आए हैं!" यह कहते हुए कुल ने कई लोगों को आवाज देकर पुकारा था। तब तक ओखा के अधिकांश साथी निकलकर वहाँ आ गए थे।

"अथ आ गया है क्या?" महा ने गति की ओर देखकर पूछा था।

"हाँ, मैं आ गया, महा।" अथ ने भी आते हुए अपने आने की सूचना दी थी और महा की ओर आने लगा था।

"आओ, सभी यहाँ आओ! अब बहुत आवश्यक बात कहनी है, कुछ घोषणाएँ करनी हैं।" महा ने चिल्लाकर कहा था।

"सभी आ गए?" दूर तक नजरें दौड़ाकर महा ने देखा था। बड़ी संख्या में लोग वहाँ जमा हो चुके थे।

"आज दो महत्त्वपूर्ण बातें बतानी हैं। गुरुकुल में महागुरु ने एक प्रस्ताव दिया है और दूसरा हमारे अंतरद्वीप के साथी युग का एक प्रस्ताव है। दोनों पर महागुरु की सहमति है।" महा ने कहते हुए युग की ओर देखा था।

"बताओ, क्या बात है?" कुल ने उत्सुकता दिखाई थी।

"सबसे पहले युग का जो प्रस्ताव है, वह युग ही सुनाएगा।" कहती हुई महा मुसकराई थी और कुल को शांत रहकर सुनने के लिए इशारा किया था। महा ने फिर युग की ओर देखा था और हाथ के इशारे से उसे बोलने को कहा था। सभी ओखी उसकी ओर देखने लगे थे, क्योंकि ऐसा मौका कम ही आता है, जब सभी को इकट्ठा कर कुछ घोषणाएँ की जाती हैं। उसमें भी किसी दूसरे कबीले का कोई प्रमुख तो ओखा को पहली बार संबोधित करनेवाला था। यह तो सबको अहसास हो चुका था कि कुछ महत्त्वपूर्ण घोषणाएँ होनेवाली हैं।

"मैं आप सबके दुःख में आपके साथ हूँ। आप सबका दुःख हमारा दुःख है। महा ने समय रहते हमें सचेत कर दिया और इसने पूरे अंतरद्वीप की जान बचाई। इसी के कारण हमारी जान तो बची ही, हमारे पशु भी सुरक्षित रह पाए। अपने आप को कष्ट में छोड़कर महा ने हमारी जान बचाई है। यदि इसने हमें सचेत नहीं किया होता तो पता नहीं क्या होता! इस कारण आप सबका यह स्नेह मैं तो नहीं ही भूल

सकता और हमारा कबीला अंतरद्वीप भी कभी नहीं भूल सकता है। आपने हमेशा हमारा साथ दिया है। दुःख की बात यह है कि यहाँ के कई साथी अजीव हो गए हैं और अनेक साथी पशुविहीन हो गए हैं। हमारी वीर साथी गति घायल भी हैं और उनके पशु भी अजीव हो गए हैं। उसी के साथ अनेक साथी इस घटना से कष्ट में हैं, इसलिए मैंने यह निर्णय लिया है कि अंतरद्वीप से तीन गौयाक ओखापद भेजा जाए। आप उन तीन गौयाकों से दूध की कमी को पूरा करने की कोशिश करें। उसे तीन लोग पालें और अन्य लोगों की सहायता करें। उस गौयाक के बदले ओखा से हमें स्नेह के सिवा कुछ भी नहीं चाहिए।" यह कहकर युग ने सभी की ओर नजरें दौड़ाई थीं और आँखें झपकाकर महा की ओर देखते हुए कुछ पल के लिए चुप हो गया था।

"हेएए…।" ओखा के साथियों ने यह सुनकर बहुत खुशी जताई थी और युग के इस प्रस्ताव पर आभार व्यक्त किया था। महा ने भी बहुत प्यार से युग की ओर देखा था और मुसकराने लगी थी।

"एक बात और, जब तक नौका से गौयाक को यहाँ लाया न जा सके, आप वहाँ आकर उसकी देखभाल कर सकते हैं और उसका दूध वहाँ से लेकर आ सकते हैं। आज से वे तीन गौयाक आपके हुए। इसके अलावा यदि कोई आवश्यकता हो तो आप मुझसे कह सकते हैं। मैं आपकी सहायता करने का अवश्य यत्न करूँगा। इसके साथ ही मेरा प्रस्ताव यह है कि आज से ओखा और अंतरद्वीप एक-दूसरे के सुख-दुःख में साथ रहें। हम लोग शिकार भी एक साथ करें और एक-दूसरे को अलग कबीले का न समझें।" अपने सारंग के साथ युग बहुत ही दिव्य लग रहा था। सूरज की उतरती पीली रोशनी में उसके चेहरे पर बढ़ी हुई दाढ़ी-मूँछ दपदप पीला प्रकाशमय लग रही थी। युग ने सारंग पकड़े अपना हाथ ऊपर उठाया था और अपनी बात खत्म की थी। महा ने आगे बढ़कर युग को गले से लगा लिया था। गति की आँखों से भी खुशी के आँसू निकल आए थे और उसने घायल अवस्था में ही युग के पास आकर उसकी बाँहों को छुआ था, उसे स्नेह से सहलाया था, "तुम्हारा धन्यवाद, युग। तुम सचमुच वीर हो। तुम्हारे जैसा साथी ओखापद को मिला है, इसके लिए हम सब धन्य हैं।" उसके बाद बारी-बारी से सबने युग की प्रशंसा की थी।

"मैं युग को हृदय से धन्यवाद देती हूँ। यह ओखा के लिए गर्व की बात है कि संसार का सबसे बड़ा वीर, सबसे बड़ा योद्धा हमारे सुख-दुःख में हमारे साथ

खड़ा है। हम ओखा की ओर से अपनी वाणी देते हैं कि ओखापद भी अंतरद्वीप के साथ हमेशा खड़ा रहेगा। हम दोनों एक कबीले की तरह व्यवहार करेंगे। महागुरु ने इसे राज्य के रूप में देखा है। उनका कहना था कि जब कई कबीले एक साथ एक व्यवस्था में रहने लगें, तब यह कबीले के समूहों का राज्य बनता है, एक देश बनता है। इसलिए हम एक साथ मिलकर मजबूती से आगे बढ़ेंगे। ⋯और हाँ, यहाँ ओखा में भी जिनके पास अधिक गौयाक या अन्य पशु हैं, वे स्वेच्छा से किसी को दे सकते हैं।" महा ने यह कहते हुए ओखी की ओर देखा था और चिल्लाकर पूछा था, "क्या हम इसके लिए तैयार हैं?"

"हाँ, हम तैयार हैं।" महा के प्रस्ताव के समर्थन में एक बार फिर जोर की ध्वनि गूँजी थी।

"ठीक है। अब मैं दूसरा प्रस्ताव आपके सामने रख रही हूँ।" महा यह कहकर रुकी थी। उसके रुकते ही सभी बड़ी उत्सुकता से अगली घोषणा का इंतजार करने लगे थे।

"महागुरु के आदेश से ओखा और अंतरद्वीप मिलकर एक पालनौका का निर्माण करेंगे।" उसके इतना कहते ही सबके चेहरे पर प्रश्न-भाव के साथ शब्द उभरे थे—"पालनौका?"

"हाँ, पालनौका। उन चींटियों को नदी और सागर में तैरते हुए देखकर गुरु प्रज्ञ ने उसकी विधि, उसकी तकनीक तैयार की हैं। उस तकनीक के आधार पर हम भी सागर में अपनी नौका ले जा सकते हैं और सागर को पार भी कर सकते हैं।" महा की इस बात से सभी चकित थे और आपस में बातें करते हुए अनेक सवाल पूछना चाह रहे थे, पर महा ने अपना हाथ उठाकर सभी को शांत किया था।

"इस योजना का कार्यरूप नदी-किनारे अंतरद्वीप के साथियों के साथ मिलकर किया जाएगा। महागुरु और गुरु प्रज्ञ के मार्गदर्शन में हमारे एका का यह पहला कार्य होगा। अभी युग भी अपने कबीले में जाकर इस बात पर सहमति लेगा, पर हम आपकी सहमति से इनके साथ मिलकर इस योजना पर काम की शुरुआत करेंगे। ठीक है, साथियो?" महा ने पूरी बात समझाते हुए अंत में सबकी सहमति के लिए सवाल पूछ लिया था।

"हाँ, हम तैयार हैं।" ये सहमति के शब्द सभी के मुँह से तेज उभरकर आए थे।

"ठीक है। अब सूर्य अपने अस्त की ओर बढ़ चुका है। आप सभी अपने लिए

भोग बनाइए और रात में सचेत होकर चारों ओर आग जलाइए। यदि कहीं दुबारा चींटियों ने हमला किया तो हमें उसके लिए भी तैयार रहना चाहिए।" यह कहकर महा ने अपनी कमान लेकर हाथ ऊपर उठाया था। कमान उठाने का आशय यह था कि सभी लोग एक साथ हैं और सचेत रहते हुए सबको अपनी रक्षा करनी है। इसी के साथ सभा समाप्त हुई थी और सभी लोग अपने घर की ओर जाने लगे थे।

"गति और अथ, तुम दोनों मेरे साथ रहो। तुम कहाँ जा रही हो, असा? तुम्हारे बिना मेरा काम चलेगा क्या?" कहकर महा मुसकराई थी।

"असा और अथ, तुम दोनों मिलकर मांस पकाओ। गति भी उसमें थोड़ी सहायता करेगी, जिससे कि उनका भी मन थोड़ा हलका हो जाए। हम युग को अपना घर दिखाकर इसे अंतरद्वीप छोड़ने जाएँगे। तुम चाहो तो आज रात मेरे ही घर पर सो जाना, गति, अथ। असा तो हमारे साथ रहती ही है। गति, कल सुबह तुम लोग अपना घर ठीक करना।" महा के कहने पर गति ने सहमति जताई थी। महा ने युग की ओर मुसकराकर देखा था।

"आओ युग, यह मेरा घर है। अंदर आओ!" बड़े प्यार से महा ने युग को अपने घर बुलाया था और उसे अपने साथ घर के अंदर ले गई थी। उसी के साथ असा और गति घर के अंदर गए थे। वहाँ इस तरह किसी को अपने घर ले जाने का कुछ खास मतलब होता है। क्या उसी मतलब से युग को इतने प्यार से महा अपने घर ले गई थी?

"यही हमारा घर है, युग।" महा ने मुसकराकर अपने छह कमरोंवाला घर दिखाया था।

"तुम्हारा घर अच्छा है। तुम्हारा घर तो सूखे मांस, मछलियों, फलों और जड़ियों से भरा हुआ है। एक प्रमुख को अपने पास ढेर सारी भोग-सामग्री रखनी ही चाहिए।" घर में घूमकर देखते हुए युग ने कहा था। उधर अथ ने पकाने के लिए कुछ मांस निकाला था और बाहर जाकर चूल्हा जलाने लगा था। गति का हाथ पकड़े हुए असा ने उसे एक लकड़ी के मोढ़े पर बिठाया था और स्वयं भोग की तैयारी में लग गई थी।

"लो फल खाओ, युग। मुझे अंजीर बहुत पसंद है। मैं इसे अकसर भोग कर लेने के बाद खाया करती हूँ; और ये लो, मीठे सेब भी हैं। तुम्हें तो सेब पसंद है न!" कहते हुए महा ने एक पत्ते पर युग को कुछ अंजीर और सेब खाने को दिए थे।

"हाँ, मुझे सेब बहुत पसंद हैं, पर पहले तुम्हारी पसंद के फल अंजीर

खाऊँगा।" कहकर युग ने मुसकराते हुए महा की आँखों में झाँका था और उसे गहरे देखते हुए अंजीर खाने लगा था।

"तुम मुझे ऐसे क्यों देख रही हो? तुम भी तो कुछ खाओ, महा।"

"ठीक है, मैं सेब खाऊँगी।" कहकर महा मुसकराई थी और युग के हाथ से सेब लेकर खाने लगी थी। खाते हुए दोनों एक-दूसरे को देखते हुए मुसकरा रहे थे। उधर असा, अथ और गति बाहर मांस और काढ़ा बनाने के साथ ही अनेक तरह के किस्सों में व्यस्त हो गए थे।

"ये लो, थोड़ा अंजीर भी खाओ, महा।" कहकर युग ने उसकी ओर कुछ अंजीर बढ़ाए थे। महा ने कुछ अंजीर लिये थे और युग से कहा था, "ये लो, तुम अपनी पसंद का सेब खाओ।" कहते हुए महा ने अपने आधे खाए सेब को पत्ते पर रखकर उसे एक लाल सेब उठाकर दिया था। तब तक युग ने उसके खाए आधा सेब उठा लिये थे।

"अहा, बहुत मीठे सेब हैं। खुद मीठे सेब खाकर मुझे दूसरा सेब दे रही हो, महा।" उस जूठे सेब को खाते हुए युग ने चुटकी ली थी और खुलकर हँस पड़ा था।

"अच्छा, हुम्मम...।" कहकर महा हँसी थी और जूठे सेब खाते हुए युग को अपलक देखती रही थी। दोनों के गपशप में समय का पता ही नहीं चला।

"अब मुझे चलना चाहिए, महा। अँधेरा होने से पहले अंतरद्वीप पहुँच जाऊँ तो अच्छा होगा।" युग ने स्वयं को संयमित करते हुए महा का ध्यान भी तोड़ा था।

"तुमने तो ये सेब खाए ही नहीं। मैं ये सब तुम्हारे लिए लेकर आई थी, युग।" महा ने बहुत स्नेह से जैसे युग को कुछ देर और रोकना चाहा था। वह उससे खूब बातें करना चाह रही थी।

"यदि यहाँ बैठकर खाता रहा तो अँधेरा हो जाएगा और रात को यहीं रुकना पड़ेगा!" कहते हुए युग मुसकराया था।

"तो रुक जाओ।" बहुत ही गहरे मन से जैसे महा ने अपने मन की बात कह दी थी।

"हा-हा-हा, तुम बहुत प्यारी हो, महा। तुम्हारे प्यार से दिए फल मैं अपने साथ रख लेता हूँ। कल सुबह अपने कबीले के लोगों से बात करनी होगी, तभी तो हम आगे बढ़ पाएँगे न, महा।" युग ने बहुत प्यार से महा को समझाते हुए कहा था और उसके दिए फल एक थैले में रख लिये।

"हाँ, तुम सही कह रहे हो। चलो, मैं तुम्हें छोड़ देती हूँ।" कहते हुए महा

मुसकराई थी और खड़ी हो गई थी। अनमने मन से युग भी खड़ा हो गया। दोनों साथ-साथ प्रफुल्लित मन से बाहर निकले थे।

"मैं युग को छोड़कर आती हूँ, असा, गति।" महा ने असा और गति को बाहर चूल्हे के पास देखकर कहा था और गरुड़ की ओर जाने लगी थी। दोनों युगल लंबी छाया के साथ चलते हुए थोड़ा आगे बढ़े थे।

"क्या हुआ महा, तुम मुझे इस तरह क्यों देख रही हो?" गरुड़ की ओर जाते हुए महा को अपनी ओर लगातार प्रेम भरी नजरों से देखते हुए युग ने पूछा था।

"तुमने जो आज ओखापद के लिए किया, वह एक महान् कार्य है, युग। संसार में आज तक किसी ने भी ऐसा नहीं किया। किसी का सहयोग करना अलग बात है, पर अपनी मेहनत से तैयार चीज कोई किसी को नहीं देता है। किसी की कोई चीज चाहिए, तो उसे उससे छीनकर लेनी होती है। यही हमारी अब तक की संस्कृति रही है। तुमने आज गौयाक देने की बात कहकर सिर्फ मुझे और पूरे ओखा को ही आह्लादित नहीं किया है, बल्कि अब तक की परंपरा को ही बदलने की कोशिश की है, युग। तुमने तो आगे बढ़कर हमारे साथ चलने की भी बात कही।" कहकर चुप हो गई थी, महा।

"गौयाक को हम दोनों ने मिलकर पालतू बनाया है। आज संसार भले ही गौयाक पालने लग गया है, पर यह हम दोनों के प्रयासों का नतीजा है। मेरे सभी गौयाकों पर तुम्हारा अधिकार है, महा।" युग ने बहुत ही स्नेह से यह बात कही थी।

"अच्छा! सभी गौयाकों पर?" कहकर हँसने लगी थी महा।

"हाँ, बचपन से ही तुमने हमेशा मेरा साथ दिया है। अधिकांश बार हम लोग जंगल में ज्ञान ढूँढ़ने—अर्जित करने साथ-साथ ही जाते थे। हमने मिलकर ज्ञान अर्जित किया है। तुमने हर्ष में भी हमारा साथ दिया और कठिनाई में भी। इसलिए मेरी हरेक वस्तु पर तुम्हारा अधिकार है, महा।" युग कहते हुए बहुत ही आदर और स्नेह दिखा रहा था।

"हा-हा-हा, सच में? तुम्हारी हरेक वस्तु पर?" महा ने फिर खिलखिलाकर हँसते हुए यह पूछा था।

"क्यों, तुम्हें संदेह है?" युग ने उसके हँसने पर पूछा था।

"नहीं, मुझे तुम पर कोई संदेह नहीं है, युग। तुम जो कह रहे हो, वह बिल्कुल सही है। तुमने हमेशा मेरा साथ दिया है और तुम्हारे स्वभाव भी हमेशा साथ देने के ही रहे हैं।" महा ने कहते हुए जमीन पर गिरी एक लकड़ी उठाकर घास पर यों ही चलाया था।

"…तो हँस क्यों रही हो?" युग ने फिर पूछा था।

"तुमने कहा न कि तुम्हारी हरेक वस्तु पर, तो उस पर हँसी आ गई थी।" महा शायद कुछ कहना चाह रही थी।

"तुमने कहा कि मेरी बात पर विश्वास है, फिर इसमें हँसने की क्या बात है?" युग ने उसकी ओर देखते हुए मुसकराकर पूछा था।

"सिर्फ तुम्हारी वस्तुओं पर मेरा अधिकार है, तुम पर नहीं?" यह कुछ अलग तरह की बात पूछी थी महा ने।

"हा-हा-हा, हाँ महा, मुझ पर भी।" युग ने हँसते हुए सहज सा उत्तर दिया था।

"…तो क्या तुम मेरे संगी बनकर साथ रहना चाहोगे?" अहा, महा ने आज युग को संगी बनकर साथ रहने का आमंत्रण दिया था। यह तो प्रणय निवेदन था। वहाँ कोई स्त्री किसी को संगी बनकर साथ रहने के लिए कहती है तो इसका मतलब यह हुआ कि वह शादी का प्रस्ताव रख रही है। आज कमाल हो गया। महा ने युग के साथ संगी बनकर रहने की इच्छा जताई थी।

"ओ महा, हे बालसखा! तुम बहुत प्यारी और सुंदर हो। तुमने तो मेरे मन की बात कह दी। मैं भी तुम्हारा संगी बनकर तुम्हारे साथ रहना चाहता हूँ, महा।" महा के प्रस्ताव पर खुशी से उछलते हुए युग ने स्वीकार किया था और घूमकर महा को अपनी बाँहों में भर लिया था। महा ने भी उसे अपनी बाँहों में भर लिया था। कुछ देर उन्होंने एक-दूसरे की बाँहों में ही खुद को पृथ्वी पर पड़ रही एकल छाया के साथ छोड़ दिया था। संसार में दूसरी बार होंठों ने आज फिर अपना काम किया था। खाने और बोलने से अलग प्रेम करने का काम। जिसे कुछ दिनों पहले संसार में पहली बार इन्होंने ही प्रेम के लिए होंठों का इस्तेमाल किया था। वे एक-दूसरे को कुछ देर तक चूमते रहे। दो महारथियों के मिलन पर चिड़ियों ने भी जैसे कलरव किया था। दूर खड़ी गरुड़ भी उनके प्रेम को देखकर अभिभूत थी। वे दोनों शायद इसी पल के इंतजार में थे। महा ने अपना घर दिखाने की इच्छा शायद इसीलिए जताई थी। उन दोनों के मिलन-भाव से ऐसा लग रहा था कि वे अभी से बस यों ही एक होकर रहना चाहते हैं। वे चाहें तो ऐसा कर सकते हैं। इन कबीलों की यही रीत है। यदि किसी स्त्री ने संगी का प्रस्ताव दिया और पुरुष ने उसे स्वीकार कर लिया, तब वे उसी समय से साथ रहने लगते हैं। प्रस्ताव और स्वीकारोक्ति ही वहाँ विवाह है। वे अभी वापस अपने घर में जाकर एक साथ रह सकते हैं। उनके वहाँ रहते हुए सभी

को पता चल जाता है कि ये दोनों संगी हैं। इसमें स्त्री या पुरुष बँधे भी नहीं होते। स्त्री जब चाहे किसी दूसरे संगी का चुनाव कर सकती है। ऐसी स्थिति में पहले के संगी को वहाँ से जाना पड़ता है। यह संग-साथ एक रात या एक दिन का भी हो सकता है। कुछ देर यों ही आनंदित होते रहने के बाद युग ने इस प्रेम-मिलन को तोड़ा था।

"इसमें एक छोटी सी समस्या है, महा।" युग ने खुद को नियंत्रित करते हुए बोला था।

"क्या युग?" महा ने युग को बाँहों में लिये हुए ही अपना सिर उससे थोड़ा पीछे करते हुए पूछा था। युग को स्नेह भरी नजरों से देखते हुए अपने दोनों हाथों से उसे पकड़ रखा था।

"मेरे अंतरद्वीप को कौन सँभालेगा?" युग ने छोटा सा सवाल किया था।

"उसे तुम ही सँभालोगे, युग। इसमें कठिनाई क्या है?" महा ने समझाने की कोशिश की थी।

"मतलब जब मैं तुम्हारे साथ रहने आ जाऊँगा, तब वहाँ हमारे कबीले को कौन देखेगा? हमारे साथियों की कौन परवाह करेगा?" युग एक प्रमुख भी था। उसके सामने यह प्रश्न आ गया कि वह अपने कबीले को कैसे सँभालेगा!

"तुम ओखा से ही अंतरद्वीप को देख सकते हो। तुम्हारे पास तो गज है ही। तुम जब चाहो, वहाँ जाओ और वहाँ की व्यवस्था भी देखो। तुम चाहो तो किसी को अपनी अनुपस्थिति में देखने का अधिकार भी दे सकते हो।" महा ने स्पष्ट रूप से समझाया था।

"ठीक है, देखते हैं। कुछ तो रास्ता निकालना ही पड़ेगा! तुम तो अभी मेरे साथ चल ही रही हो न! मेरी माँ से भी मिल लेना।" युग की इस बात पर महा ने सहमति जताई थी। इसी के साथ युग और महा एक-दूसरे का हाथ थामे गरुड़ के पास पहुँचे थे और उसकी पीठ पर बैठ गए थे। महा के इशारे के साथ ही गरुड़ अंतरद्वीप की ओर उड़ चली थी।

□

6

इति का स्नेह

"फर-फर-फर।" डैनों की ध्वनि और पंख की फड़फड़ाहट के साथ गरुड़ अंतरद्वीप में उतर चुकी थी।

"आओ महा, अंतरद्वीप के मेरे घर में तुम्हारा स्वागत है।" कहकर युग ने स्वागत-भाव में महा की ओर हाथ बढ़ाया था। महा उसका हाथ पकड़कर गरुड़ की पीठ से अंतरद्वीप में नीचे उतरी थी। वहाँ अधिकांश लोग अपने घरों के बाहर खाना पका रहे थे। इति भी अपने घर के बाहरी हिस्से में ही मांस पका रही थी। वे दोनों मुसकराते हुए माँ की ओर आगे बढ़े थे। उन्हें देखकर कुछ अंतरद्वीपी भी उनकी ओर आने लगे थे।

"आओ महा!" इति ने दूर से ही युग के साथ महा को आते देख लिया था। उन्हें साथ देखकर इति को अच्छा लग रहा था। थोड़ा नजदीक आने पर उन्होंने महा का स्वागत किया था।

"प्रणाम, इति माँ!" महा ने नजदीक पहुँचकर मुसकराते हुए सिर झुकाया था और हाथ जोड़कर इति को प्रणाम किया था। महा और युग दोनों के चेहरे पर एक अलग तरह का उल्लास दिख रहा था।

"हमेशा आनंदित रहो। मैं तुम्हारी जितनी प्रशंसा करूँ, वह कम ही होगी, महा। आज तुमने हमारे अंतरद्वीपी की जान बचाई है। यदि समय रहते तुमने हमें सचेत न किया होता और स्वयं भी वीरता से उन्हें न मार भगाया होता, तो पता नहीं क्या होता! इसके लिए तुम्हारा बहुत-बहुत धन्यवाद, महा। आज पहली बार तुम्हारी वीरता देखी है। युग हमेशा तुम्हारे किस्से सुनाया करता था। पराओं के साथ युद्ध में तुमने अपने हाथों से सिंह को धराशायी कर दिया था। तुम्हारी वीरता के अनेक किस्से सुने थे। वह आज देख भी लिया।" इति ने बड़े स्नेह से महा का मुँह छुआ था और उसे आशीर्वाद देते हुए धन्यवाद भी दिया था। उसकी वीरता की तारीफ करते हुए वह थक नहीं रही

थी। महा को देखकर तब तक अंतरद्वीप के अन्य साथी भी वहाँ बड़ी संख्या में आ गए थे और सभी ने महा को उनकी जान बचाने के लिए धन्यवाद दिया था।

"यह तुम्हारे लिए है, महा। मेरी ओर से भी यह भेंट स्वीकार करो।" झम ने सबसे पहले टोकरी में फल देकर महा का सम्मान किया था। तब तक मेध, रथ और अन्य कई लोग भी महा के लिए टोकरी में फल ले आए थे। उन लोगों ने टोकरियों में फल देकर महा का स्वागत किया था। इतना स्नेहपूर्ण स्वागत देखकर महा बहुत आह्लादित हुई थी। इसी के साथ उनके बैठने के लिए चारपाई बिछा दी गई थी। अंतरद्वीपियों ने महा को जैसे सिर-आँखों पर बिठा लिया था।

"आप सबके इस स्नेह से मैं अभिभूत हूँ। आपसे हमेशा ऐसे ही स्नेह और साथ की अपेक्षा है। युग ने पहले ही हमारी बहुत सहायता की है। आज जैसे ही मुझे यह पता चला कि चींटियों का झुंड हमारी ओर से निकलकर अंतरद्वीप की ओर बढ़ रहा है, तब मुझे लगा कि शीघ्रता से युग को और अंतरद्वीप को सचेत करना चाहिए, जिससे कि वे स्वयं को बचा सकें!" कहते हुए महा भावुक हो गई थीं। उसे भावुक होते देखकर इति ने उसे अपने गले से लगा लिया था। महा को इति से गले लगना वात्सल्य से भरा, बहुत प्यारा लगा था।

"माँ! ओखा माँ के जाने के बाद जो सूनापन मेरे जीवन में आया था, उसे आपने अपने स्नेह से पूरा कर दिया, माँ।" कहकर महा रोने लगी थी। उसके मुँह से 'माँ' सुनकर इति को भी अच्छा लगा था। महा ने उन्हें अपनी ओखा माँ का स्थान दिया है, यह सुनकर वह आह्लाद से भर गई थी और अपनी बाँहों से अलग करते हुए उसके गाल को सहलाया था। ठुड्डी छूने के बाद उसने फिर से उसे गले लगा लिया था।

"तुम संसार में अपनी वीरता और प्रेम के लिए जानी जाओ।" अपनी बाँहों से अलग करते हुए इति ने महा को आशीर्वाद दिया था और उसकी दोनों बाँह पकड़कर कुछ देर तक उसे स्नेह से निहारती रही थी।

"माँ, महा ने मुझे अपना संगी बनकर साथ रहने का निवेदन किया है।" महा पर इति की स्नेहवर्षा के बीच उसके कानों में युग की महीन आवाज आई थी। शायद सुबह उन दोनों को गरुड़ पर एक साथ सवार देखकर ही इति के मन में कुछ सुंदर ख्वाब बने थे। वे दिन ढलने से पहले ही साकार होने लगेंगे, ऐसा उन्होंने नहीं सोचा था। यह सुनते ही इति आनंद से भर गई थी। अंतरद्वीप वाले तो यह सुनकर झूम उठे थे। खुशी में उनके मुँह से एक साथ 'हेएए' का स्वर निकला था।

"मुझे हर्ष है कि महा ने तुम्हें अपने संगी के रूप में साथ रहने के लिए चुना है। महा बहुत सुंदर और वीर है।" इति ने महा की बाँहों को पकड़े हुए ही युग की ओर

देखा था और खुशी जाहिर की थी। उसके चेहरे पर आनंद का गुलाबी रंग छिटक गया था।

"आओ, यहाँ बैठो, महा।" इति ने महा को चारपाई पर बैठाया था और अन्य लोग भी वहीं बाहर बैठ गए थे।

"महा के लिए पत्ते पर फल लेकर आओ, युग।" इति ने युग को फल लेकर आने को कहकर खुद महा की बगल में बैठ गई थी।

"ये लो महा, तुम्हारे लिए यह खास अंजीर है और ये सेब-नाशपाती भी। तुम्हें जो अच्छा लगे, वह खाओ।" युग ने घर के अंदर से पत्ते पर कुछ फल लाए थे और चारपाई पर ही महा की बगल में रखते हुए कहा था। महा ने सिर उठाकर युग को देखा था और मुसकरा दी थी। युग उसकी बगल की चारपाई पर बैठ गया था। तब तक कई लोग महा को देखकर वहाँ आ गए थे और स्नेह से उसे निहार रहे थे।

"ओखा में कई लोगों की मृत्यु हो गई है, माँ और कई पशु भी अजीव हो गए हैं। मैंने उनकी सहायता के लिए अपने यहाँ से तीन गौयाक देने का वचन दिया है।" युग ने माँ की ओर देखते हुए महागुरु के साथ हुई बैठक की बात भी बताई थी।

"यह तो हर्ष की बात है। ओखापद और अंतरद्वीप कभी अलग नहीं थे। हमारा गहरा और पुराना संबंध है। गौयाक के अलावा भी यदि ओखापद की सहायता में किसी वस्तु की आवश्यकता है तो वह भी दो, युग। इसके आज के सहयोग के बाद अब तुम्हारा संग-साथ...।" कहकर कुछ पल को रुकी थी इति। "अब तो पूरा अंतरद्वीप इसका है।" महा को देखते हुए इति आह्लादित होती रही थी और उसे आनंद-भाव में देखते हुए मुसकराकर इस नए रिश्ते के साथ अंतरद्वीप पर उसके अधिकार की बात कर दी थी।

"यह आपका स्नेह है, इति माँ।" कहकर महा ने इति का हाथ पकड़ लिया था।

"क्या तुम लोग आज से ही साथ रहनेवाले हो?" इति ने महा को देखते हुए सीधा सवाल किया था। इस बात पर महा ने सकुचाते हुए युग की ओर देखा था।

"माँ, मैंने महा से कल तक का समय माँगा था। अपने अंतरद्वीप की व्यवस्था ठीक करने और आपसे बात करने की बात कहकर मैंने परसों से इसके साथ रहने की बात सोची है।

"तुम अंतरद्वीप की चिंता न करो। यहाँ तो मैं रहूँगी ही। यहाँ मेध है; रथ है; झम है और ये सभी वीर साथी हैं। ...और सबसे बड़ी बात यह है कि अब युग के साथ महा भी है। इसने तो आज साबित भी कर दिया। भले यह ओखापद की प्रमुख थी, पर वहाँ से आकर इसने अंतरद्वीप की रक्षा की। इसलिए अंतरद्वीप को सँभालना

अब दो प्रमुखों का काम रहेगा।" इति ने हँसते हुए बड़ी सकारात्मक बात कही थी।

"ठीक है, माँ। अभी ओखापद के लोगों को नहीं पता है। सबसे पहले महा आपको ही बताना चाहती थी और आपसे मिलना चाहती थी, इसलिए कल तक का समय तो चाहिए ही। परसों से हम साथ रहेंगे। क्यों, महा?" युग की इस अंतिम बात पर महा खिलखिलाकर हँस दी थी।

"अब तक की परंपरा तो यही है युग कि किसी लड़की ने यदि किसी लड़के से प्रणय निवेदन कर दिया तो वह उसी समय उसके साथ रहने चला जाता है। अब आगे तुम दोनों का निर्णय है।" कहकर इति मुसकराई थी और मुँह घुमाकर उसने अंतरद्वीप के साथियों की ओर देखा था।

"तुम सही कह रही हो माँ, पर हम दोनों कबीलों के प्रमुख भी हैं। यह साथ सिर्फ एक स्त्री-पुरुष का नहीं है। यह दो कबीलों का साथ है। हम दोनों मिलकर अब राज्य का निर्माण करने जा रहे हैं। हमारा दायित्व है कि अपने-अपने कबीले के साथियों के बारे में सोचते हुए और उनकी राय लेते हुए आगे बढ़ें। एक प्रमुख का निजी जीवन भी सार्वजनिक रहता है, माँ।" युग ने बड़े ज्ञान की बात कह दी थी।

"यह ज्ञान तुम्हें किसने दिया, युग?" युग की बातों से खुश होती हुई इति ने पूछा था।

"महागुरु ने। वे एक प्रमुख की भूमिका के बारे में महा को समझा रही थीं, तो यह मेरे लिए भी हुआ न, माँ!" युग ने बड़े आदर के साथ माँ को मुसकराकर जवाब दिया था।

"क्यों न हम लोग तुम्हारे साथ का एक उत्सव मनाएँ?" मेध ने यह प्रस्ताव रखा था।

"तुम ठीक कह रहे हो, मेध। जब इन्होंने परसों से साथ रहने का निर्णय लिया है तो हमारे पास यह अवसर है कि हम उत्सव मनाएँ। हम लोग एक महाभोग करेंगे।" इति ने खुशी जाहिर करते हुए कहा था।

"महाभोग!" कहकर हँसी थी महा।

"हाँ, क्यों नहीं। यह कोई साधारण बात नहीं, महा! दो कबीले के प्रमुखों का साथ है। इसके लिए तो उत्सव होना ही चाहिए।" इति ने बहुत उत्साहित होते हुए कहा था और मुसकराने लगी थी। उनकी मुसकराहटों पर युग भी मुसकराने लगा था।

"क्यों न कल ही यह महाभोग अंतरद्वीप में रखा जाए!" मेध ने उत्साहित होते हुए कहा था। महा मुसकराते हुए सभी के उत्साह को देख रही थी। वह उन्हें देखकर प्रफुल्लित हो रही थी। उसके चेहरे पर उल्लास का गुलाबी रंग छिटका हुआ था।

आनंद में उसकी आँखों ने भी अपने भाव-रंग बदल लिये थे।

"कल तो संभव नहीं। तनिक महा को भी अपने ओखापद में बात करने दो, मेध। हम लोग कल इस पर निर्णय करेंगे। ...और माँ, आगे का निर्णय हम बाद में करेंगे। सूर्य ढलनेवाला है। महा को अब लौटना होगा।" महा को सकुचाते हुए देखकर युग ने कहा था।

"...तो क्या हुआ? आज महा यहीं रुक जाएगी। हमारा मांस भी पक गया है और काढ़ा भी तैयार है। भोग ग्रहण कर महा आज यहीं रह जाएगी और कल सुबह चली जाएगी। भले ही तुम्हारा साथ परसों से शुरू होगा, पर महा तो रुक ही सकती है न हमारे यहाँ!" इस बात पर युग ने महा की ओर उत्सुकता से देखा था, पर महा ने इशारों में ही लौटने की बात की थी।

"माँ, अभी महा ओखा लौटना चाहती है। यदि तुम कहोगी तो कल यह पुनः आ जाएगी और हम लोग यह निर्णय कर लेंगे कि महाभोग कब किया जा सकता है!" युग ने महा के मन की बात भाँपकर कहा था।

"इति माँ, हम कल पुनः आ जाएँगे। युग भी अंतरद्वीप का प्रमुख है। यह भी एक-दो दिनों में यहाँ के लिए कुछ महत्त्वपूर्ण निर्णय कर लेगा, तब हम लोग साथ रहने लगेंगे।" महा ने सकुचाते हुए इति से कहा था।

"ठीक है महा, ये फल तुम अपने साथ रख लो।" कहते हुए इति ने फलों की कुछ टोकरियाँ महा को दी थीं, जिसे युग और अंतरद्वीपियों ने उठा लिया था।

"आप सब अंतरद्वीप के साथियों को प्रणाम! प्रणाम इति माँ!" बड़े आदर के साथ महा ने सभी को प्रणाम किया था। इति माँ की ओर झुकते हुए हाथ जोड़कर उसने प्रणाम किया था। कुछ लोग फल की टोकरी लेकर गरुड़ के पास पहुँचे थे।

"हमेशा आनंदित रहो, महा।" इति ने बड़े प्यार से महा के सिर पर हाथ फेरा था। युग ने गरुड़ को सहलाते हुए उस पर चढ़कर उसकी पीठ पर फलों की टोकरी रखी थी और नीचे उतर आया था।

"ठीक है युग, कल मिलते हैं और महागुरु के पास चलकर आगे का निर्णय करते हैं। तुम सुबह आ जाना।" कहते हुए महा ने युग को अपनी बाँहों में भरकर प्यार किया था और गरुड़ की चोंच के सहारे उसकी पीठ पर बैठ गई थी। उसके इशारे के साथ गरुड़ उड़ने लगी थी और दोनों कुछ देर तक एक-दूसरे को हाथ उठाकर प्यार दरशाते रहे थे।

□

7
नृत्य-योजना

"प्रणाम महागुरु! प्रणाम महागुरु!" महा और युग ने एक साथ महागुरु को हाथ जोड़कर प्रणाम किया था।

"आओ महा, युग, आओ! तुम दोनों का संसार में हमेशा यश रहे। तुम्हारी वीरता लोगों को हमेशा याद रहे। कैसे हो तुम दोनों? आज सुबह-सुबह तुम लोग यहाँ आए हो? ज्यादा प्रतीक्षा तो नहीं करनी पड़ी तुम्हें?" गुरुकुल के पीछे महागुरु सुधि वहाँ के सभी बच्चों और गुरुजनों के साथ ध्यान कर रही थीं और इसी क्रम में वे बच्चों को त्रिनेत्र का ज्ञान भी दे रही थीं। ध्यान खत्म कर वे अपने लेखन-वृक्ष के आसन की ओर आई थीं, जहाँ बैठकर वे पत्तों पर कोई ग्रंथ लिखा करती थीं। पेड़ के नीचे अपने लेखन वाले आसन पर बैठते हुए महागुरु ने बड़ी उत्सुकता से उन दोनों को देखा था और आशीर्वाद देते हुए पूछा था।

"नहीं महागुरु, मुझे पता था कि सुबह ध्यान की कक्षा आप ही लेती हैं। उसके बाद ही आप किसी से मिलती हैं। मैंने युग को कल ही कह दिया था कि सूर्योदय होते-होते तुम ओखा पहुँच जाना। यह सूर्योदय से पहले ही ओखा पहुँच गया और इसके आते ही हम यहाँ आ गए।" महा ने सुबह-सुबह पहुँचने के बारे में थोड़ा सा बताया था।

"ऐसी क्या बात हो गई, महा? सब कुशल तो है न?" महागुरु सुधि उन दोनों के चेहरे को बारी-बारी से पढ़ने की कोशिश कर रही थीं, पर उन्हें उनके चेहरे पर आनंद और उत्साह का भाव दिख रहा था।

"महागुरु, आज हम एक विशेष परामर्श के लिए आपके पास आए हैं।" युग ने विनय-भाव से कहा था।

"...तो कहो, युग। क्या बात है?" महागुरु सुधि ने दोनों को देखते हुए पूछा था।

"महा ने मुझसे संगी बनने का निवेदन किया है। इसने मुझे अपने साथ रहने का आमंत्रण दिया है, इसलिए¨।" महा की ओर देखते हुए युग ने अभी इतना ही कहा था कि महागुरु ने खुशी में उसकी बात काटते हुए कहा, "बहुत सुंदर सूचना है यह। महा ने यह सुंदर निर्णय लिया है और तुमने इस बात की सहमति देकर मेरा मन आनंद से भर दिया। मेरी शुभकामनाएँ हैं कि तुम्हारा साथ जीवन भर का रहे।" महागुरु बहुत प्रफुल्लित होते हुए बोली थीं। उनकी बातों से तो ऐसा लग रहा था कि वे सब जानती हैं। उन्हें पता है कि वे दोनों संसार में एक नई संस्कृति की शुरुआत करनेवाले हैं।

"वैसे, सच पूछो तो तुम एक-दूसरे के लिए ही बने हो महा, युग। मैं तुम्हारे साथ होने का इंतजार ही कर रही थी। तुम इस संसार के पहले स्त्री-पुरुष होनेवाले हो, जहाँ से एक परिवार की नई संस्कृति शुरू होगी!" महागुरु आनंद में कुछ भविष्यवाणी करने जैसी बातें कह रही थीं। उनके सामने बैठे महा और युग बस उन्हें सुनते जा रहे थे।

"तुम्हारा साथ संसार का पहला ऐसा साथ होगा, जहाँ दो कबीले के प्रमुख साथ आएँगे। तुम्हारा ऐसा पहला साथ होगा, जहाँ संसार का पहला परिवार बनेगा। इससे पहले सिर्फ स्त्रियाँ अपने देह-सुख के लिए पुरुषों को अपना संगी बनाती थीं या अपने साथ रखती थीं। आज से तुम दोनों एक परिवार का निर्माण करनेवाले हो, जिसमें दोनों हरेक दायित्व में एक-दूसरे का साथ निभाओगे। अब तक हम आठ-दस लोगों के समूह से हजार-बारह सौ के समूह कबीले में भोग व सुरक्षा के लिए रहते रहे हैं। आज से एक परिवार किसी समूह या कबीले का प्राथमिक संगठन होगा। एक सदस्य से एक परिवार, तत्पश्चात् उन परिवारों का एक समूह, एक समूह से एक कबीला और उन कबीलों के समूह से एक राज्य या देश। संसार अब यहीं से एक नई संस्कृति के साथ आगे चलेगा। जब तक 'यह' होंगे, वे इसी तरह एक देश और महादेश निर्मित करेंगे।" सांस्कृतिक दृष्टि से महागुरु कुछ आश्चर्यजनक बात कह रही थीं। यह उनका कोई सपना था या उनकी कोई दृष्टि या वे जैसे पहले से सबकुछ जानती थीं कि भविष्य में क्या होनेवाला है! क्या उनके भीतर कोई शक्ति थी, जिससे वे एक ऐसे सांस्कृतिक समाज की कल्पना कर रही थीं?

"मैं तुम्हारी इस बात से बहुत आनंदित हूँ। लो, तुम यह फल खाओ।" कहकर महागुरु ने अपने विचारों-सपनों की वाणी को विराम देते हुए अपने पास

रखे सेब को देखा था और उसे उठाकर युग व महा की ओर बढ़ाया था।

"हाँ, अब बताओ कि तुम आज यहाँ क्या परामर्श करने आए हो? जो भी पूछना है, बेहिचक पूछो, महा, युग।" महागुरु सुधि ने बड़े प्यार से उनकी ओर देखते हुए कहा था। उनका चेहरा मानो फूल की तरह खिला हुआ बहुत आकर्षक लग रहा था। उनके चेहरे पर सारंगी-भाव आ-जा रहे थे।

"महागुरु, हम लोग कल से साथ रहेंगे। अंतरद्वीप और ओखा के लोग चाहते हैं कि इस हर्ष में महाभोग हो, पर यह दोनों स्थान पर एक साथ कैसे संभव है? ऐसे में क्या करें?" युग ने सहजता से पूछा था।

"मुझे लगता है कि अंतरद्वीप के लिए महाभोग तुम्हारे साथ के बाद किया जाना ठीक होगा! उससे पहले कल यानी प्रणय वाले दिन पहले ओखापद में महाभोग रखा जाना बेहतर रहेगा। वहाँ अन्य कबीले के प्रमुखों के साथ कुछ चुनिंदा लोगों को भी आमंत्रित किया जाना चाहिए, क्योंकि यह संसार के लिए एक अद्‌भुत-प्रणय-समारोह होगा। संगी प्रस्ताव के बाद ऐसा आयोजन पहले कभी नहीं हुआ है, इसलिए ओखा में सभी को बुलाना भी आसान होगा। समारोह में शामिल होकर सभी अपने कबीले में आसानी से लौट जाएँगे। यह पहला ऐसा प्रणय-समारोह होगा, जब कई कबीले के लोग उसमें शामिल होने आएँगे। वैसे अंतरद्वीप के कुछ साथी नाव में सवार होकर आना चाहें तो ओखा में आ जाएँ। मुझे लगता है कि दूसरे दिन अंतरद्वीप में भव्य समारोह करना बेहतर होगा। इसके लिए तुम दोनों परसों सुबह ही अंतरद्वीप चले जाना। वहाँ सूर्यास्त से पहले समारोह करना और उस रात वहीं रुक जाना। इसके बाद अगले दिन से तुम दोनों अपनी सामान्य दिनचर्या में लौट सकते हो।" महागुरु ने इस मुश्किल का हल तो बताया ही था, साथ ही अन्य कबीलों को शामिल करने के विचार के साथ यहीं से एक राज्य के निर्माण की नींव भी रखनी शुरू कर दी थी। शायद संसार का पहला देश!

"क्या युग, अंतरद्वीप में हमारे साथियों को दुःख तो नहीं होगा?" महा ने युग की ओर देखकर पूछा था। उसके मन में अंतरद्वीप की भावनाओं का भी खयाल था। उसे अभी से यह सोचना पड़ रहा था कि दोनों कबीले से किसी को भी दुःख न हो।

"महागुरु के सुझाव से मैं सहमत हूँ। दूसरे कबीले के प्रमुखों और गुरुकुल के सभी बच्चों को इसमें अवश्य शामिल किया जाना चाहिए। ओखा में उन सब के लिए आना भी आसान है। पहले यहीं महाभोग कर लेते हैं और अंतरद्वीप में दूसरे दिन कर लेंगे। मेरी माँ इस समारोह में ओखा आ जाएँगी। अन्य साथी दूसरे दिन

अंतरद्वीप में अपना आयोजन करेंगे। वैसे अंतरद्वीप के सभी बच्चे गुरुकुल से आकर यहाँ शामिल हो सकते हैं। इससे मेरी माँ के अलावा अंतरद्वीप के लोगों की भागीदारी भी हो जाएगी।" युग ने सोचते हुए अपना निर्णय सुनाया था।

"यदि तुम चाहो तो अंतरद्वीप के सभी साथियों को यहाँ बुलाया जा सकता है। उस दिन सभी अंतरद्वीपी साथी हमारे घरों में आराम कर सकते हैं। सुबह होते ही वे लौट जाएँगे।" महा अंतरद्वीप के साथियों को भी पहले ही दिन बुलाना चाह रही थी। उसे लग रहा था कि सबसे पहले अंतरद्वीप के साथियों ने महाभोग करने की बात उठाई थी। यदि पहले ओखा में महाभोग हुआ तो उन्हें निराशा होगी, इसलिए महा ने सभी को रात में रुक जाने का प्रस्ताव रखा था।

"यदि सभी लोग शामिल किए गए तो कुल कितने लोग इस महाभोग में शामिल होंगे?" महा के प्रस्ताव पर युग ने यह सवाल पूछा था।

"कुल मिलाकर लगभग दो हजार लोग होंगे। बारह सौ तो सिर्फ ओखापद के ही लोग हैं। अंतरद्वीप के चार सौ और गुरुकुल के कुल दो सौ बच्चे! अन्य लोगों को मिलाकर लगभग इतने हो तो ही जाएँगे।" महागुरु ने थोड़ा सोचते हुए नजरें इधर-उधर घुमाई थीं और मन में ही गणना करते हुए लोगों की संख्या बताई थी।

"क्या इतने लोगों का महाभोग संभव है, महा?" युग ने फिर सवाल किया था। उसे संशय हो रहा था, क्योंकि आज तक इतना बड़ा महाभोग पहले कभी नहीं हुआ था। उसमें भी कई कबीलों के लोग तो एक साथ शामिल ही नहीं हुए। उसे संशय था कि क्या यह सँभाल पाना आसान होगा!

"यदि तुम इस बात से सहमत हो तो हम लोग अच्छे से इसे कर लेंगे। हमारे ओखा में प्रत्येक दिन लगभग दो सौ चूल्हा जलता है, जिस पर लगभग हजार से भी अधिक लोगों का खाना पकता है।" महा ने आँखें झपकाकर युग को आश्वस्त किया था और ओखा की इस-शक्ति का अहसास कराने की कोशिश की थी। ओखा में लगभग बारह सौ लोगों का महाभोग तो पहले भी हो चुका है। उसके लिए वे हरेक लोगों को अपने चूल्हे पर ही खाना बनाने को कहते हैं। वे सभी खाना बनाकर एक जगह रख देते हैं और फिर वहीं से सभी खाना लेकर खाते हैं। अभी तक वहाँ एक जगह खाना बनाकर भोज करने की परंपरा शुरू नहीं हो पाई है।

"यह भी कर सकते हैं कि अंतरद्वीप के लोग भी ओखा के साथियों के साथ हाथ बँटाएँ।" युग ने फिर अपनी राय दी थी।

"नहीं, उसकी आवश्यकता नहीं पड़ेगी। हमारे इतने साथी हैं कि यदि उन्होंने

अपने भोग का दोगुना पका लिये तो बस सब के लिए भोग तैयार हो जाएगा। तुम चिंता मत करो, युग। हम कुछ विशेष भोग का भी इंतजाम करा लेंगे। कुछ लोगों को सामूहिक स्तर पर विशेष खोया वाली मिठाई बनाने का जिम्मा दिया जाएगा।" युग की बाँह पर थपकी देते हुए महा मुसकराई थी और आँखें झपकाकर उसे विश्वास दिलाने की कोशिश की थी।

"खोया वाली मिठाई?" यह शब्द सुनकर युग थोड़ा अचंभित हुआ था और महा की ओर देखने लगा था।

"हाँ, हमारे यहाँ दूध से खोयावाली मिठाई तैयार की जाती है। वह विशेष प्रकार का मीठा भोग है। महागुरु ने ही संसार की पहली मिठाई का नाम खोया रखा है। तुम चिंता मत करो। यहाँ की सारी व्यवस्था तुम मुझ पर छोड़ दो।" महा ने खोयावाली मिठाई के बारे में बड़े उत्साह के साथ बताया था और मुसकराने लगी थी।

"ठीक है, यदि अंतरद्वीप के सभी साथी ओखा के महाभोग में शामिल हो गए, तब दूसरे दिन वहाँ महाभोग संभव नहीं होगा। अच्छा होगा कि अंतिम निर्णय लेने से पहले हम अंतरद्वीप चलें। वहाँ माँ से मिलकर इसका समाधान निकालने की कोशिश करें।" युग ने अपने मन की बात कही थी।

"हाँ, यह ठीक रहेगा। तुम दोनों के लिए इति से परामर्श करना आवश्यक है।" महागुरु ने मुसकराकर युग की बात का समर्थन किया था।

"यह मेरे जीवन का सबसे भव्य आयोजन होगा। अपनी सौ साल की उम्र में मैंने कभी इतना बड़ा आयोजन न ही देखा है और न सुना ही है। इस खास आयोजन के लिए गुरुकुल भी कुछ योजना बनाएगा। हमारे पास भी कम समय है। उसके लिए हमें थोड़ी तैयारी करनी होगी।" कहते हुए महागुरु सुधि कुछ सोच में पड़ गई थीं।

"ऐसी क्या योजना होगी महागुरु, जिसके लिए आपको तैयारी करनी होगी?" महा ने उत्साहित होते हुए पूछा था और युग के चेहरे पर भी उत्सुकता के भाव दिखाई पड़ रहे थे।

"हम्म, हम गुरुकुल की ओर से संगीत के कार्यक्रम के साथ एक नई और विशेष संस्कृति प्रस्तुत करेंगे।" महागुरु ने मुसकराते हुए रहस्य को थोड़ा बरकरार रखा था।

"क्या, महागुरु?" महा ने अधीर होते हुए पूछा था।

"नृत्य।" कहकर चुप हो गई थीं महागुरु।

"नृत्य!" महा और युग दोनों के मुँह से आश्चर्य के साथ यह शब्द उभरे थे।

"हाँ, नृत्य। इसे बोध, सली और उसके कुछ साथियों ने मिलकर तैयार किया है। वे कई दिनों से जंगल में घूमते हुए कुछ चिड़ियों को आनंदित होते देख रहे थे। कुछ चिड़ियों ने अपनी मीठी बोलियों के साथ अपने छोटे शरीर को अलग-अलग तरह से घुमाना शुरू कर दिया था। पंखों को फैलाकर वे अपने शरीर को एक विशेष लय में नचा रही थीं। गरदन को भी अलग तरह से एक लय में एक निश्चित स्थान पर घुमाते हुए कुछ मधुर स्वर निकाल रही थीं, जैसे वे आनंदित होते हुए आह्लाद का परम सुख पा रही हों। वे अपनी आँखों को भी अलग तरह से घुमा रही थीं। एक के शुरू करते ही उसके साथ कई चिड़ियों ने वैसा ही करना शुरू किया। उनका इस तरह एक लय में अपने ही सुर-ताल के साथ झूमना और नाचना बहुत आकर्षक था। यही नृत्य है। कल समारोह में तुम दोनों देखना। बोध में तुम्हारी तरह ही खोजने की इच्छा रहती है। वह बहुत प्रतिभाशाली है। उन चिड़ियों को देखकर उसने उसका बार-बार अनुसरण किया। उसकी नकल की। बोध और सली के प्रयासों के बाद गुरुजनों की देखरेख में उसके कई साथियों ने उसके अनुसरण का प्रयास किया है। उन लोगों ने मिलकर बहुत ही रोचक और मनोरम नृत्य तैयार किया है। संसार के सांस्कृतिक विकास के लिए यह बड़ा प्रयोग साबित होगा।" कहते हुए कुछ पल रुकी थीं महागुरु। "नृत्य, संसार का पहला नृत्य। संसार का पहला नृत्य कल महा और युग के प्रणय में प्रस्तुत किया जाएगा। साथ में गीत भी गाए जाएँगे और बाँसुरी की धुन भी बजेगी। अच्छा, इस पर हम लोग बाद में बात करेंगे। अभी तुम दोनों अंतरद्वीप जाओ और वहाँ इति से परामर्श लेकर निर्णय करो। मुझे भी सूचना दे देना।" महागुरु सुधि ने मुसकराते हुए कहा था।

"ठीक है महागुरु, हम अंतरद्वीप जाते हैं।" कहकर दोनों खड़े हो गए थे।

"प्रणाम महागुरु! प्रणाम महागुरु!" महा एवं युग ने झुककर हाथ जोड़े थे और महागुरु को प्रणाम कर वहाँ से बाहर निकल आए थे।

□

"क्या खूब मिथ! इनका प्रेम और विवाह के पहले आयोजन पर विचार हो रहा है। कितना मोहक है यह जानना कि पहली बार कोई स्त्री-पुरुष के साथ की शुरुआत विधिवत् विवाह-समरोह के साथ कैसे हुई! हमारे इन पूर्वजों ने ही हमें यह संस्कृति दी है, जिस पर आज हम गर्व करते हैं।" गणी ने साउंड मशीन की फ्रीक्वेंसी को बदलते हुए मिथ से कहा था।

"हाँ गणी, और अभी जो ध्वनि हमने सुनी, उसमें महागुरु यह कह रही हैं कि संसार का पहला नृत्य बच्चों ने चिड़ियों को देखकर तैयार किया है। वे अब उसकी नकल कर उसका सार्वजनिक प्रदर्शन करनेवाले हैं। यह तो कमाल की बात है।" मिथ भी रोमांचित होते हुए बोली थी। तब तक गणी ने फ्रीक्वेंसी बदलकर साउंड कैचर मशीन को ट्यून किया था और उसकी आवाजों को फिल्टर कर पहले की ध्वनियों से सीक्वेंस में मिलान करने लगा था।

□

"प्रणाम माँ! प्रणाम माँ!" उड़वाहन से उतरकर युग और महा एक साथ इति के पास पहुँचे थे और उन्हें प्रणाम किया था।

"तुम्हारे बीच हमेशा प्रेम बना रहे और संसार में हमेशा तुम्हारा यश फैले।" कहते हुए इति ने आगे बढ़कर महा को गले से लगा लिया था और उसे स्नेह से चारपाई पर बैठाया था।

"माँ, ओखापद के साथी भी कल ही महाभोग करना चाहते हैं। हम इसी के लिए आपके पास आए हैं। आप जो निर्णय करेंगी, हम वही मानेंगे।" चारपाई पर बैठते हुए युग ने कहा था।

"इसमें सोचने की क्या बात है? पहले ओखा में ही आयोजन कर लो। यहाँ दूसरे दिन किया जाएगा।" इति ने महा की ओर देखते हुए मुसकराकर कहा था।

"ठीक है, पर माँ, मैं एक बात कहना चाहती हूँ।" महा ने इति की ओर देखते हुए आदर के साथ कहा था।

"कहो महा, बेहिचक कहो।" इति ने बड़े दुलार से महा को देखते हुए कहा था।

"यदि आप पूरे अंतरद्वीप के साथियों के साथ कल के महाभोग में शामिल हों तो मुझे बहुत हर्ष होगा। वहाँ आप सबके लिए रुकने का प्रबंध भी कर लेंगे। आपको कोई असुविधा नहीं होगी, माँ।" महा ने बहुत ही प्यार से आग्रह किया था।

"तो ठीक है। हम सब भी वहाँ पहुँचकर सामूहिक उत्सव मनाएँगे। मुझे तुम्हारा प्रस्ताव स्वीकार है, महा।" इति ने बड़ी सहजता से महा का निवेदन स्वीकार कर लिया था।

"...पर तुम्हारे प्रणय के तीसरे दिन तुम दोनों को यहाँ आना होगा। उस दिन हम अंतरद्वीप की ओर से महाभोग का आयोजन करेंगे। यहाँ के लोगों को भी तो लगना चाहिए कि अब हमारे दो प्रमुख हैं। महा भी हमारी है।" इति ने अंतरद्वीपी

का ओखा-आयोजन में आने की सहमति देते हुए उसके तीसरे दिन उन्हें आमंत्रित कर लिया था।

"अवश्य, माँ।" कहकर महा ने युग की ओर मुसकराकर देखा था। तब तक झम, रथ और मेध वहाँ आ पहुँचे थे।

"मैंने तुम्हारे लिए अंतरद्वीप के कुछ चुने हुए पत्ते और जड़ियों का काढ़ा बनाया है, महा।" काढ़ा का बरतन उसकी ओर बढ़ाते हुए मेध ने कहा था।

"अच्छा, बहुत-बहुत धन्यवाद, मेध!" काढ़ा लेते हुए महा हँसने लगी थी।

"अरे मेध, हम लोगों ने सुबह से केवल एक-एक सेब खाया है। अभी हम लोग यहीं पूरा भोग करेंगे। ···और हाँ, तुम और झम अभी ही ओखा पहुँच जाना। महा के घर से तुम्हें भी प्रबंध देखना है। यहाँ से सभी के आने-जाने और अंतरद्वीप का ध्यान रथ रखेगा।" युग ने खाने की बात कहकर सभी को जिम्मेदारी सौंपी थी।

"कहाँ जा रहे हो, युग? भोग तैयार है। तुम घर के अंदर ही पाँत लगा लो। हम लोग साथ-साथ वहीं बैठकर खाएँगे।" इति ने बड़े प्यार से युग को पाँत लगाने का निर्देश दिया था।

"मैं कुछ लेकर आऊँ, इति माँ? मैंने मछली बनाई है। यदि आप कहें तो लेकर आएँ!" झम ने इति से पूछा था।

"ठीक है, तुम महा को स्नेह से कुछ खिलाना चाहती हो तो लेकर आओ।" इति ने स्नेह से झम को कहा था। भोजन करने के साथ ही वहाँ से हँसी की ध्वनि ने पूरे वातावरण को मोहित कर रखा था और उधर ओखा में महा और युग के प्रणय महाभोग की तैयारी शुरू हो चुकी थी।

□

8

महायुग का प्रणय-महाभोग

"हाँ, बन गया। हमने लगभग दो हजार लोगों के लिए खोया वाली मिठाई तैयार कर ली है। इस बार मैंने उसमें कुछ फल के टुकड़े भी डाल दिए हैं। चखकर देख लिया है। इसका स्वाद पहले से भी अधिक बेहतर है। वैसे घटेगा तो नहीं! डटकर मांस और फल खाने के बाद लोग काढ़ा भी तो पिएँगे, अत: इतनी मिठाई कम न होगी!" गति ने मिठाई बनाकर उसे लकड़ी की दस बड़ी-बड़ी टोकरियों में रखा था। उसके चेहरे पर अब भी घाव के निशान थे। पूरा ओखापद बहुत खुश लग रहा था। वे भी पहली बार इस तरह के किसी उत्सव की तैयारी कर रहे थे। कुछ लोगों ने जंगल से कुछ पत्ते और फूल ले आए थे। वे ओखा-चौ को पूरी तरह सजा रहे थे।

"ठीक है, मैं इसे बाहर बीच स्थान पर रख आता हूँ।" अथ ने टोकरी उठाकर ओखा-चौ की ओर ले जाते हुए कहा था।

"ठीक है, रख आओ। तब तक मांस भी तैयार हो ही जाएगा।" गति ने आँखें झपकाकर सहमति जताई थी और हाँड़ी में मांस चलाकर देखने लगी थी।

"जिप और सिद, तुम दोनों इधर घूम रहे हो? आज तुम सबका बड़ा दायित्व है। आज ओखा की सुरक्षा का पूरा दायित्व किन्नर समाज पर है। तुम लोग सूर्यास्त होने तक सचेत रहना, क्योंकि अधिकांश साथी आज इधर उत्सव की तैयारी में लगे हैं। ऐसे समय में तुम्हारा दायित्व अधिक बढ़ जाता है।" कुल ने जिप और सिद को देखकर सचेत रहने को कहा था और भोग की तैयारी में जुट गया था।

"हा-हा-हा।" स्त्रियाँ रंगों से महा के चेहरे और हाथों पर फूल बना रही थीं। उन्होंने उसकी आँखों के कोर पर काजल लगाकर और भी खूबसूरत बना दिया था। महा की बड़ी-बड़ी खूबसूरत आँखें और भी बड़ी लगने लगी थीं। उसकी आँखों के

श्रृंगार ने उसे और भी दिव्य बना दिया था।

"तुम्हारी आँखों पर लगे काजल ने आँखों को और भी सुंदर बना दिया है, महा। युग अब हमेशा तेरे मोह में रहेगा। वह होगा संसार का सबसे बड़ा योद्धा, पर वह रहेगा तो महा का सेवक ही न, हा-हा-हा।" महा की सखियाँ उसके निखरते रूप पर उससे ठिठोली कर रही थीं।

"धत्त, तुम सब न··· !" कहते हुए महा ने प्रफुल्लता में हलकी लज्जा के साथ सिर हिलाया था और हँसने लगी थी।

"लो, तेरे हाथों पर ये बन गई सोन चिड़िया। अब युग को लेकर उड़ जा।" एक सहेली ने हाथों पर बनी चिड़िया को देखते हुए कहा था।

"यह तो पहले से ही अपने गरुड़ पर लेकर उड़ चुकी है उसे, ही-ही-ही।" सभी सहेलियों ने फिर महा से ठिठोली की थी।

"युग, बहुत अच्छा युवा है।"

"हाँ, बहुत सुंदर भी।"

"अरे, उसकी भुजाएँ कितनी मोटी और भारी हैं।"

"उस पर उसका सारंग।" महा की सभी सहेलियाँ अलग-अलग बातों के साथ इस शानदार उत्सव का आनंद ले रही थीं और महा से ठिठोली कर रही थीं।

"असा, क्या तुमने देख लिया है? सबने मांस पकाना शुरू कर दिया है न?" कुल ने असा के पास आकर पूछा था।

"हाँ कुल, जिनके पास नमकीन पानी नहीं था, उनके लिए सागर-जल उपलब्ध करा दिया गया है और कुछ आँसू-जड़ी भी सबको उपलब्ध करा दिए गए हैं। माखन किसी को देने की आवश्यकता नहीं पड़ी। वह तो सभी के पास पहले से था, इसलिए सभी ने अपनी-अपनी हाँड़ी पहले ही चढ़ा दी है। अब तो वह तैयार होने को है। साथ ही मांस को आग पर सेंका-भूना भी जा रहा है।" कुल के प्रश्न पर असा ने उसे बताया था। दरअसल कुल, असा और अथ को पूरे महाभोग की तैयारी की जिम्मेदारी दी गई थी। इनका सहयोग अंतरद्वीप से आए मेध और झम कर रहे थे। हालाँकि उन्हें अंतरद्वीप और दूसरे कबीले से आए मेहमानों को देखने की जिम्मेदारी दी गई थी।

"अंतरद्वीप से युग आ गए और उनके साथ उसकी माँ इति भी आ गई हैं।" महा के कमरे में आकर उसकी एक सहेली ने उससे कहा था।

"अच्छा, उन्हें लेकर यहीं आ जाओ।" महा ने यह कहते हुए अपनी सहेलियों

को भेजा था।

"आइए युग, आइए इति माँ। आपको प्रणाम! ओखा में आपका स्वागत है।" गज से उतरने के बाद मुसकराते हुए हुती ने आगे बढ़कर उनका स्वागत किया था और उनसे घर के अंदर आने का आग्रह किया था।

"कैसी हो, हुती?" युग ने उसे देखकर पूछा था और माँ को हाथ से इशारा कर उसके साथ चलने को कहा था।

"मैं ठीक हूँ, युग।" हुती और उसकी सहेलियों की आगवानी में वे महा के घर के अंदर गए थे। इति उस घर के अंदर घुसते हुए चारों तरफ नजरें घुमाकर देख रही थीं। वह उन पुराने घरों से बिल्कुल भिन्न था। कितने साल हो गए उसे यहाँ से गए हुए! पंद्रह-सोलह साल की उम्र में ही अपनी माँ और कबीले के सैकड़ों लोगों के साथ जो वह गई, तो लौटकर फिर यहाँ कभी नहीं आई। माँ के साथ ओखा की माँ तारा के झगड़े ने जैसे उसकी पूरी दुनिया ही बदल दी थी। आज उसी तारा की पोती और ओखा की बेटी से उसके बेटे का प्रणय हो रहा था। उसके चेहरे पर हलकी मुसकान तैर गई थी।

"आप यहाँ बैठिए, इति माँ।" एक कमरे में ले जाकर उन्हें बैठाया गया था।

"हुती, तनिक बाहर देख लेना, मेध और झम यहीं होंगे! उन्हें बुला लाना और अंतरद्वीप से जो भी आए हैं, उन्हें बैठाना। हम लोगों ने जिस जगह पर उनके बैठने की व्यवस्था की है न, वहीं पर उन्हें बैठाना।" युग ने हुती से अनुरोध किया था। तब तक वहाँ महा की सहेलियों ने उनके लिए कुछ ताजा और सूखे फल ले आए थे।

"आ गए, मेध! आओ झम! मैं अभी हुती को तुम्हें बुलाने के लिए भेज ही रहा था। अच्छा हुआ, तुम स्वयं आ गए। तुम्हें विशेष तौर पर अंतरद्वीप के लोगों और दूसरे कबीले से आए प्रमुखों का ध्यान रखना है। सभी आ गए हैं। उन्हें तुम जाकर देखो, बाकी लोगों के लिए यहाँ दायित्व दिया जा चुका है। तुम उनकी चिंता मत करना।" कमरे में झम और मेध के आने पर युग ने उन्हें समझाकर वापस भेज दिया था।

"मैं तनिक महा से मिलकर आती हूँ।" कहकर उठी थी इति और महा के कमरे में गई थी। इति को देखते ही महा खड़ी हो गई थी।

"प्रणाम माँ!" उसने हाथ जोड़कर और सिर झुकाकर इति माँ को प्रणाम किया था।

"आनंद में रहो, मेरी बेटी। तुम्हारे जीवन में हमेशा उल्लास रहे।" आशीर्वाद

देते हुए इति ने आगे बढ़कर महा की ठुड्डी पकड़ी। उसकी ठुड्डी को हथेलियों से यों छुआ था, मानो उसके मुँह को उठाकर वह देखनेवाली हो। उसने बड़े दुलार से उसे देखा था और कहा था, "तुम देखने में जितनी सुंदर हो, मन से भी उतनी ही सुंदर हो। किसी भी कठिनाई में दोनों एक-दूसरे का साथ देना और मिलकर सामना करना। तुम हमेशा विजेता रहोगी। तुम दोनों वीर योद्धा हो। मुझे विश्वास है कि तुम्हारा साथ संसार का सबसे सुंदर, शक्तिशाली और उल्लेखनीय होगा।" इति ने उनके प्रणय से पहले महा को आशीर्वाद के साथ अंतिम दम तक एक-दूसरे के साथ निभाने की बात समझा रही थीं। यह पहला अवसर था, जब किसी ऐसे साथ की कल्पना की जा रही थी। अब तक स्त्री-पुरुष अपनी इच्छा से कभी भी, किसी के भी साथ आते-जाते रहे हैं। दोनों के लिए शरीर-सुख ही प्राथमिकता रही है। आपस में शारीरिक संबध मानो उनके लिए सामान्य सी बात थी। बच्चे स्त्रियों के ही होते थे। वह उसे पालती थी। उसी का उस पर अधिकार होता था। बच्चे स्त्रियों के ही वंश को आगे बढ़ाते थे। पुरुषों को बच्चों से सीधा लेना-देना नहीं रहता। इसकी सबसे बड़ी वजह स्त्रियों का अलग-अलग पुरुषों के साथ संबध था। उसका पिता कौन है, यह अधिकांशतः स्पष्ट नहीं रहता। जो जिस समय उस स्त्री के साथ होता, वही बच्चे का पिता मान लिया जाता। साथ रहते हुए पुरुष पूरी तरह स्त्री का सहयोग करता। आज जीवन भर साथ रहने की बात पहली बार की जा रही थी।

"महा!"

"बोध, तुम आ गए?" कहते हुए महा ने उसे थोड़ा झुककर अपनी बाँहों में भर लिया था और भावुक होने लगी थी। उसे गले से लगाए उसकी आँखें गीली हो गई थीं। उसने बोध की पीठ सहलाई थी।

"हाँ महा, मैं आ गया। इससे मिलो, यह मेरी दोस्त सली है। हम दोनों ने मिलकर एक सुंदर चिड़ी-नृत्य तैयार किया है। आज इस उत्सव पर हम अपने कुछ साथियों के साथ नृत्य प्रस्तुत करनेवाले हैं।" बोध ने सली से परिचय करवाते हुए महा को नृत्य की बात बताई थी। महा ने सली के गाल छूकर उसे स्नेह दिया था।

"मुझे पता चल गया है कि तुमने जंगलों में चिड़ियों से नृत्य सीखने में बड़ी साधना की है। अनेक-अनेक दिन उनके पीछे जाकर उनको देखा है। उनकी क्रियाओं पर ध्यान लगाया है। गुरुकुल में आकर उसका अभ्यास किया है। गुरुजनों ने लयात्मकता लाने में तुम्हारी सहायता की है। महागुरु सुधि ने हमें सब बता दिया है, बोध।" महा ने उसे अपनी बाँहों से अलग किया था और उसके चेहरे को प्यार

से निहारते हुए कहा था।

“सली, तुम किस कबीले की हो?” सली का गाल छूते हुए महा ने पूछा था।

“मैं गोमती की हूँ।” सली ने मुसकराकर जवाब दिया था।

“ये इति माँ हैं, युग की माँ। इन्हें प्रणाम करो, बोध!” महा ने इति से बोध का परिचय करवाते हुए कहा था।

“प्रणाम, इति माँ! प्रणाम, इति माँ!” बोध और सली ने इति को प्रणाम किया था।

“महा की तरह वीर बनो, बोध। सली, तुम भी बहुत प्यारी हो। आनंद में रहो।” इति ने मुसकराकर आशीर्वाद दिया था।

“महागुरु आ चुकी हैं। हमें अब नृत्य प्रस्तुत करने की तैयारी करनी है। मैं जाता हूँ।” यह कहते हुए बोध अपनी दोस्त सली के साथ बाहर निकल गया था।

“अब हमें बाहर चलकर बैठना चाहिए और महाभोग में शामिल होना चाहिए। वहाँ सभी आ चुके हैं।” हुती ने आकर महा को चलने के लिए कहा था।

“हाँ, चलो महा! हम लोग महाभोग में शामिल होते हैं।” इति ने बड़े दुलार से महा को कहा था और महा की स्नेहमयी सहमति के बाद वे साथ-साथ बाहर निकलने लगे थे, तब तक युग दूसरे कमरे से बाहर निकल आया था। महा और युग की नजरें आपस में टकराई थीं और दोनों ने एक-दूसरे को देखकर मुसकरा दिए थे। सभी साथ-साथ वहाँ से बाहर निकले थे। आज सबकी निगाहें संसार की इसी खूबसूरत जोड़े पर थीं। महा ने अपना सिंहाल पहन रखा था। उसके ऊपर एक भेड़ के गले के रोएँ से बना बहुत खूबसूरत स्टॉल ओढ़ रखा था। सफेद स्टॉल के ऊपर खुले केश बहुत आकर्षक लग रहे थे। उसने अपने पाँव में घुटने तक चमड़े के जूते बाँध रखे थे। महा बहुत सुंदर और आकर्षक लग रही थी। युग भी देही पहन रखा था। कंधे से नीचे तक झूलते उसके लंबे बाल बहुत सुंदर लग रहे थे। उसके पाँव में भी घुटने तक बँधा हुआ जूता था। साथ-साथ चलते हुए दोनों बहुत ही दिव्य लग रहे थे, किसी दूसरे ग्रह के प्राणी की तरह। दोनों अपने अस्त्रों के साथ ओखा-चौ के आसन के पास पहुँचे थे और महागुरु की ओर देखते हुए हाथ जोड़कर प्रणाम किया था। महागुरु ने अपने हाथ उठाए थे और मुसकराकर आशीर्वाद दिया था। फिर दोनों ने अन्य गुरुजनों सहित सभी की ओर हाथ उठाकर उनका अभिवादन किया था। सभी को प्रणाम और अभिवादन करने के बाद दोनों एक खास तरह से तैयार पत्थर पर बैठ गए थे। महागुरु के आसन की बगल में इति माँ को बैठाया गया था।

"आज हमारे ओखा के लिए यह शानदार दिन है। विश्व के इतिहास में यह पहला महाभोग है, जिसमें अलग-अलग कबीले से आए दो हजार लोग शामिल हो रहे हैं। किसी प्रणय के लिए यह पहला अवसर है, जब किसी तरह का उत्सव मनाया जा रहा है और महाभोग किया जा रहा है। सबसे पहले अब हम महा और युग का अभिवादन करते हैं। हम महागुरु, सभी गुरुजनों, सभी कबीले के प्रमुखों का स्वागत करते हैं। खासतौर पर हम अंतरद्वीप की माँ इति का स्वागत करते हैं और उनके साथ पूरे कबीले का भी स्वागत करते हैं। अब सबसे पहले मैं इति माँ से आग्रह करता हूँ कि वे जो दो खास मुकुट दोनों के लिए बनवाए हैं, वे यहाँ लेकर आएँ।" कुल ने स्वागत के बाद इति माँ से दो मुकुट लाने को कहा था। इति माँ आगे बढ़ी थीं, तब तक झम दो मुकुट लेकर वहाँ उपस्थित हो गई थीं।

"तुम दोनों एक-एक मुकुट अपने हाथ में लेकर एक-दूसरे को पहना दो।" यह कहकर इति ने झम के हाथ से मुकुट लेकर दोनों के हाथ में दिया था। दोनों ने मुसकराकर एक-दूसरे को मुकुट पहनाया था। मुकुट पहनाते हुए दोनों ने बड़े प्यार से एक-दूसरे को देखा था। यह मुकुट कुछ अलग सा लग रहा था। आज तक किसी ने इस तरह का मुकुट नहीं देखा था। उनके सिर पर ये मुकुट बहुत आकर्षक लग रहे थे। ये किस चीज से बना है, लोगों की समझ में नहीं आ रहा था। वे मुकुट अनेक रंगों के पत्थरों से सजे दिखाई पड़ रहे थे, जिन्हें किसी चमड़े और लकड़ी से तैयार किया गया था। जलती लकड़ियों और मशालों की रोशनी में वे तारों की तरह झिलमिलाकर चमक रहे थे।

"ये मुकुट सागर के नीचे से लाई गई वस्तुओं से तैयार किए गए हैं। सागर की गहराइयों में इस तरह के अनेक रंगों के पत्थर और लकड़ियाँ उपलब्ध हैं, जिन्हें हमारे कुछ विशेष लोगों ने गोता लगाकर वहाँ से निकाल लाए हैं। अब ये दोनों मुकुट यहाँ के प्रमुख की निशानी मानी जाएँगी। मैं इन्हें बहुत आशीर्वाद देती हूँ, साथ ही यह कामना करती हूँ कि इनके नेतृत्व में हमारा राज्य सुज्ञानी, सुरक्षित, स्वस्थ और समृद्ध हो।" इतना कहकर इति वापस महागुरु के पास में आकर उन्हें प्रणाम किया था और वहीं बैठ गई थी।

"आपका बहुत-बहुत धन्यवाद, इति माँ! अब महाभोग शुरू हो, उससे पहले महागुरु सुधि से निवेदन करता हूँ कि वे हम सबको आशीर्वाद दें।" कुल ने संक्षेप में अपनी बात खत्म कर महागुरु से बोलने का आग्रह किया था।

"मैं महायुग के मिलन से बहुत आनंदित हूँ। यह दो व्यक्तियों का ही नहीं,

बल्कि दो कबीलों का मिलन है। यह संसार की पहली घटना है। मैं इन दोनों को आशीर्वाद देती हूँ कि ये संसार को नई राह दिखाएँ। इनके नेतृत्व में हम एक नए व सुसंस्कृत समाज का निर्माण करें, जहाँ भय न हो और आनंद के साथ समृद्धि हो। महा तो महा है ही। यह संसार में विशालता और महानता की प्रतीक रहेगी ही। मैं युग को यह आशीर्वाद देती हूँ कि उसके नाम के उच्चारण से काल या समय का बोध हो, यानी पंचतत्त्वों की कोई भी क्रिया-अक्रिया को युग, काल या समय से पहचाना जाए। आप सबको मैं यह बताना चाहती हूँ कि देवों की प्रेरणा से मैं जो ग्रंथ लिख रही हूँ, उसका नाम 'महायुग' है। यह संसार का पहला ग्रंथ होगा। इसके पहले इस तरह किसी बात या क्रिया-अक्रिया को पत्तों पर नहीं लिखा गया है। उसमें आप सबके प्रयासों की कथा है। उसमें आदि की कथा भी है और भविष्य की कहानी भी। उसमें आज की कथा भी लिखी जा रही है और कल की भी कथा लिखी जाएगी। जब तक यह संसार रहेगा, तब तक आप सब 'महायुग' के साथ याद किए जाएँगे। यह महान् कहानी ही 'महायुग' है। यहाँ आए अन्य कबीलों के प्रमुखों से भी मैं निवेदन करती हूँ कि वे एका को बढ़ाकर आपस में गठजोड़ करलें। सभी पाँचों प्रमुख एक राज्य, एक देश का निर्माण करें। इसमें आपकी स्वतंत्रता भी बनी रहेगी और हम सब एक-दूसरे के सुख-दुःख में भी साथ रहेंगे। हम परा जैसे दुश्मनों को हमेशा के लिए खत्म कर देंगे। इसके पश्चात् हम बहुत आनंद के साथ अपना जीवन जी पाएँगे। गुरुकुल की ओर से आज के उत्सव में गीत-संगीत के साथ पहली बार नृत्य प्रस्तुत किया जाएगा। आप सब उसका आनंद लें। आप सबको आशीर्वाद।"
अपना दंड पकड़े महागुरु ने आज कई महत्त्वपूर्ण बातें कही थीं, कई नई घोषणाएँ की थीं। उन्होंने राज्य या देश के निर्माण से लेकर देवों की प्रेरणा से 'महायुग' के लेखन की बात कहकर चकित कर दिया था। कौन थे ये देव? अभी तक की ध्वनियों में उनका कोई स्पष्ट संकेत नहीं मिला था। इन घोषणाओं के साथ महागुरु अपने आसन पर बैठ गई थीं।

"आपका बहुत आभार, महागुरु। अब मैं गुरुकुल से आए आज की खास नृत्य-प्रस्तुति के लिए ओखा के बेटे बोध, गोमती कबीले की सली और उसके साथियों को आमंत्रित करता हूँ। मैं उन चक्र कबीले की बेटियों—कांता और संगी को भी यहाँ आमंत्रित करता हूँ, साथ ही ओखापद की बेटी सुरी को भी आमंत्रित करता हूँ। कांता और संगी अपने वाद्ययंत्र से धुन बजाएँगी। आप सभी इनके धुन का आनंद लीजिए। इससे पहले सुरी गीतों का राग छेड़ेगी। सबसे अंत में बोध और

सली अपने साथियों के साथ नृत्य प्रस्तुत करेंगे। उनके साथी भी तैयार रहें। आप सब गीत के साथ अपना भी राग मिलाकर आनंदित हों, साथ में नृत्य करें। भोग के लिए खाना तैयार हो चुका है। नृत्य के बाद हम लोग साथ में भोग ग्रहण करेंगे और अपने मांस-भोगी पशु-पक्षियों को भी भोग देंगे।" कुल ने यह कहते हुए गुरुकुल के उन सभी विद्यार्थियों को अपनी कला प्रस्तुत करने के लिए आसन के पास बुलाया था। उनके लिए वहाँ पर एक अलग स्थान बनाया गया था। वे सभी मुसकराते हुए वहीं अपने गुरुजनों को प्रणाम कर बैठ गए थे।

"एएए¨अअअ¨एएए। ईईई¨एएए¨अएअए। अईअ¨अईअ¨ईईई। अऐऐ¨अवव¨एअअ। डउउ¨अऊए¨ ओओआ।" सुरी ने एक विशेष प्रकार का तान छेड़ दिया था। इसके पहले इस तरह व्यवस्थित होकर कुछ समय पहले ओखा के ही एक आयोजन में संसार का पहला गीत गाया गया था या कोई राग पेश किया गया था। अभी यह गीत शुरू ही हुआ था कि एक ही राग के बाद पूरा ओखी उसके साथ राग मिलाकर झूमते हुए मग्न होने लगा था।

"उउउऊउऊउऊउऊउउऊऊऊऊअअअ¨ऊऊऊउउउउऊउउऊउउऊअअ।" अद्‌भुत! यह फुऊ से, मतलब बाँसुरी से मनमोहक ध्वनि निकल रही थी। अब कांता अपनी बाँसुरी से अद्‌भुत, मादक, मनमोहिनी धुन निकालने लगी थी। ऐसा लग रहा था, मानो पूरा संसार कुछ क्षण के लिए ठहर गया हो और दम साधे प्रकृति की हवाओं के तांडव से मानव निर्मित इस अद्‌भुत ध्वनि को दम साधे सुन रहा हो! उनके गीत-संगीत खत्म होते ही बोध और सली के साथियों ने अद्‌भुत नृत्य प्रस्तुत किया था। उसके नृत्य के साथ सभी लोग खड़े हो गए थे और उसी तरह झूमते हुए नृत्य करने का प्रयास करने लगे थे। गोल-गोल कमर हिलाकर, आँखें नचाकर, हाथों और उँगलियों की अलग-अलग थिरकन के साथ सभी नृत्य में मस्त होने लगे थे। पाँव भी एक लय में अलग ही थिरक रहे थे। सब तरफ लोग नृत्य में सराबोर थे। कुछ लोग एक-दूसरे का हाथ पकड़कर एक गोलाकार मंडली में नृत्य करने लगे थे। नृत्य के साथ लोग एक अलग आनंद-भाव में चले गए थे। उनके नृत्य के साथ कांता की बाँसुरी की धुन पुनः बजने लगी थी। इसी बीच सुरी ने पुनः अपनी लयात्मक तान छेड़ दी थी। लोग झूम रहे थे, नाच रहे थे और गा रहे थे।

"इतना सुंदर गीत, संगीत और नृत्य प्रस्तुत करने के लिए आप सबका बहुत-बहुत आभार। अब भोग का समय हो गया है। आप सब से आग्रह है कि भोग ग्रहण करें।" कुल ने खड़े होकर सभी से हाथ जोड़कर आग्रह किया था। इसी के साथ

धीरे-धीरे सभी इस मदहोश करनेवाले संगीत-नृत्य के आयोजन से उबरने लगे थे और भोग ग्रहण करने लगे थे। सभी को पाँत में बिठाकर ओखी ने खाना खिलाना शुरू किया था। इस बीच बोध और सली महा के पास पहुँच चुके थे। अनेक लोग महा और युग से मिलने उसके पास पहुँचने लगे थे। इति भी अपने आसन से उठकर युग और महा के पास आ गई थीं।

"आप दोनों के लिए मेरी ढेर सारी शुभकामनाएँ! आप दोनों का संग-साथ बना रहे। मेरी ओर से यह भेंट स्वीकार करें।" गोमती कबीले का प्रमुख बो ने घोड़ी का बछड़ा भेंट किया था। उसके बाद अनार्तक कबीले का प्रमुख सुर आगे आया था और उसने अपनी ओर से एक रंगीन सुंदर बरतन भेंट किया था। अंत में आई थी चक्र कबीले की प्रमुख—इली। उसने महा और युग को एक बाँसुरी भेंट की थी। महा और युग ने उन सबका आभार व्यक्त किया था और उनसे भोग ग्रहण करने का आग्रह किया था। चारों तरफ जलती हुई लकड़ियों का एक घेरा बना हुआ था। उसी घेरे के बीच में महाभोग चल रहा था। उन घेरों के पास कुछ चौकस निगाहें भी चारों ओर देख रही थीं; सुरक्षा प्रदान कर रही थीं।

"मेरे जीवन का सबसे बड़ा हर्ष तुम दोनों ने दिया है। हमने जो सपना देखा था, तुमने उसे आज साकार कर दिया है। तुम्हारे जीवन में हमेशा हर्ष और आनंद बना रहे।" महागुरु अपने गुरुजनों के साथ महा और युग के पास आई थीं और उसे भरे मन से आशीर्वाद दिया था।

"बच्चों ने खाना खा लिया है। हम यहाँ से गुरुकुल के लिए निकलना चाहते हैं।" महागुरु ने स्नेह से महायुग को देखा था।

"ठीक है महागुरु, प्रणाम महागुरु!" महा ने सिर नवाते हुए आँखें झपकाई थीं। युग ने भी मुसकराते हुए सिर नवाया था। दोनों ने उन्हें प्रणाम किया था।

"मैं भी जाता हूँ, महा।" अपने साथियों के साथ लौटने से पहले बोध भी वहाँ आया था और यह कहते हुए बोध ने महा और युग से गले मिला था।

"तुम्हारा नृत्य बहुत सुंदर था, बोध। तुम दोनों ने कमाल कर दिया। हमने आज तक ऐसा कुछ भी न देखा है और न सुना ही है।" युग ने बोध का गाल छूते हुए स्नेह किया था।

"सली, तुमने तो कमाल कर दिया। तुम बोध से भी ज्यादा सुंदर नृत्य कर रही थी। बहुत आनंद आया तुम दोनों का नृत्य देखकर।" महा ने सली और बोध को संबोधित करते हुए कहा था और मुसकराकर दोनों के गाल छुए थे। महागुरु के साथ

सभी शिष्य महाभोग से गुरुकुल के लिए निकल गए थे। सभी कबीले के प्रमुख भी भोग ग्रहण करने के बाद विदा हो गए थे।

"आइए इति माँ, हम भी भोग ग्रहण कर लें।" महा ने इति से आग्रह किया था और अनेक साथियों के साथ बैठकर महा और युग ने भी भोग ग्रहण किया था।

"मेध, अंतरद्वीप के सभी लोगों ने भोजन कर लिया है न? रथ नहीं दिख रहा है?" महा ने मेध की ओर देखकर पूछा था।

"हाँ महा, सभी अंतरद्वीप के लोगों ने भोजन कर लिया। रथ भी आया था। उसने भी भोग ग्रहण कर लिया है। वह अभी अंतरद्वीप लौट गया है। हमने अन्य अंतरद्वीपी को आराम करने के लिए अलग-अलग जगहों पर भेज भी दिया है। गति ने उन्हें अनेक जगह पहुँचाया है। सभी बहुत हर्षित और संतुष्ट हैं, महा। विशेष तौर पर वह खोयावाली मिठाई खाकर बहुत आनंदित हुए। गीत, संगीत और नृत्य पर तो वे बहुत झूमे-नाचे।" मेध ने हँसते हुए पूरी बात बताई थी। तब तक सभी के भोजन हो चुके थे और वे हाथ धोकर अपने-अपने घर की ओर बढ़े थे। मेध और झम असा के साथ उसके घर की ओर चले गए थे।

"आइए इति माँ, घर के अंदर चलते हैं।" कहकर महा आगे बढ़ी थी और युग भी माँ इति को साथ लेकर उसके साथ बढ़ा था।

"आप इस कमरे में आराम कीजिए, माँ। हुती, तुम यहीं इति माँ के पास सो जाओ। इन्हें किसी भी चीज की आवश्यकता हो तो उसकी पूर्ति करना तुम्हारा दायित्व है।" महा ने पहले माँ को आराम करने के लिए उनका कमरा दिखाया था। उसके बाद हुती को उनका दायित्व समझाकर युग के साथ अपने कमरे में चली गई थी।

"ऐसे क्या देख रहे हो? अपना मुकुट उतारकर एक लकड़ी पर रखते हुए महा ने पूछा था।

"हा-हा-हा, तुम्हें तो ऐसे पहले भी देखता रहा हूँ। आज कुछ नया लग रहा है क्या?" युग ने भी अपना मुकुट उतारा था और महा के मुकुट की बगल में रख दिया था।

"युग, मैं बहुत हर्षित हूँ कि तुमने मेरा संगी बनकर साथ रहना स्वीकार किया।" कहकर महा ने अपना स्टॉल और सिंहाल उतारा था। अब वह दोरी में युग के सामने थी। हालाँकि वसंत में ऐसे कपड़े पहनकर लड़कियाँ यहाँ बाहर भी घूमती हैं। युग ने भी अपना कोटनुमा वस्त्र उतारते हुए कहा था, "यह तुम्हारा स्नेह है, महा

कि तुमने मुझे अपने संगी के लिए चुना। यह अधिकार तो केवल तुम्हारा था, केवल तुम्हारा। तुम इतनी सुंदर हो और एक वीर योद्धा भी। तुम्हारे संगी होने के लिए तो हरेक 'यह' इच्छा रखते थे, पर तुमने मुझे चुना। तुम्हारे साथ के लिए तो यहाँ अनेक बार युवाओं में संघर्ष भी हो चुका है। एक बार इसी संघर्ष में उह की मौत भी हो चुकी है। याद है न तुम्हें! तुम्हारा संगी बनकर मैं धन्य हो गया, महा।" बड़े प्यार से महा को देखते हुए युग उसके करीब आ गया था।

"तुम जैसा वीर योद्धा ही मेरा संगी बन सकता था, युग। तुम नेकदिल इनसान हो। मैं भी तुम्हारी संगी बनकर धन्य हो गई।" महा ने युग के चेहरे को छुआ था और चेहरा छूते हुए उसके होंठों को छुआ था।

"तुम्हारी आँखें आज बहुत सुंदर लग रही हैं, महा।" कहते हुए युग ने महा को अपनी बाँहों में भरते हुए विशेष रूप से तैयार की गई चारपाई पर बैठ गया था।

"तुम्हारे इन्हीं होंठों ने मुझे पहली बार प्रेम का अहसास कराया था।" कहते हुए महा ने उसके होंठ चूम लिये थे। प्राथमिक प्यार का काम होंठों ने किया था। उनके मुँह के शब्द आने बंद हो चुके थे और कुछ अलग तरह की प्यार भरी ध्वनियाँ आने लगी थीं। दोनों अब एक-दूसरे में समाकर महायुग हो गए थे।

□

"वाह, क्या खूब! संस्कृति का एक नया अध्याय यहाँ से शुरू होता है। सोचो मिथ, बत्तीस हजार साल पहले परिवार-संस्कृति की शुरुआत हुई थी। सबसे मजेदार बात यह है कि महागुरु 'महायुग' नाम का ग्रंथ भी लिख रही थीं।" कहते हुए गणी ध्वनियों को ट्यून करना शुरू किया था।

"हाँ गणी, एक तरह से यह विवाह-समारोह था। संसार का पहला विवाह-समारोह। उनकी आवाजों से यह पता चलता है कि दो हजार लोग शामिल हुए थे, इस विवाह-समारोह में। अद्‌भुत था यह। पहली बार किसी राजा जैसा मुकुट या ताज पहनाने की शुरुआत हुई थी। क्या खूब! एक-से-एक बातें इन आवाजों के बीच से उभरकर आ रही हैं।" मिथ भी रोमांचित होते हुए बोली थी।

"उनका प्रेम भी कितना सहज था, मिथ! ···और सबसे मजेदार बात यह कि उस समय स्त्रियाँ बहुत ताकतवर होती थीं, इसीलिए उनकी इच्छा सबसे ऊपर रहती होगी। कोई पुरुष किसी स्त्री को साथ रहने का आग्रह भी नहीं कर सकता था। यह अधिकार स्त्रियों के लिए पूरी तरह सुरक्षित था, जबकि वैज्ञानिकों के दूसरे शोध से यह पता चलता है कि होमो इरेक्टस में पुरुषों की मनमानी चलती थी। मतलब

स्त्रियों का एकच्छत्र प्रभाव होमो सेपियंस की मनोवृत्तियों में शामिल हो गया था या फिर इन समूहों में ऐसी संस्कृति हो सकती है! कमाल है!" कहते हुए गणी कुछ और आवाजों को फिल्टर करने की कोशिश कर रहा था।

"हाँ, पर यहाँ एक बात उभरकर आ रही है कि स्त्रियों के लिए संघर्ष भी खूब होता था। अच्छा, महागुरु देवों की बात कह रही थीं, पर हमें अभी तक देवों की कोई ध्वनि सुनाई नहीं पड़ी! कौन थे ये देव···? क्या यह मनुष्य की कोई अलग प्रजाति थी, जो हमसे भी ज्यादा ताकतवर थी या पृथ्वी के किसी दूसरे हिस्से में कुछ ज्ञान और बुद्धि से ज्यादा संपन्न लोग रहने लगे थे। उन्हीं का सहयोग इन्हें मिलने लगा था!" मिथ ने भी उन ध्वनियों की समीक्षा की थी। देव पर वह भी आकर अटक गई थी।

"हाँ, शायद! इनकी बातों से तो यही लगता है, पर इसकी जानकारी वहाँ सामान्यत: सभी लोगों को नहीं है। कुछ खास लोग ही इस बात को जानते हैं। एक जगह वैद्य धनवन भी स्वर्ग की बात करते हैं। आज महागुरु देवों से प्रेरणा मिलने की बात कह रही हैं। ये किनकी बात कर रहे हैं? शायद आगे की ध्वनियों से कुछ मिले!" ध्वनियों को फिल्टर करते हुए एक ध्वनि-शृंखला को जैसे ही गणी ने ट्यून कर टाइम-लाइन पर चढ़ाया था कि आगे की ध्वनियाँ मिलने लगी थीं।

□

9

जंबू राज्य और पहला राजा

"चीं...चीं...चीं।" चिड़ियों की आवाज से युग की नींद खुली थी।

"अरे, लगता है कि आज उठने में देर हो गई। चिड़ियाँ तो हमारी ध्वनियों से उठती हैं, पर आज कैसे मैं उनकी मधुर ध्वनियों पर उठ रहा हूँ?" विस्मय के साथ युग ने अपनी बगल में महा को टटोला था, पर महा बिस्तर पर नहीं थी। युग उठकर बैठ गया था और उसने चारों तरफ महा की तलाश में नजरें दौड़ाई थीं। महा को वहाँ नहीं देखकर युग बिस्तर से उठा था और अपने कमरे से बाहर निकला था। उसे दूसरे कमरे से आती कुछ आवाजें सुनाई पड़ी थीं। आवाजें सुनकर युग उस कमरे में गया था।

"ओ माँ, महा तुम भी! इतनी सुबह तुम दोनों क्या बातें कर रही हो?" युग ने इति माँ और महा को चारपाई पर साथ बैठकर बातें करते हुए देखा था और आश्चर्य से पूछा था।

"आओ युग, हम लोग कल के आयोजन के बारे में बातें कर रहे हैं। बहुत ही सुंदर आयोजन था। मैंने न ही ऐसा आयोजन पहले कभी देखा है और न ही सुना है। गीत-संगीत-नृत्य ने जैसे समा ही बाँध दिया था। उन बच्चों ने कमाल कर दिया, और बोध का तो कहना ही क्या! सच में, मैं अभी भी जैसे उन्हीं रागों में खोई हुई हूँ।" इति महाभोग से बहुत प्रसन्न थी। शायद उसने कभी ऐसा सोचा नहीं था कि इस तरह का भी कोई आयोजन हो सकता है!

"यह आपका दुलार है, माँ और साथ ही आपका आशीर्वाद भी। आप सबके सहयोग से ही संसार का इतना बड़ा आयोजन हो सका।" इति माँ की बगल में थोड़ा उनकी ओर तिरछा होकर बैठी महा ने युग की ओर एक पल को देखा था और फिर इति माँ की ओर देखकर मुसकराते हुए कहा था।

"तुमने सच कहा, माँ। यहाँ यह चर्चा थी कि आज तक किसी ने भी ऐसा आयोजन न सुना है और न ही देखा है। महागुरु सुधि ने भी यही कहा कि यह संसार का सबसे बड़ा और भव्य आयोजन है। उन्होंने यह भी कहा कि उन्होंने संसार में कभी भी इस तरह के आयोजन की चर्चा नहीं सुनी। वे भी बहुत आनंदित थीं। उन्होंने बोध एवं सली के नृत्य से इस आयोजन को और भी खास बना दिया, जब संसार का पहला नृत्य प्रस्तुत किया गया। यह सब महा की मेहनत के कारण ही संभव हो सका, माँ।" युग ने बहुत रोमांचित होते हुए आयोजन के बहाने महा की तारीफ भी कर दी थी।

"बस-बस, अब मेरी इतनी भी बड़ाई न करो, युग। हम सबने मिलकर इस आयोजन को सफल बनाया है। इसमें सभी कबीले के प्रमुखों और उनके यहाँ के कुछ और योद्धाओं का आना भी बहुत महत्त्वपूर्ण है, माँ। यह पहला आयोजन है, जब आसपास के सभी कबीले के प्रमुख एक जगह शामिल हुए हैं।" महा ने मुसकराते हुए युग को अपनी तारीफ करने से रोका था।

"महा, मुझे यहाँ का भोग भी बहुत अच्छा लगा। विशेष रूप से खोयावाली मिठाई ने तो बड़ा आनंद दिया। जानती हो महा, हमारे कबीले के अन्य साथियों ने भी उसे बहुत पसंद किया और स्वाद लेकर खाया। वह सचमुच बहुत स्वादिष्ट भोग था। अब हम अपने यहाँ के महाभोग में भी उस विशेष प्रकार की मिठाई को बनवाने का प्रयास करेंगे।" इति ने भोग का खाना और खोया मिठाई की खूब तारीफ की थी।

"हाँ माँ, हम लोग अपने यहाँ के महाभोग में भी खोयावाली मिठाई बनवाएँगे और महागुरु से भी बात करेंगे। हमारा यह प्रयास रहेगा कि अंतरद्वीप में गीत-संगीत-नृत्य का कार्यक्रम कराया जाए। यदि महागुरु इस बात के लिए तैयार हुईं, तब हम अंतरद्वीप में भी ओखा की तरह ही भव्य आयोजन करेंगे!" युग ने उत्साहित होते हुए कहा था। महा उसकी बातों पर आनंदित होते हुए मुसकरा रही थी।

"अब हमें यहाँ से अपने साथियों को अंतरद्वीप भेज देना चाहिए। चलो युग, चलकर देखते हैं। महा, तुम किसी से कहकर उन्हें यहीं ओखा-चौ के पास आने के लिए कहलवा दो। सभी पहले यहाँ से चले जाएँ, तब मैं यहाँ से निकलूँगी। अंतरद्वीप जाकर हमें कल के आयोजन की तैयारी भी तो करनी है।" इति ने महा के सिर पर हाथ रखते हुए उससे अनुरोध किया था।

"हाँ माँ, मैं और युग मिलकर सब को यहाँ से भेजवा देते हैं। आप चलकर केवल वहाँ बैठे रहिए। आपके रहने से सभी को अच्छा लगेगा।" महा ने इति को

आश्वस्त किया था और खड़ी हो गई थी।

"ठीक है।" कहते हुए इति भी खड़ी हुई थी और सभी साथ ही निकलने लगे थे। तभी हुती वहाँ कुछ फल लेकर आई थी।

"फल खाकर जाइए, इति माँ।" हुती ने बड़े प्यार से अनुरोध किया था।

"तुम इतने प्यार से कह रही हो तो हम अवश्य खाएँगे।" कहते हुए इति ने उसकी टोकरी से दो सेब और कुछ अंजीर उठा लिये थे।

"लो महा, तुम भी खाओ।" कहते हुए इति ने बड़े प्यार से महा की ओर कुछ अंजीर बढ़ाए थे।

"ओओ माँ, आप कितना स्नेह करती हैं!" कहकर महा इति से गले लग गई थी। इति ने बड़े दुलार से उसकी पीठ सहलाई थी।

"तुम दोनों सदैव साथ रहो। तुम्हारे जीवन में इन फलों के जैसा रस और मीठी सुगंध हर क्षण रहे।" यह कहकर इति ने महा को अपनी बाँहों से अलग किया था और उसके हाथों में अंजीर थमाई थी।

"तुम भी लो, युग।" हुती ने युग की ओर फलों की टोकरी बढ़ाते हुए कहा था। उसके स्नेह से युग ने एक बार महा की ओर मुसकराकर देखा था और टोकरी से सेब के साथ कुछ अंजीर उठा लिये थे। सभी फल खाते हुए वहाँ से बाहर निकले थे। बाहर का नजारा तो बिल्कुल अलग था। सभी अंतरद्वीप के साथी फल खा रहे थे और गरम काढ़ा पी रहे थे।

"अहा, असा, कुल! तुम लोगों ने तो कमाल कर दिया। हम तो अभी इन्हें यहाँ से भेजने के लिए ही बाहर निकले थे और तुम लोगों ने···!" युग ने कुल और असा को देखकर खुशी जताई थी। असा और कुल ने कुछ साथियों के साथ मिलकर सभी अंतरद्वीप के लोगों को काढ़ा पिलाया था, साथ ही सभी के लिए फलों का इंतजाम भी किया था। ओखा-चौ से लगभग पूरा कबीला ही दिख रहा था। हरेक घर के आगे चूल्हा जल चुका था और ओखी खाना बनाने में व्यस्त दिखाई पड़ रहे थे।

"साथियो! आप सभी काढ़ा पीकर बारी-बारी डोंगी से अंतरद्वीप पहुँचें। हम सब वहाँ थोड़ी देर में इकट्ठा होते हैं, उसके बाद वहाँ कल के आयोजन पर चर्चा कर उसकी तैयारी करेंगे।" इति ने अपने साथियों को संबोधित किया था। तभी उनके लिए भी अपनी कुछ सहेलियों के साथ मिलकर हुती काढ़ा ले आई थी।

"ठीक है।" सहमति में एक साथ अनेक स्वर उभरे थे।

"तुम्हारा बहुत-बहुत धन्यवाद, हुती! तुम बहुत प्यारी लड़की हो। तुमने एक

बेटी की तरह पूरी रात मेरा ध्यान रखा। तुमसे मिलकर मैं बहुत हर्षित हूँ।" यह कहते हुए इति ने हुती के सिर पर हाथ रखकर दुलार किया था। इस बात पर हुती हँसने लगी थी। उसके चेहरे पर गुलाबी रंग छिटक आया था।

"मेध और झम, तुम दोनों इस बात का ध्यान रखो और सभी के साथ अंतरद्वीप पहुँचो!" इति ने काढ़ा पीते हुए मेध और झम को समझाया था। इसी के साथ सभी का काढ़ा पीना समाप्त हो गया था।

"जिनका काढ़ा पीना हो गया है, वे डोंगी की ओर चलें। हमारे पास दस डोंगी हैं। सभी पर छह लोग सवार हो जाएँ; शीघ्रता करें!" मेध ने चिल्लाकर कहा था। तभी अपने कुछ साथियों के साथ फलों की कई टोकरी लिये असा वहाँ आई थी।

"यह ओखा की ओर से भेंट है, इति माँ।" कहते हुए असा ने उनके सामने फलों की टोकरी रख दी थी। यह देखकर महा भी अचंभित हो गई थी। उसके प्लान में तो ऐसा कुछ था ही नहीं।

"मेरी ओर से यह खोयावाली मिठाई है, युग। तुमने जो गौयाक दिए हैं। उसका दूध भी इसमें शामिल है।" तभी वहाँ गति और अथ दो टोकरी में खोयावाली मिठाई लिये पहुँच गए थे। गति ने मुसकराते हुए खोयावाली मिठाई की टोकरी बढ़ाई थी।

"अहा, तुम सबका ऐसा प्रेम देखकर मैं भावुक हो रही हूँ।" इति ने आगे बढ़कर असा और गति को बारी-बारी से गले लगाया था। महा भी अपने ओखी के इस स्नेह से हतप्रभ थी। उसने लौटते समय की कोई प्लानिंग नहीं की थी। यह इन लोगों की अपनी तैयारी थी। शायद युग का स्नेह भी इन सबको प्रभावित किया था।

युग ने आगे बढ़कर गति और असा की बाँहें सहलाई थीं और उनसे गले मिला था। युग भी उनके स्नेह से अभिभूत था।

"यह मेरे लिए बड़े हर्ष की बात है कि ओखा और अंतरद्वीप अब दो नहीं, एक हो गए हैं। हमारे बीच अब यह स्नेह बना रहे!" इति ने भावुक होते हुए कहा था।

"यदि आप सब सुबह का भोग ग्रहण कर लेते तो अच्छा रहता। अभी आप सबको जाकर वहाँ भोग बनाना पड़ेगा।" असा ने इति से हाथ जोड़कर आग्रह किया था।

"तुमने इतना स्नेह दिया, यह कम है क्या? अब हमें यहाँ से चलना चाहिए, क्योंकि हमें कल की तैयारी करनी है। मैं बस एक अनुरोध करना चाहती हूँ।" इतना

कहकर इति रुक गई थी।

"आपको अनुरोध करने की आवश्यकता नहीं है, माँ। आप आदेश कीजिए।" महा ने उत्सुकता के साथ इति माँ के सम्मान में अपने हाथ जोड़ दिए थे।

"यदि पूरा ओखापद हमारे यहाँ कल के महाभोग में शामिल हो तो हमें बड़ी प्रसन्नता होगी। साथ ही असा, कुल, अथ और गति हमारे सहयोग के लिए अंतरद्वीप आज ही आ जाएँ तो हमें सभी के लिए भोग बनाने में सहायता मिलेगी। मैं चाहती हूँ कि हमारे यहाँ भी एक सफल आयोजन हो, साथ ही खोयावाली मिठाई तो बने ही।" अनुरोध के साथ इति ने मुसकराकर सभी को महाभोग में आने का आमंत्रण दिया था।

"…पर कोई कठिनाई तो नहीं होगी न माँ, क्योंकि हम संख्या में आपसे तीन गुणा अधिक हैं!" महा ने हाथ जोड़कर इति से पूछा था।

"तुम लोग साथ हो तो क्यों कठिनाई होगी! वह तुम्हारा उत्सव है। तुम सब मिलकर उसे सफल बनाओ। तुम जो भी तैयारी के लिए कहोगी, हम वे सामान जुटा देंगे। हमारे साथी तो पूरा काम करेंगे ही, तुम्हारा साथ मिल जाएगा तो आयोजन बहुत अच्छे से सफल हो जाएगा।" इति ने बड़े प्यार से उनका साथ मिलने पर सफल होने का विश्वास जताया था।

"ठीक है, माँ! आप जैसा चाहेंगी, हम वैसा ही करेंगे।" महा ने मुसकराते हुए कहा था।

"ठीक है, अब हम चलते हैं। युग, मैं अभी गज के साथ जा रही हूँ। गज फिर वापस आ जाएगी।" कहते हुए इति गज की ओर बढ़ी थी। सभी अंतरद्वीप के साथी डोंगी से अपने कबीले के लिए निकल गए थे। फलों और मिठाई की टोकरी डोंगी पर रख दी गई थी। महा और युग वहीं खड़े सबको विदा कर रहे थे। उन्हें विदा कर महा और युग भी कल की तैयारी में लग गए थे। उन्हें ओखा से ही बहुत सारा काम निपटाना था। महागुरु से मिलना भी था। उन्हें आमंत्रित तो करना ही था, उनसे गीत-संगीत-नृत्य की प्रस्तुति के लिए आग्रह भी करना था। आज दिन भर में उन्हें अनेक कार्य निपटाने थे और कल दोपहर तक साथ-साथ अंतरद्वीप पहुँचना था। सभी तैयारी में लग गए थे। इस तैयारी में समय कैसे बीत गया, पता ही नहीं चला।

□

"फरफर…फरफर।" महा और युग गरुड़ पर सवार होकर अंतरद्वीप में उतरे थे। वे आकाश से उतरते हुए किसी देवलोक के देव लग रहे थे। सूर्य अभी आसमान

में चमक रहा था। भले ही वह दोपहर के बाद की ढलान की ओर बढ़ चुका था, पर उसकी सुनहरी धूप उनके खूबसूरत वस्त्रों को सुनहरा बना रही थी। उस पीली धूप में उनके रत्नजड़ित मुकुट और अस्त्र बड़ा ही भव्य लग रहे थे। दोनों गरुड़ पर सवार आसमान से उतरते हुए अद्‌भुत दृश्य प्रस्तुत कर रहे थे।

"आओ महा, युग, अंतरद्वीप में तुम्हारा स्वागत है!" झम ने आगे बढ़कर उनका स्वागत किया था। उसकी इस बात पर युग और महा दोनों ने मुसकरा दिए थे। युग के घर के पास ही पूरी तैयारी की गई थी। महागुरु सुधि सहित सभी गुरुजन भी पधारे थे। पूरा ओखापद भी वहाँ मौजूद था। सबसे खास बात यह थी कि महा और युग जहाँ उतरे थे, वहाँ से उनके बैठने की जगह तक रास्ते पर फूल बिछाए गए थे। वह तैयारी देखकर महा तो अचंभित थी ही, युग भी आश्चर्य में पड़ गया था। वे दोनों फूलों पर चलते हुए आधुनिक युग के राजकुमार और राजकुमारी की तरह लग रहे थे। उनका सौंदर्य देखते ही बन रहा था। थोड़ा आगे बढ़ने पर उनके ऊपर भी फूलों की वर्षा की जाने लगी थी। इस कार्य में गज उनका साथ दे रही थी। उसके ऊपर बैठी एक लड़की फूल बरसा रही थी। वे इस शानदार स्वागत के साथ आगे बढ़ते हुए सीधे विशेष रूप से तैयार पत्थर के पास पहुँच गए थे।

"प्रणाम माँ, प्रणाम महागुरु, प्रणाम वैद्य धनवन, प्रणाम गुरुजन!" महा और युग ने एक साथ सभी को हाथ जोड़कर प्रणाम किया था। इति माँ ने आगे बढ़कर महा और युग को गले से लगा लिया था।

"आओ, तुम दोनों अपना स्थान ग्रहण करो।" इति ने उन्हें बैठने को कहा था।

"महा, युग, मैं भी आया हूँ।" तभी वहाँ बोध भी आ गया था और हँसते हुए उसे अपने आने की सूचना दी थी।

"अहा, तो तुम भी आ गए!" महा ने खुशी जताते हुए उसे अपने सीने से लगा लिया था।

"आज मैं पहली बार सागर पार कर यहाँ आया हूँ।" बोध ने सागर पार करने को किसी एडवेंचर की तरह लिया था। वैसे वह नदी में तैराकी करना सीख चुका था।

"अच्छा हाँ, ठीक कह रहे हो। तुम यहीं मेरी बगल में बैठो, बोध।"

"नहीं, मैं अपने साथियों के पास जा रहा हूँ। मुझे आज भी नृत्य प्रस्तुत करना है।" कहकर बोध वहाँ से दूसरी तरफ चला गया था। उसे जाते हुए देखकर महा मुसकराती रही।

"साथियो, आज अंतरद्वीप के लिए विशेष दिन है। हमने कभी भी इस तरह का कोई आयोजन नहीं किया है। यह पहला अवसर है, जब हम इतना बड़ा आयोजन करने जा रहे हैं। सबसे पहले मैं महागुरु को प्रणाम करती हूँ। उनकी प्रेरणा से हम सब एक हुए हैं। हमारी इति माँ हम सबकी माँ हैं। हमारे सभी सुख-दुःख में वे हमेशा हमारे साथ खड़ी रही हैं। युग तो हमारा वीर योद्धा है ही, पर आज हमें महा के रूप में एक और वीर योद्धा मिल गई है। ओखापद में जितना प्यार और स्नेह हमें मिला, उससे हम अंतरद्वीपी अभिभूत हैं। हमारा पूरा प्रयास है कि हम भी उनका भव्य स्वागत करें। यदि कुछ त्रुटि रह जाए तो क्षमा कीजिएगा! पहले ही इति माँ, महा और युग के साथ यह तय हुआ था कि हम अँधेरा होने से पहले आयोजन समाप्त कर लें, जिससे कि आज सभी लोग यहाँ से लौट सकें। तो हमने वैसा ही प्रयास किया है। ओखा से आए सभी साथियों और दूसरे कबीले गोमती के बो, अनार्तक के सुर और चक्र की इली का हम स्वागत करते हैं। अब हम इति माँ से आग्रह करते हैं कि वे आशीर्वाद दें।" कहकर झम मुसकराई थी और हाथ जोड़कर वहीं बैठ गई थी।

"आप सभी का अंतरद्वीप के महाभोग में स्वागत है! हम लोग छोटे स्तर पर तो महाभोग करते रहे हैं, लेकिन इतना वृहद् महाभोग पहली बार कर रहे हैं। हम यह महाभोग ओखा के साथियों के सहयोग से कर रहे हैं। यह विश्वास है कि आगे भी हमारा एका इसी तरह बना रहेगा। युग और महा के परामर्श के बाद महागुरु से लंबी बातचीत हुई। हम आज इस शुभ क्षण में ओखा और अंतरद्वीप के मिलन की घोषणा करते हैं। अब से हम एक राज्य होंगे। अभी इसका पूरा नेतृत्व महा और युग-दोनों के हाथ में होगा। वे दोनों इस राज्य के राजा होंगे। वे ओखा में रहते हुए ही इसे सँभालेंगे। इन दोनों में किसी तरह का मतभेद होने पर महागुरु के परामर्श से वे अंतिम निर्णय करेंगे। हम दोनों अब दो नहीं, आज से और अभी से एक होने की घोषणा करते हैं। अब हमारा यह राज्य 'जंबू' कहलाएगा। महागुरु ने बताया कि आज से हजारों वर्ष पहले हमारे पूर्वज ओखापद स्थान के पास आकर रुक गए थे, यहीं ठहर गए थे। उस समय अठारह लोगों की प्रमुख थीं माँ जंबू। हम सब उन्हीं की संतानें हैं, इसलिए महागुरु के परामर्श से ही इस राज्य का नाम 'जंबू' रखना तय हुआ। यहाँ अन्य कबीलों के साथी आए हुए हैं। यदि वे चाहें तो इस जंबू राज्य में शामिल हो सकते हैं। जंबू माँ उनकी भी पूर्वज थीं। इसके लिए कुछ दिनों बाद गुरुकुल में हम अलग से परामर्श के लिए बैठेंगे। आज मैं महा और युग को हृदय

से आशीर्वाद देती हूँ कि उनका प्रेम-साथ सदैव बना रहे। अलग-अलग कबीलों से आए हुए सभी प्रमुखों का मैं स्वागत करती हूँ। आप सभी अभी कार्यक्रम देखें और उसके बाद भोग ग्रहण करें।" आज बहुत बड़ी घोषणा इति ने कर दी थी। वैसे कुछ समय से दोनों कबीलों के बीच नजदीकियाँ बढ़ी थीं, उससे सभी जन के मन में एक-दूसरे के लिए आत्मीयता हो गई थी। अब महा और युग के मिलन ने दोनों कबीलों को साथ आने का रास्ता बना दिया था।

"आपका बहुत-बहुत धन्यवाद, इति माँ! आपने हम सबके मन की बात कह दी है। हम दोनों जंबू राज्य के पहले राजा महा-युग को बधाई देते हैं! यह हमारा सौभाग्य है कि महा और युग दोनों हमारे राजा बने हैं। अब मैं महागुरु सुधि से आग्रह करती हूँ कि वे आशीर्वाद दें।" इति के स्वागत-भाषण और इस अद्भुत घोषणा के बाद झम ने महागुरु को आमंत्रित किया था।

"आप सबको आशीर्वाद। आज के दिन को इति ने एक जंबू राज्य की घोषणा करके विशिष्ट बना दिया है। मेरा तो यह सपना ही रहा है कि हम एक देश के रूप में काम करें। सभी कबीले अपना कार्य स्वयं करें, पर सुरक्षा की दृष्टि से हम सभी एक होकर काम करें। सबसे पूरब में गोमती है। वहाँ की सुरक्षा अगर ओखापद भी करे तो बो के लिए बहुत आसान हो जाएगा और इधर दक्षिण से यदि किसी तरह का आक्रमण होता है, तब इसका सामना गोमती सहित अनार्तक एवं चक्र भी करें! इस पर विस्तार से हम लोग कुछ दिनों बाद बात करेंगे, क्योंकि दो दिनों बाद से हम लोग पालनौका पर काम शुरू करनेवाले हैं। आज गुरुकुल के बच्चों ने संगीत में कुछ और प्रयोग किए हैं। उसी गीत और धुन के साथ नृत्य प्रस्तुत किए जाएँगे। यह गुरुकुल की ओर से आप सबके लिए भेंट है।" इतना कहकर महागुरु बैठ गई थीं। पालनौका की बात सुनकर दूसरे कबीले के लोग चौंक गए थे, पर साथ में मिलकर काम करने की कोशिश तो पहले ही शुरू हो चुकी थी।

□

"बहुत खूब! सच में, कमाल हो गया! तुम ठीक कह रही हो, मिथ। यह चकित करनेवाली बात है। बत्तीस हजार साल पहले एक राज्य की स्थापना की गई। उनके अनुसार हमारी प्रथम ज्ञात माँ जंबू के नाम पर उस राज्य का नाम रखा गया। महा और युग वहाँ के पहले राजा बनाए गए।" गणी ने आश्चर्य-भाव में यह बात कही थी।

"आज हम लोग 'जंबू' को 'जंबूद्वीप' के नाम से जानते हैं, पर यह जंबू तो

एक बहुत छोटा सा, कुछ हजार लोगों का इलाका है, जबकि जंबूद्वीप के बारे में कहा जाता है कि वह बहुत विशाल क्षेत्र था और उसमें कई देश थे। तो क्या यही जंबू आगे चलकर जंबूद्वीप बन गया?" मिथ ने कुछ रोमांचक बातें छेड़ी थीं। उसकी बातों को सुनते हुए गणी ने पॉज बटन दबा दिया था।

"सच में यह समझना बहुत रोचक होगा कि क्या जंबू ही आगे चलकर जंबूद्वीप कहलाने लगा? भारतीय धर्मग्रंथों के अनुसार, महाराज सगर के पुत्रों के पृथ्वी को खोदने से जंबूद्वीप में आठ उपद्वीप बन गए थे—स्वर्णप्रस्थ, चंद्रशुक्ल, आवर्तन, रमणक, मंदहरिण, पाञ्चजन्य, सिंहल तथा लंका। ये उनके क्षेत्र बताए गए हैं।" गणी ने धर्मग्रथों का उद्धरण देते हुए इसकी खोज शुरू की थी।

"तुम सही कह रहे हो, गणी। धर्मग्रंथों में तो बहुत सारी महत्त्वपूर्ण बातें कही गई हैं। वेदों और पुराणों के अनुसार धरती पर सात द्वीप थे— जंबू, प्लक्ष, शाल्मली, कुश, क्रौंच, शाक और पुष्कर। इनमें जंबू इन सभी के मध्य में था। कहा यह भी जाता है कि आज का पूरा एशिया जंबूद्वीप कहलाता था। तो क्या पूरे एशिया की स्थापना की शुरुआत लगभग चालीस हजार साल पहले यहीं से हुई थी, जिसका विस्तार होता गया और वह समय-समय पर अलग राज्यों में विभक्त होता गया? जो आज अनेक देशों के रूप में हमारे सामने हैं, क्या पूरे एशिया की संस्थापक ज्ञात पूर्वज माँ जंबू थीं?" मिथ ने गणी की इन बातों में रिसर्च के कुछ दूसरे पन्ने भी जुड़े थे।

"यह भी संभव हो सकता है कि कुछ अन्य जगह भी लोग कबीलों में बसे होंगे, जिसे जंबू के लोगों ने अपने राज्य में मिला लिया होगा; और उसका विस्तार जहाँ-जहाँ हुआ, वे स्वयं को जंबू ही कहते रहे होंगे! आपसी संबंधों के साथ वे इतने मिक्स हो गए होंगे कि सभी एक ही हो गए होंगे! जैसे यहाँ दो कबीलों के मिलने से एक राज्य की स्थापना हुई है, साथ ही महा व युग के मिलन से आगे की पीढ़ी तैयार होगी, वह मिली हुई पीढ़ी होगी! इसी तरह पूरे एशिया के लोग एक हो गए होंगे!"

"एक जगह यह भी चर्चा है कि यहाँ जामुन के पेड़ों की अधिकता थी, जिसकी वजह से इसे जंबूद्वीप कहा जाने लगा, पर आज इन ध्वनियों ने तो सारा रहस्य ही खोल दिया। कमाल की जानकारी मिली है। वैसे भी पूरे एशिया में या पूरे जंबूद्वीप में सिर्फ जामुन के पेड़ तो नहीं ही रहे होंगे!" गणी ने यह कहते हुए कंप्यूटर को अनपॉज किया था।

□

10

सभ्यता-संस्कृति का उदय

"आपका बहुत-बहुत आभार, महागुरु। अब मैं गुरुकुल से आए आज के विशेष नृत्य-प्रस्तुति के लिए ओखा के बेटे बोध, गोमती कबीले की सली और उसके साथियों को आमंत्रित करती हूँ। मैं चक्र कबीले की बेटियों—कांता और संगी को भी यहाँ आमंत्रित करती हूँ, साथ ही ओखा की बेटी सुरी तथा अंतरद्वीप की बेटी रुत को गायन के लिए आमंत्रित करती हूँ। आज सभी का संयुक्त कार्यक्रम प्रस्तुत होगा। गीत, बाँसुरी और नृत्य-तीनों एक साथ प्रस्तुत किए जाएँगे। कांता और संगी अपने वाद्ययंत्र से धुन बजाएँगी। आप सब गीत, बाँसुरी और नृत्य के साथ अपना भी राग मिलाकर आनंदित हो सकते हैं, साथ में नृत्य कर सकते हैं। भोग तैयार हो चुका है। नृत्य-संगीत के बाद हम लोग साथ में भोग ग्रहण करेंगे।" झम ने यह कहते हुए गुरुकुल के उन सभी विद्यार्थियों को अपनी कला प्रस्तुत करने के लिए आसन के पास बुलाया था। उनके लिए वहाँ पर एक अलग स्थान बनाया गया था। वे सभी मुसकराते हुए वहीं अपने गुरुजनों को प्रणाम कर बैठ गए थे।

"एएए···अअअ···एएए। प्रेमकथा है महायुग। ईईई···एएए···अएअए। अब नेह का साथ हमारा। अईअ···अईअ···ईईई। साथ मरेंगे, साथ जीएँगे। अऐऐ···अवव···एअअ। एका है यह न्यारा। उउउ···अऊए···ओओआ। यही निश्चय है हमारा।" एक विशेष प्रकार के तान के साथ सुरी और रुत ने संसार का पहला गीत गुनगुनाते हुए शुरू किया था। संसार में शायद ऐसा गीत पहले कभी नहीं गाया गया था, जिसका कोई सीधा अर्थ भी हो।

"एएए···अअअ···एएए। प्रेमकथा है महायुग।" पूरे जंबू के लोग सुरी-रुत के इस नए अलबेले राग-धुन पर मस्त होकर झूमते हुए राग मिला रहे थे और वे गीत गाने लगे थे। छोटे-छोटे घेरे में स्त्री-पुरुष एक-दूसरे का हाथ पकड़कर सामूहिक नृत्य करते हुए गा रहे थे।

"उउउऊउऊउऊउऊउऊऊऊऊअअअ" "ऊऊऊउउउउऊउऊउउऊअअ।" बहुत खूब! शानदार! इस गीत के साथ ही बाँसुरी से मनमोहक ध्वनि निकल रही थी। यह भी संसार का पहला प्रयोग था, जब गीत को धुन के साथ गाया जा रहा था। कांता अपनी बाँसुरी से अद्‍भुत, मादक, मनमोहिनी धुन निकाल रही थी। उसने गीत के आनंद को कई गुणा बढ़ा दिया था। ऐसा लग रहा था, मानो पूरा संसार कुछ क्षण के लिए ठहर गया हो। पेड़-पौधे और पशु-पक्षी भी इस संगीत में मस्त दिखाई पड़ रहे थे। आसपास के पेड़ों पर अनेक पक्षी आ गए थे और शायद मनुष्य के इस रूप को देखकर चकित थे, क्योंकि अब तक गीत-नृत्य-संगीत पर जैसे उनका एकाधिकार था। इस धुन व गीत के साथ बोध और सली का नृत्य किसी चमत्कार से कम नहीं लग रहा था। एक बार फिर संगीत-नृत्य के साथ सभी लोग खड़े हो गए थे और गीत का राग मिलाते हुए झूमने-नाचने-गाने का प्रयास करने लगे थे। उनका कमर को एक ताल व रिद्‍म में हिलाना, कंपित करना, आँखों का शरीर के साथ झिलमिलाना हाथों और उँगलियों का अपना लय-ताल प्रस्तुत करने का प्रयास करना चकित करनेवाला था। इसमें भला पाँव कहाँ पीछे रहता! वे भी अपने पूरे शरीर की भाषा के साथ एक लय में थिरक रहे थे। सब तरफ लोग गीत-संगीत-नृत्य में सराबोर थे! उनके नृत्य के साथ कांता की बाँसुरी की धुन भी बज रही थी। सुरी और रुत के गीत पर लोग मन से आनंदित हो रहे थे, नाच रहे थे और गा रहे थे। अब धीरे-धीरे नृत्य-गीत-संगीत की गति अत्यधिक तेज हो गई थी। एक विशेष ऊँची तान के साथ तेज गति से नृत्य होने लगा था और वह एक उच्च स्थिति में पहुँचकर थम गया था।

"अब आप सबसे आग्रह है कि भोग ग्रहण करें! अभी अँधेरा होने में समय है। सबसे पहले हम अपने अतिथियों को भोग ग्रहण करने के लिए आमंत्रित करते हैं, क्योंकि उन्हें शीघ्र ही लौटना है।" संगीत कार्यक्रम खत्म होने के बावजूद कुछ देर तक लोग अपने-अपने गीत-राग के साथ नृत्य कर रहे थे। कार्यक्रम भले ही खत्म हो गया था, पर उनकी देह जैसे उनके काबू में नहीं थी। गीत गाते हुए लोग अब भी उसी मस्ती में थे। इसी के साथ झम ने कार्यक्रम के खत्म होने की घोषणा की थी। इस संगीत के आनंद से सराबोर लोगों को पाँत में बिठाया जाने लगा था। दूसरे कबीले से आए साथियों को सबसे पहले पाँत में बिठाकर भोजन परोसा जाने लगा था। सभी बहुत आनंद-भाव में भूना और रसदार मांस खाते हुए काढ़ा पी रहे थे, साथ में स्वादिष्ट फल भी खा रहे थे। आज भी खोयावाली मिठाई महाभोग का विशेष आकर्षण थी।

"आज मैं बहुत आनंदित हूँ, इति। तुमने आज एक महान् कार्य किया है। हमने

तो सोचा था कि पालनौका के निर्माण के साथ दोनों कबीलों को इस बात के लिए तैयार करेंगे, पर तुमने तो बहुत ही सहजता से इसे स्वीकार ही नहीं किया, बल्कि स्वयं आगे बढ़कर इसकी घोषणा कर दी। यह घोषणा साधारण घटना नहीं है। आज संसार का पहला राज्य और उसके राजा घोषित करने का श्रेय तुम्हारे नाम हो गया। जब तक यह पृथ्वी रहेगी, इसे याद किया जाएगा कि इति माँ ने संसार के पहले राज्य और उसके राजन की घोषणा की थी। मुझे पूरा विश्वास है कि तुम्हारी इस घोषणा के बाद पास के ये तीन कबीले ही नहीं, दूर के अनेक कबीले साथ आना चाहेंगे, या वे अपने आसपास के कबीलों के साथ अपना एक राज्य बनाएँगे। आज का दिन इस बात के लिए सदैव याद रखा जाएगा। तुम्हें आशीर्वाद है, इति। बहुत-बहुत आशीर्वाद है।" महागुरु सुधि ने इति को इस महान् कार्य का पूरा श्रेय दिया था और उसके सिर पर हाथ रखकर उसे आशीर्वाद दिया था।

"यह तो आपके दिखाए मार्ग हैं, महागुरु। आपने जब हमें इसके बारे में समझाया, तब मुझे लगा कि इस सुंदर अवसर को यादगार बनाने का यह सही समय है। अपने पूर्वज, प्रथम ज्ञात माँ और ओखापद की संस्थापक जंबू को स्मरण करने का इससे अच्छा अवसर और क्या हो सकता है! इस राज्य का नामकरण उनके नाम पर करने से यह सदैव याद रहेगा कि हमारी जंबू दामा प्रथम ज्ञात पूर्वज थीं। इससे यह सदैव स्मरण भी रहेगा और हम इसी बहाने सदैव उनका नाम भी लेते रहेंगे। आपके आश्रम से लौटकर हमने महा और युग के साथ परामर्श किया। मैं तो महा को ही राजन् घोषिंत करना चाहती थी, पर वह इस बात के लिए तैयार नहीं हुई। उसने युग को राजन बनाए जाने का अनुरोध किया। जब युग भी इस बात पर अड़ गया कि महा को ही पहला राजन् बनाया जाए, तब मैंने दोनों को इस बात के लिए तैयार किया कि वे दोनों राजन् बनें। आपके परामर्श से यह पुनीत कार्य हो पाया, इसके लिए आपका धन्यवाद!" इति ने महागुरु को हाथ जोड़कर धन्यवाद दिया था।

"तुम दोनों को संसार के प्रथम राजन् बनने के लिए बधाई। तुम दोनों अपना कार्य बाँट लेना। एक राज्य के अंदर की व्यवस्था देखना और दूसरा राज्य के बाहर की व्यवस्था देखना, पर दोनों एक-दूसरे से सभी मसलों पर विचार अवश्य करना। मेरा तुम्हें बहुत आशीर्वाद। आज से जंबू का एक नया अध्याय शुरू हो रहा है। अब हमें यहाँ से चलना चाहिए।" महागुरु ने दोनों के प्रथम राजन् बनने पर आशीर्वाद दिया था और कुछ नई सीख भी दी थी। इसी के साथ जाने की इजाजत भी माँगी थी।

"ठीक है, महागुरु! अभी हमारे पास ओखापद और अंतरद्वीप के मतलब जंबू

के कुल सत्ताईस नौका-डोंगी हैं। सबसे पहले गुरुकुल से आए आप सब चले जाइए। साथ ही दूसरे कबीले के साथी भी साथ में चले जाएँगे। तट पर रथ इसके लिए तैयार है। झम सुनो, अन्य कबीले से आए प्रमुखों के लिए कुछ फल की टोकरी भेंटस्वरूप दो।" युग ने मुसकराते हुए कहा था। साथ में महा भी महागुरु के सामने हाथ जोड़े खड़ी थी। युग के निर्देश पर झम कुछ फलों की टोकरी लाने चली गई थी।

"हमारे प्रति आपका विशेष स्नेह है, महागुरु। आपके आशीर्वाद से हम इस नए कार्य को सुंदर ढंग से कर पाएँगे, ऐसा विश्वास है।" यह कहते हुए महा ने बहुत ही आत्मीय-भाव से महागुरु को अपने प्रिय भाई बोध के साथ विदा किया था। सभी कबीले के प्रमुख भी उनसे मिलने वहाँ आए थे।

"ये भेंट स्वीकार करें, प्रमुख-गण।" झम ने यह कहते हुए फलों की टोकरी सभी प्रमुखों की ओर बारी-बारी से बढ़ाई थीं।

"सबसे पहले तुम दोनों को संसार का पहला जंबू राज्य बनाने और उसका राजन् बनने के लिए बहुत-बहुत बधाई!" सभी प्रमुखों ने उन्हें बधाई दी थी।

"इस भेंट के लिए धन्यवाद!" हम यह चाहेंगे कि समय निकालकर तुम दोनों हमारे कबीले में भी आओ। हमें हर्ष होगा।" तीनों कबीले के प्रमुखों ने महा और युग को अपने कबीले में आने का आमंत्रण दिया था। सबने कुछ दिनों के बाद गुरुकुल में मिलने का वादा भी किया था और वहाँ से विदा हो गए थे।

"अब हमें भी जाने की आज्ञा दो, महा-युग।" असा, कुल, अथ और गति एक साथ वहाँ आए थे और हाथ जोड़कर जाने की इजाजत माँगी थी।

"तुम सबने भोग ग्रहण कर लिया?" उनको देखते ही युग ने पूछा था।

"हाँ युग, हम लोगों ने भोग ग्रहण कर लिया। अब अँधेरा होने से पहले हम लोग भी ओखा पहुँच जाएँ तो अच्छा होगा।" गति ने अनुरोध किया था।

"तुम्हारा गौयाक यहाँ कौन देखेगा?" कहते हुए जोर से हँस दिया था युग।

"मैंने उसे देख लिया है। थोड़ी देर तक उसकी सेवा भी की है।" गति ने हँसते हुए कहा था।

"नहीं, तुम चारों आज हमारे विशेष अतिथि हो। तुम्हारे सहयोग का समय समाप्त हो गया। अभी से कल सुबह तक तुम हमारे अतिथि हो। कल तुम्हें विशेष भेंट के साथ ओखा के लिए विदा किया जाएगा।" इति ने स्नेह से खड़े होते हुए असा और गति का हाथ पकड़ लिया था। इति की बात पर चारों चुप हो गए थे।

"तुम लोग हमारे साथ भी कुछ भोग लो।" युग ने उनसे आग्रह किया था।

"मैंने बहुत खाया है, युग। मन से खाया है।" असा ने हँसते हुए कहा था।

"सभी इतने प्यार से बोल रहे हैं, तब कम-से-कम अपनी बनाई हुई खोया मिठाई ही खा लो, गति।" इस बार महा ने मुसकराकर सभी की ओर देखते हुए रुकने का अनुरोध किया था।

"इति माँ, हमने अलग स्थान पर आप सबके लिए भोग की पाँत लगा दी है। अब चलकर आप लोग भी भोग ग्रहण कर लें।" झम वहाँ आई थी और इति माँ के साथ महा एवं युग को खाने के लिए चलने को कहा था।

"रथ ने भोग ग्रहण किया? मेध कहाँ है, झम? उसे भी बुला लो! हम लोग जो भी चीजें खाने के लिए बचे हुए हैं, वे साथ में बैठकर खाएँगे।" इति ने रथ और मेध के बारे में पूछा था।

"रथ को पहले ही भोग करा दिया गया है। वह डोंगी और नौका से सभी को उस पार भेजने में लगा है। मेध भी अभी वहीं गया था। वह सभी को आदर के साथ विदा कर रहा था। रथ के साथ कुछ अन्य साथी भी ओखा के साथियों को सागर पार करा रहे हैं। उनके आते ही हम सब खा लेंगे। आप लोग खा लीजिए।" झम ने मेध और रथ के बारे में जानकारी दी थी।

"उन्हें आने दो, झम। हम सब साथ में भोग ग्रहण करेंगे।" इति माँ ने कहते हुए चारों ओर नजरें दौड़ाई थीं।

"मैं आ गया, इति माँ। क्या कोई और जाने के लिए बचा है?" मेध ने आते हुए पूछा था।

"शायद नहीं!" झम ने कहा था।

"ठीक है। झम, इन चारों के लिए मेरे घर में ही चारपाई लगा दो। महा और युग के लिए तो विशेष घर बना है। वे तो वहीं सोएँगे।" इति ने झम की ओर देखकर कहा था। महा और युग नए घर की बात सुनकर चौंके थे और एक-दूसरे की ओर प्रश्न-भाव के साथ भौंहें उचकाई थीं।

"ठीक है, इति माँ। पहले भोग ग्रहण कर लेते हैं, उसके बाद वह भी कर लेंगे।" झम ने इति को आश्वस्त किया था।

"आओ महा, युग! अब हम लोग साथ में भोग ग्रहण करें।" इति ने बड़े दुलार से दोनों को भोजन के लिए कहा था। उनके साथ लगभग बीस लोग पाँत में बैठे थे और उन्हें भोजन कर लिये साथियों ने भोजन परोसा था।

"बहुत स्वादिष्ट भोग बना है, माँ।" महा ने भोजन की तारीफ करते हुए कहा था।

"हाँ, और खोयावाली मिठाई के क्या कहने! गति तुम्हारा बहुत-बहुत धन्यवाद। तुमने मुँह का पूरा स्वाद ही बदल दिया है।" गति की ओर देखकर युग ने कहा था। इस बात पर सामने पाँत में बैठी खोयावाली मिठाई खाते हुए गति हँसने लगी थी। भोजन खत्म कर सभी ने हाथ पोंछा था। कुछ देर तक इति माँ वहीं खड़ी रही थीं। सभी अंतरद्वीपी महा और युग के पास आकर उनसे विदा लेते हुए अपने-अपने घर की ओर जाने लगे थे।

"झम, तुम इन्हें हमारे यहाँ ले चलो। मैं महा और युग को उनके नए घर में छोड़कर आती हूँ।" इति ने यह कहते हुए महा और युग को अपने साथ चलने को कहा था।

"यह नया घर कब बन गया, मा?" युग ने आश्चर्य से पूछा था।

"तीन दिनों में। अपने घर की बगल में जो थोड़ा सा ऊँचा स्थान है, वहीं पर तुम्हारे लिए तीन कमरों का घर तैयार किया गया है। वह घर विशेष तरीके से तैयार किया गया है। वहाँ सुबह उठकर तुम्हें कहीं जाने की आवश्यकता नहीं है। सारी सुविधा घर के अंदर तैयार की गई है।" इति यह बताते हुए बहुत खुशी जाहिर कर रही थी।

"अच्छा!" युग आश्चर्य करते हुए इति माँ के साथ चल रहा था।

"आओ महा, युग! आओ संसार के पहले राजन्! तुम्हारा इस नए घर में स्वागत है।" कहते हुए इति माँ हँसने लगी थीं और उनके साथ महा एवं युग भी हँसते हुए घर के अंदर गए थे।

"अहा, ऐसा घर तो मैंने पहले कभी देखा ही नहीं है। बीच में खुली जगह, उसके आसपास तीन कमरे!" खुशी जताते हुए महा उस ओर झाँककर देखने लगी थी। महा और युग यह देखकर चकित थे। किसी घर में बाथरूम की शायद यह पहली सुव्यवस्थित व्यवस्था थी। ठंड को छोड़कर सभी बाहर ही अपना सारा नित्यकर्म करते थे। कमाल की यह अवधारणा शुरू हो रही थी।

"यह तो कोई चमत्कारिक घर है, माँ!" महा चकित होते हुए बोली थी।

"संसार के पहले राजन् का घर कुछ विशेष तो होना ही चाहिए न!" इति फिर हँसी थीं और महा के सिर पर हाथ रखा था।

"अब तुम आराम करो। हम सुबह मिलते हैं।" कहते हुए इति ने युग के सिर पर हाथ रखा था और वहाँ से बगल के अपने घर में चली गई थी। उनके जाने के बाद दोनों ने एक-दूसरे को मुसकराकर देखा था।

"आओ राजन्, अब हम आराम करें।" महा ने शरारत के साथ युग की ओर

देखते हुए कहा था। इस बात पर महा और युग दोनों हँस पड़े थे।

"आओ राजन्, हम इस कमरे में चलें।" कहते हुए युग महा की ओर देखते हुए हँसा था। इस पर महा भी अपनी हँसी रोक नहीं पाई थी। युग महा का हाथ पकड़कर कमरे में ले गया था। महा और युग ने अपने मुकुट उतारे थे, अपने अस्त्र रखे थे और अपने वस्त्र खोल दिए थे। युग एक कदम आगे बढ़कर महा को कुछ देर तक निहारता रहा। महा भी कुछ देर तक युग की गहरी आँखों में झाँककर उसके बदन को छूती रही। प्रेम-स्पंदन के साथ युग ने महा को अपनी बाँहों में भर लिया था। इसी के साथ दोनों फूलों से सजाए बिस्तर पर निढाल होकर एक हो गए थे।

□

"हम तो अचंभित हैं, गणी। बत्तीस हजार साल पहले किसी घर में बाथरूम और टॉयलेट का कॉन्सेप्ट आश्चर्य में डाल दिया है। इसे देखकर मेरे मन में यह सवाल आया है कि हमने आज तक क्या नया प्रयोग किया है, गणी? सब तो इन्हीं लोगों ने कर लिया था और हम लोग अपनी पीठ थपथपाते हैं कि इस संस्कृति और सभ्यता का विकास हमने सात-आठ हजार साल के भीतर किया है।" मिथ उस आधुनिक घर की आवाजें सुनकर हतप्रभ थी, जिसे कंप्यूटर ने एक फिल्म के रूप में प्रस्तुत किया था। वह पूरा दृश्य ही अद्भुत लग रहा था। इसी बात पर हँसते हुए मिथ ने गणी से यह प्रश्न भी किया था।

"सच कह रही हो, मिथ! इस संस्कृति और सभ्यता के विकास ने मेरे मन में यह प्रश्न भी खड़ा कर दिया है कि क्या पृथ्वी पर ऐसी सभ्यताएँ बसी हैं? सागर की अस्सी फीट से लेकर डेढ़ सौ फीट तक की गहराइयों में इस तरह के न जाने कितने नगर दबे पड़े हैं! इस सागर ने न जाने कितनी संस्कृतियाँ और सभ्यताएँ अपने भीतर छुपा रखी हैं!" गणी ने मिथ के प्रश्नों पर कुछ और नए प्रश्न खड़े कर दिए थे।

"तुम सही कह रहे हो, गणी। अभी हाल ही के रिसर्च में अमेजन के जंगल और अंटार्कटिका की बर्फ के नीचे भी होने के संकेत मिले हैं। अभी तो कई वैज्ञानिकों को कुछ और भी ऐसी मूर्तियाँ मिली हैं, जिसकी कार्बन-डेटिंग से ये पता चला है कि वे लगभग एक लाख साल पुरानी है।" मिथ ने कुछ दूसरे रिसर्च पर बात करते हुए यह बातें कही थीं और आश्चर्य व्यक्त किया था।

"चलो, आगे देखते हैं कि यहाँ और कौन-कौन से रहस्य छुपे हैं!" गणी ने प्रश्नों से जूझते हुए सिस्टम को अनपॉज किया था और सिस्टम को ट्यून करके नई फ्रीक्वेंसी पर आगे सुनने-देखने लगा था।

□

11

नौका-तकनीक

"प्रणाम महागुरु! प्रणाम महागुरु!" महा और युग पहली बार राजा के रूप में गुरुकुल पहुँचे थे और उन्होंने वृक्ष के नीचे अपने रचना-कर्म में लीन महागुरु सुधि को प्रणाम किया था।

"सदैव आनंदित रहो, राजन्-द्वय। तुम्हारा प्रेम हमेशा यों ही बना रहे। आओ, जंबू के राजन् का गुरुकुल में स्वागत है!" महागुरु सुधि ने सिर उठाकर देखा था और अपनी कूची को दवात के बगल में बाँस के बने खोड़र में रखा था। उसके बाद उन्होंने मुसकराते हुए आशीर्वाद दिया था। सफेद लंबे बालों के बीच उनका चेहरा बहुत ही दिव्य लग रहा था। ऐसा प्रतीत हो रहा था, जैसे उनके चेहरे से प्रकाश फूट रहा हो! महागुरु ने उन्हें हाथ के इशारे के साथ अपने लेखन-आसन की बगल में ऊपर बैठने के लिए कहा था।

"यह आपका नेह है, महागुरु! हम पहले जहाँ बैठते थे, आज भी वहीं बैठेंगे। हमें आप कोई भी दायित्व दे दें, परंतु हम आपके शिष्य ही रहेंगे।" युग ने हाथ जोड़कर मुसकराते हुए महागुरु से कहा था और उनके आसन के नीचे बिछी घास की चटाई पर बैठ गया था। उसके साथ ही हाथ जोड़े हुए महा भी वहीं बैठ गई थी।

"तुम दोनों एक वीर योद्धा हो और अत्यधिक विनम्र भी। एक राजन् बनने के लिए यह सबसे बड़ा गुण है। जिस राज्य का राजन् इतना विनम्र, बुद्धिमान, शक्तिशाली और जन के प्रति संवेदनशील हो, उस राज्य का सुख के साथ विकास निश्चित है।" उनके व्यवहार से आनंदित होती हुई महागुरु सुधि बोली थीं।

"यह भी आपका ही दिया हुआ गुण है, महागुरु। आपने हमें जो सिखाया है, आपने हमें जिस तरह तैयार किया है, हम वैसे ही बने हैं।" महा ने बड़ी विनम्रता से अपने व्यवहार और मनोवृत्तियों का सारा श्रेय महागुरु को ही दिया था।

"मेरे प्रिय शिष्यो, एक गुरु हरेक शिष्य को बिना भेदभाव के सिखाता है, परंतु हरेक शिष्य एक ही तरह का तैयार नहीं होता है। किसी भी फल के पेड़ में सभी फल न तो बराबर आकार के होते हैं और न ही समान स्वाद के। 'यह' को ही देखो। किसी भी जन के लिए यह आवश्यक है कि वह स्वयं को केंद्रित करे, अपना पूरा कौशल, अपनी पूरी क्षमता और अपनी इंद्रियों की पूरी शक्ति को एकाग्र करे। वह जिस कार्य के लिए आगे बढ़ा है, वह कार्य पूर्ण समर्पण-भाव के साथ पूरा करे। उसमें किसी भी तरह का न ही प्रश्न हो और न ही भय हो। यहाँ उसका निश्चय ही महत्त्वपूर्ण है। ऐसा शिष्य किसी भी सफलता को पाने का अधिकारी हो जाता है। तुम दोनों ने अब तक यही किया है, इसलिए मुझे इस बात का सुख है कि जंबू राज्य के तुम दोनों पहले राजन् बने हो। हम निश्चित ही संसार को जीवन-संस्कृति का नया मार्ग दिखाएँगे।" महागुरु सुधि उन दोनों से बहुत खुश थीं। उनकी बातों से ऐसा लग रहा था कि वे या तो भविष्य जानती थीं या इन दोनों में वह शक्ति-बुद्धि-ऊर्जा देख रही थीं, जैसा इससे पहले उन्होंने कभी नहीं देखा था। उन्होंने तो अपने ग्रंथ का नाम ही 'महायुग' रखा था। इसका अर्थ यह था कि निश्चित ही इन दोनों के माध्यम से एक महान् युग, महान् कथा का सृजन होनेवाला है।

"हे महागुरु! हम आज जो भी हैं, उसमें आपका प्रमुख योगदान है। माँ ओखा ने हमें जन्म अवश्य दिया है, पर आज हमारे भीतर जो भी बुद्धि या शक्ति है, वह आप ही की वजह से है। मेरे जीवन के गुरुकुल-काल में जो स्थान आपका बना था, वह निरंतर बढ़ता गया। युग के मन में भी यही भाव है। माँ ओखा के आदित्य होने के बाद जब मैं बिल्कुल अकेली थी, तब आपने ही मुझे राह दिखाई थी, आपने ही मुझे सहारा दिया था, इसलिए मेरे जीवन में माँ से भी ज्यादा बड़ा स्थान आपका है। माँ ने हमें जीवन जीना सिखाया और आपने जीवन का रहस्य तथा उत्कर्ष क्या है, यह सिखाया है। हम तो आज भी आपके आदेशों का पालन कर रहे हैं। आपने एक राज्य का सपना देखा था, वह हमने किया। आपके परामर्श से हमें यहाँ का राजा घोषित कर दिया गया। हमने उसे सहर्ष स्वीकार किया। आज आपने बड़ी नौका और पालनौका के निर्माण के लिए हमें बुलाया है तो हम उसके लिए तैयार हैं। आप आदेश दें और गुरु प्रज्ञ को हमारी सहायता के लिए साथ भेज दें। वे उस बड़ी नौका और पालनौका के विज्ञान को अच्छी तरह समझती हैं। उनका मार्गदर्शन और आपका साथ रहा तो हम अवश्य ही दोनों प्रकार की नौका निर्मित करने में सफल हो जाएँगे।" महा ने बड़ी विनम्रता से महागुरु सुधि की स्तुति करते हुए उनसे प्रार्थना की थी।

"अवश्य, आओ मेरे साथ। गुरु प्रज्ञ अब भी उसी विषय पर कार्य कर रही हैं। मैं इसे अपनी कुटिया में रख देती हूँ। इसके बाद हम उधर चलते हैं।" उनके चेहरे पर आह्लाद के रंग पसर गए थे। महागुरु सुधि ने अपने लिखे पत्तों को समेटकर एक चमड़े के थैले में रखा था और अपनी कुटिया में गई थीं। कुटिया के बाहर महा और युग को ज्यादा इंतजार नहीं करना पड़ा था। महागुरु अपने ग्रंथ का थैला अंदर रख आई थीं और दोनों शिष्यों को लेकर पीछे की ओर गई थीं।

"प्रणाम, गुरु प्रज्ञ!" गुरु प्रज्ञ को देखते ही महा और युग ने प्रणाम किया था।

"आओ राजन्, हमेशा आनंदित रहो। गुरुकुल में तुम्हारा स्वागत है!" हाथ उठाकर गुरु प्रज्ञ ने आशीर्वाद दिया था और महागुरु के सामने खड़ी हो गई थीं।

"बैठिए, गुरु प्रज्ञ। आज से आपके लिए विशेष कार्य शुरू हो रहा है। हम लोगों ने आज से ही नौका के निर्माण का कार्य आरंभ करने की बात की थी। महा और युग तैयार होकर आ गए हैं। इसके लिए हम लोग अपने गुरुकुल के पास ही, नदी किनारे एक स्थान का चयन कर लें। वहीं पर सबसे पहले बड़ी नौका और बाद में पवन-नौका का निर्माण किया जाएगा। वैसे बड़ी नौका की सफलता के बाद हम पालनौका के लिए सागर-तट का भी चयन कर सकते हैं। क्या आप पूरी तरह तैयार हैं, गुरु प्रज्ञ?" महागुरु ने गुरु प्रज्ञ से बैठने को कहा था और स्वयं बैठते हुए यह प्रश्न भी किया था।

"अवश्य, महागुरु! यह मेरे लिए सौभाग्य की बात है कि हम एक नई चीज का आविष्कार करने जा रहे हैं। हमें महा और युग जैसे होनहार शिष्यों का साथ मिल रहा है। इस समय पूरा जंबू राज्य हमारे साथ है। यही मेरी शक्ति है। हम इस कार्य में अवश्य सफल होंगे!" गुरु प्रज्ञ महा और युग की ओर देखते हुए आनंदित हो रही थीं और उनके साथ के कारण निश्चित सफलता भी देख पा रही थीं।

"सबसे पहले हम लोग यहीं बैठकर उसकी प्राथमिक आवश्यकताओं पर बात कर लेते हैं, क्योंकि हमें नौका के निर्माण की शुरुआत करने से पहले उसके लिए कुछ सामान जुटाने होंगे।" गुरु प्रज्ञ ने अपने रेखाचित्रों के पत्तों को झुककर उठाते हुए कहा था।

"मेरा परामर्श यह है कि हम लोग सबसे पहले नदी के किनारे चलें, वहाँ एक स्थान का चयन करें। यह पहली आवश्यकता है। एक ऐसी जगह का चयन करना जहाँ से बड़ी नौका को आसानी से नदी की ओर धकेला जा सके, क्योंकि यह एक बड़ी नौका होगी। इसके सफल प्रयोग के बाद हम पालनौका का निर्माण

करेंगे। वह नौका तो यही होगी, परंतु उसके ऊपर ऊँचाई तक एक पाल खड़ा रहेगा, यानी उसकी ऊँचाई पाल के कारण बहुत अधिक होगी। वह स्थान नौका-स्थान कहलाएगा। उसे नदी में आसानी से धकेला जा सके, इसके लिए ढलान आवश्यक है, क्योंकि उसे नदी में उठाकर रखना संभव नहीं होगा।" महागुरु ने बहुत सूक्ष्म बात कही थी।

"यह आपने बिल्कुल सही कहा, महागुरु। हम लोग सबसे पहले उस स्थान का चयन करते हैं, जहाँ नौका का निर्माण करना है। तत्पश्चात् उसी स्थान के पास हम नाव की सामग्री भी जुटाएँगे, जिससे कि नौका के निर्माण में सहूलियत हो।" गुरु प्रज्ञ ने मुसकराते हुए महागुरु के सुझाव का समर्थन किया था।

"क्या हम लोग अमृता नदी की ओर चलें?" महागुरु ने महा और युग की ओर देखते हुए पूछा था।

"अवश्य, महागुरु! हम तैयार हैं। वहाँ पहुँचने के बाद स्थितियों का आकलन किया जाएगा और उसी के अनुरूप अपने साथियों का बारी-बारी से सहयोग लिया जाएगा, जिससे कि उनकी दिनचर्या भी चलती रहे तथा हम नौका का निर्माण भी करते रहें।" महा ने मुसकराकर युग की ओर देखा था। वे महागुरु की बातों पर सहमति जताते हुए चलने को तैयार हो गए थे।

"तो चलो! आइए, गुरु प्रज्ञ।" कहते हुए महागुरु अपना दंड टेकते हुए चलने लगी थीं। उनके साथ गुरु प्रज्ञ, महा और युग अपने अस्त्रों के साथ नदी की ओर चल पड़े थे। उनके पीछे उनके उड़वाहन गज और गरुड़ भी चलने लगी थीं। चूँकि गुरुकुल नदी के किनारे ही था, इसलिए नदी के तट पर पहुँचकर वे उसके किनारे ही थोड़ा पूरब की ओर गए थे।

"तुम लोग भी ध्यान से देखो, महा, युग! नौका के निर्माण के लिए कौन सा स्थान उपयुक्त होगा? बस यही ध्यान रखना है कि वह जगह ऊँची हो। वहाँ से नदी की ओर थोड़ा ढलान भी हो, जिससे हमें नाव-निर्माण के बाद उसे नदी में धकेलना सुलभ हो। उसमें किसी तरह की कठिनाई न आए।" गुरु प्रज्ञ ने नदी के किनारे बेहतर स्थान की तलाश करते हुए यह बात कही थी।

"यह स्थान कैसा रहेगा, महागुरु?" युग ने एक जगह दिखाते हुए पूछा था, जो ऊँची तो थी ही साथ में नदी की ओर ढलान भी था।

"हाँ, यह स्थान तो अच्छा है। यहाँ ऊपर नौका का निर्माण किया जा सकता है। नौका-निर्माण के बाद यहाँ से ढलान पर धकेलकर उसे नदी में उतारना आसान

रहेगा।" गुरु प्रज्ञ ने युग द्वारा दिखाई गई जगह को देखकर संतुष्टि प्रकट की थी।

"हाँ, यह स्थान उचित है। हमें इसी स्थान पर नौका का निर्माण करना चाहिए।" जगह का निरीक्षण करते हुए नदी के तट तक महागुरु सुधि गई थीं। वहाँ से ढलान को अच्छी तरह परखा था। उन्हें नीचे उतरकर निरीक्षण करते हुए देखकर अन्य लोग भी नदी के किनारे पहुँच गए थे। वहाँ से उन्होंने ढलान का अवलोकन किया था। महा उस ढलान पर उलटा चढ़कर देख रही थी। पूरी तरह परख लेने के बाद महागुरु ने अपनी सहमति दी थी। उनकी सहमति में सभी साथ थे।

"हमने यह स्थान तो तय कर लिया। अब आगे गुरु प्रज्ञ, आप बताएँ कि सबसे पहले हमें क्या करना चाहिए?" महा ने गुरु प्रज्ञ की ओर देखकर पूछा था।

"सबसे पहले यह समझ लो कि हमें एक नौका तैयार करनी है। इसके लिए लकड़ियों की आवश्यकता पड़ेगी। इसके बाद कुछ मोटी और पुरानी लताओं की आवश्यकता पड़ सकती है। इन सामग्रियों के लिए कुछ साथियों की आवश्यकता पड़ेगी।" गुरु प्रज्ञ ने महा और युग को देखते हुई प्राथमिक आवश्यकता बताई थीं।

"ठीक है, गुरु प्रज्ञ! मैं कुछ देर में ही यहाँ अपने कुछ साथियों को बुला लेती हूँ। बाद में युग अंतरद्वीप से भी कुछ साथियों को बुला लेगा, तब तक आप महागुरु और युग के साथ आगे की योजना बनाइए।" यह कहकर महा खड़ी हो गई और अपने गरुड़ की ओर देखने लगी।

"हाँ, यह ठीक रहेगा।" महागुरु सुधि ने इसके लिए महा को सहमति दी थी। आदेश मिलते ही महा अपने गरुड़ पर सवार होकर ओखा की ओर उड़ गई थी। ओखापद वहाँ से दूर नहीं था। वह एक ओर से दिखाई पड़ रहा था, बीच में गुरुकुल स्थापित नहीं रहता तो पूरा ओखा सामने ही दिखाई पड़ता। महा समय बचाने के लिए गरुड़ के साथ गई थी।

"देखो युग, तुम इसके तकनीकी पक्ष को समझते हो। तुम इसके निर्माण की पूरी स्थिति को अच्छी तरह समझ लो। इससे तुम्हें अपने साथियों को भी समझाने में मदद मिलेगी। सबसे पहले हमें एक ऐसी बड़ी नौका का निर्माण करना है, जिस पर कम-से-कम सौ लोग सवार हो सकें। साथ ही सामान का वजन उठा सकने में भी वह नौका सक्षम हो, क्योंकि सागर की लहरों पर उसे अनेक चुनौतियों का सामना करना पड़ सकता है। छोटी और हलकी नौका का सागर पर चलाना संभव तो है, पर वह सुरक्षित नहीं रहेगी।" गुरु प्रज्ञ ने युग को नाव-निर्माण की पहली तकनीकी बात समझाई थी।

"ठीक है, गुरु प्रज्ञ! मैं आपकी बात समझ गया।" युग ने गुरु प्रज्ञ की बात को समझते हुए उसे अपने शब्दों में दोहराया था।

"बिल्कुल सही, युग। मतलब सबसे पहले उसकी बनावट हमारे दिमाग में स्पष्ट रहनी चाहिए।" गुरु प्रज्ञ के चेहरे पर मुसकराहट तैर गई थी। उसे सुनते हुए महागुरु भी आश्वस्त होने लगी थीं। तभी ओखा की ओर से अनेक लोग आते हुए दिखाई पड़े थे।

"लो, अब तो लोग भी आ गए। अब तुम निर्देशित करना कि इन्हें किस तरह की तनाएँ, लताएँ और छालें लानी हैं।" महागुरु ने युग की ओर देखकर मुसकराते हुए कहा था।

□

12

जमीन पर उगी कल्पना

"प्रणाम महागुरु! प्रणाम महागुरु!" सभी ने महागुरु को प्रणाम किया था। महा मुसकराते हुए युग के पास आ गई थी।

"प्रणाम, गुरु प्रज्ञ!" इसके बाद सभी ने गुरु प्रज्ञ को प्रणाम किया था। सभी के हाथ में पेड़ काटने के औजार थे।

"तुम सब हमेशा सुखी रहो। आज तुम अपने राजा के नेतृत्व में विशेष कार्य करने जा रहे हो। इस महत्त्वपूर्ण कार्य में तुम सभी सफलता पाओगे, ऐसा मेरा विश्वास है।" महागुरु ने सभी को आशीर्वाद देकर उनसे सफलता की उम्मीद जताई थी।

"हम अवश्य इस विशेष कार्य को पूरा करेंगे, महागुरु।" कुल ने आगे बढ़कर कहा था। उसके कहते ही वहाँ उपस्थित बीसियों साथियों ने एक स्वर में कहा था, "हम इस कार्य को अवश्य पूरा करेंगे, महागुरु।" उनके उद्घोष का स्वर दूर तक गया था। उनके स्वर में एक विश्वास झलक रहा था।

"इस बड़ी नौका और पालनौका के निर्माण के लिए विशेष रूप से जंबू के राजा युग को इसका नेतृत्व दिया जाता है। उसके निर्देशन में हम सभी नाव का निर्माण करेंगे।" महागुरु ने सभी के उत्साह को और भी मजबूत किया था।

"ठीक है, महागुरु।" एक बार फिर से बुलंद स्वर गूँजा था।

"युग ही बातएगा कि हमें इस पूरे कार्य के लिए क्या सामग्री चाहिए। नाव के निर्माण का ढाँचा भी उसी के निर्देशन में तैयार किया जाएगा। गुरु प्रज्ञ और महा के साथ हरेक समय मैं उपस्थित रहूँगी।" महागुरु ने कार्य का नेतृत्व युग के हाथ में सौंपते हुए इसकी सार्वजनिक घोषणा की थी। उन्हें पता था कि वह सभी के सहयोग से नाव के अनुरूप सामग्री भी जुटा लेगा और नाव का निर्माण भी कर लेगा।

"ठीक है, महागुरु।" महा और युग के साथ सभी जनों ने एक स्वर में सहमति जताई थी।

"आप सभी का बहुत-बहुत धन्यवाद! आप सबने इस महान् कार्य के लिए सहमति दी है। अब मैं सबसे पहले इसकी आवश्यकताओं के बारे में बताना चाहता हूँ। चाहे जैसे भी संभव हो, हमें उसे पूरा करना होगा। मैं और महा हमेशा इस नदी के पास नाव-निर्माण में लगे रहेंगे।" यह कहते हुए युग ने मुसकराकर महा की ओर देखा था, "इस बीच महा जंबू राज्य और व्यक्तिगत कुछ दूसरे कार्य के लिए यहाँ से जा सकती है। मैं रात्रि प्रहर छोड़कर दिन भर यहीं उपस्थित रहूँगा।" यह कहते हुए युग कुछ देर के लिए चुप हुआ था। महागुरु सुधि और गुरु प्रज्ञ की ओर देखते हुए उसने फिर कहा था, "महागुरु सुधि और गुरु प्रज्ञ हमें इसके निर्माण की गुत्थियों से अवगत कराती रहेंगी। इसके तकनीकी पक्ष और कठिनाइयों का हल ढूँढ़ने में वे हमारी मदद करेंगी। ...तो क्या हम इसके लिए तैयार हैं?" कार्य-शैली के बारे में समझाते हुए युग ने प्रश्न पूछ लिया था।

"हम सभी तैयार हैं।" महा के साथ सभी साथियों ने युग की बात पर सहमति जताई थी।

"हमारे लिए गुरु प्रज्ञ यहाँ भूमि पर बड़ी नौका और पालनौका की रूपरेखा बनाएँगी। वह हमेशा यहाँ बनी रहेगी, जिसे कोई भी देख सकता है। हम करने क्या जा रहे हैं और हमें आगे एक-एक पग कैसे बढ़ाना है, इसका पता उन रेखाचित्रों से चलता रहेगा।" गुरु प्रज्ञ की ओर देखकर युग ने कहा था।

"अवश्य। मैं अभी थोड़ी ही देर में वह सभी रेखाचित्र यहाँ भूमि पर बना देती हूँ और प्राथमिक स्तर पर उसे सभी को समझा भी देती हूँ। यह मेरा दायित्व होगा कि यहाँ पर सभी रेखाचित्र हमेशा स्पष्ट रूप से दिखाई पड़ते रहें।" गुरु प्रज्ञ ने राजन् युग के निर्देश पर अपनी सहमति जताई थी।

"हम प्रत्येक दिन सुबह अपना भोग ग्रहण कर यहाँ जमा होंगे और अँधेरा होने से पहले अपने घर लौटकर अपने भोग के इंतजाम में लग जाएँगे। अँधेरे में भी यहाँ सुरक्षा का इंतजाम हमारे किन्नर बंधु करेंगे।" युग ने काम करने के तरीके और उसकी व्यवस्था पर बात कही थी और सबसे पहले काम करने के कुछ नियम बनाए थे। उसे निर्देश देते देखकर महागुरु मुसकराने लगी थीं। उसका नेतृत्व महा को भी आनंदित कर रहा था।

"साथियो, हमें पहला कार्य यह करना है कि दो से तीन मुट्ठी गोलाई की

लगभग सौ तनाएँ काटकर लानी हैं। इसके लिए किसी पतले पेड़ को कम-से-कम काटा जाना चाहिए। पेड़ की तनाएँ ही काटना हमारी प्राथमिकता होनी चाहिए, जिससे हमारे जंगल को ज्यादा क्षति न पहुँचे। इन्हें बंधन देने के लिए वृक्ष की मोटी-पतली हरेक तरह की लताएँ भी काटकर लानी हैं, जिससे कि नाव-निर्माण में तनाओं को अच्छी तरह से बाँधा जा सके। हमें कुछ पतली टहनियाँ और झाड़ियाँ भी यहाँ लानी होंगी, जिससे कि उन तनाओं को बाँधते समय इनके अंतर से बने रिक्त स्थान को आवश्यकता के अनुसार भरा जा सके, साथ ही उसके छाल का प्रयोग भी कर सकें। इसके साथ हमें लस्सो का फल भी लाना होगा, जिससे छोटे छिद्रों को भरा जा सके। उसके बीज का रस पानी में भी महीनों नहीं घुलता है। उससे हमें बंधन को मजबूती देने में सहायता मिलेगी। यह हमारा प्राथमिक कार्य है। इस बीच हम अंतरद्वीप में संदेश भिजवाकर वहाँ से भी कुछ साथियों को बुला लेंगे।" युग ने अपने साथियों को सामान जुटाने का निर्देश दिया था।

"तब तक मैं यहाँ कुछ रेखाचित्र बनाती हूँ। आप सभी जब आज लकड़ियाँ लेकर लौटेंगे, तब उसे यहाँ बना हुआ पाएँगे। इस बीच हमारे अंतरद्वीप के साथी भी आ चुके होंगे। आप सबको एक साथ मैं यह समझाऊँगी कि आप सामान जुटाने के बाद क्या और कैसे बनानेवाले हैं। इससे आपका उत्साह बढ़ेगा।" युग के कहने के बाद गुरु प्रज्ञ ने अपनी बात कही थी और वहीं एक स्थान देखकर जमीन पर ही बैठ गई थीं। उनके साथ ही महागुरु भी मुसकराती हुई उनकी बगल में ही बैठ गई थीं और गुरु प्रज्ञ द्वारा मिट्टी पर खींचे जा रहे रेखाचित्रों को देखने लगी थीं।

"तो साथियो, आप सब अभी इस कार्य का प्रारंभ कीजिए, क्योंकि जब तक ये तनाएँ, लताएँ, छालें और लसोर नहीं आएँगे, हम नाव का निर्माण नहीं कर पाएँगे।" महा ने अपने साथियों को इस कार्य के लिए निकलने की सलाह दी थी।

"आप सभी सूर्य और नदी को प्रणाम कीजिए और जंगल में जाइए। हरेक साथी चार-चार की संख्या में ही यह कार्य करें, क्योंकि टहनियों को ठीक से काटकर साथ में लेकर भी आना है। जंगलों में लगाए गए अपने स्वभाल का भी ध्यान रखें। वह जितना दूसरों के लिए घातक है, उतना ही स्वयं के लिए भी है। इसलिए उन स्थानों पर तनाएँ या लताएँ न काटें, जिसके आसपास स्वभाल लगे हैं। जंगल में काम करते हुए अपने अस्त्र साथ रखें और साथ ही स्वयं को सुरक्षित भी रखें।" युग ने यह आवश्यक निर्देश देकर उन्हें कार्य पर जाने को कहा था। इसके निर्देश के बाद उनके साथियों में युग के प्रति सम्मान और भी बढ़ गया था, क्योंकि

वह एक कुशल नेतृत्वकर्ता की तरह व्यवहार कर रहा था। इसी के साथ सभी ने नदी के पास जाकर उसके पानी को छुआ था और साथ ही सूर्य को प्रणाम करते हुए जंगल की ओर जाने लगे थे।

"महा, यदि तुम अंतरद्वीप चली जाओ तो बेहतर होगा। वहाँ जाकर इति माँ से मिलना और उन्हें मेध और रथ सहित कुछ साथियों को इस कार्य के लिए यहाँ भेजने को कहना। तुम उन साथियों को अपने सामने बुलाकर कहना। वे डोंगी से इस पार चले आएँगे। आज वे आकर यहाँ काम समझ लें। आज तो उन्हें आने में देर हो जाएगी, पर थोड़ी देर ही सही, वे आ जाएँ तो अच्छा होगा।" युग ने महा को अंतरद्वीप जाकर साथियों को बुलाने का आग्रह किया था।

"ठीक है, मैं उन्हें बुलाकर आती हूँ।" मुसकराते हुए महा ने युग की आँखों में झाँका था और आँखों की झपकी देते हुए उठ खड़ी हुई थी। धीमे कदमों से वह अपने गरुड़ के पास पहुँची थी। वहाँ से मुड़कर उसने एक नजर युग की ओर देखा था। युग उसे ही मुसकराते हुए देख रहा था। महा और युग की मुसकराहट अब हँसी में बदल गई थी। हँसते हुए महा किसी देवलोक की अप्सरा जैसी लग रही थी। इसी के साथ वह अपने गरुड़ पर सवार होकर अंतरद्वीप की ओर चली गई।

"धड़ाम, धड़ाम, धड़ाम!" कुल सहित कुछ साथियों ने पचास से सत्तर फीट की पेड़ और उसकी तनाएँ उठाकर लाए थे और उसे नदी-किनारे चिह्नित जगह पर गिराया था।

"ओ, तुम आ भी गए, कुल? बहुत सुंदर। हमें ऐसी ही मोटी तनाओं की आवश्यकता है। ये एकदम सीधी हैं, लंबी भी और थोड़े लोचदार भी हैं। इसकी मोटाई भी पीछे की ओर थोड़ा अधिक है, पर दो से तीन मुट्ठी के आसपास निकल जाएगी।" कुल के द्वारा काटकर लाई गई तनाओं को देखकर युग अत्यधिक प्रफुल्लित हुआ था और उसे धन्यवाद दिया था।

"यह तो अभी चार ही आ पाया है। हमने वहाँ बारह और काटकर रखे हैं। उन तनाओं से पतली टहनियों को काटने में थोड़ा अधिक समय लग जाता है।" कुल ने युग को अपने कार्य का ब्योरा दिया था।

"सच में ये सुंदर तनाएँ हैं। कुल ने शुरुआत अच्छी कर दी है। सुंदर कार्य प्रारंभ करने के लिए तुम्हें बधाई, कुल।" महागुरु ने उन लकड़ियों का निरीक्षण करते हुए कहा था। उनके साथ गुरु प्रज्ञ भी वहाँ आ गई थीं और उन्होंने अपने दोनों हाथों की हथेलियों के बीच लेकर उसकी गोलाई मापने की कोशिश की थी।

"हाँ, बिल्कुल सही नाप है। इसे बाँधना आसान होगा।" गुरु प्रज्ञ तकनीकी पक्ष पर पूरा ध्यान रख रही थीं।

"तुम थोड़ी देर अपने इन साथियों के साथ यहीं बैठ जाओ, कुल। कुछ देर बाद दुबारा जाकर लकड़ियाँ लाना।" युग ने उसे कुछ देर आराम करने को कहा था।

"हा-हा-हा, नहीं राजन्। मैं थका नहीं हूँ। अभी तो वापस जाकर उन तनाओं से पतली टहनियों को काटना होगा, तब ही उसे ला पाएँगे। पहले पेड़ और मोटी तनाएँ ले आए, उसके बाद उन पतली टहनियों को भी ले आएँगे, तत्पश्चात् उससे छाल भी निकालने होंगे। हमें तो उसकी भी आवश्यकता पड़नेवाली है।" कहते हुए कुल फिर जाने के लिए खड़ा हो गया था।

"हाँ कुल, हमें उन पतली टहनियों की भी आवश्यकता पड़ेगी। तुम चाहो तो इन लंबी टहनियों पर भी उसे रखकर खींचते हुए ला सकते हो।" युग ने कुल को एक राय दी थी।

"यदि संभव हुआ तो वैसा ही करेंगे। चलो साथियो!" कहते हुए कुल अपने साथियों के साथ वापस जंगल की ओर चला गया था।

"धड़ाम!" उसके जाते-जाते अन्य साथी भी जंगल से दो से तीन मुट्ठी भर मोटी तनाएँ लेकर आ गए थे। युग के निर्देशों के अनुसार चार-चार की संख्या में साथी लकड़ियाँ काटकर ला रहे थे। अब वहाँ पेड़ों-तनाओं-लकड़ियों की ढेर लगनी शुरू हो गई थी।

"हाँ, इन तनाओं की मोटाई और लंबाई भी सही है। पीछे थोड़ा अधिक है और आगे थोड़ा कम। हम एक के बाद दूसरे को उलटा रखकर बाँधेंगे।" हरेक तनाओं को गुरु प्रज्ञ ध्यान से देख रही थीं और उससे संतुष्ट हो रही थीं।

"गुरु प्रज्ञ, हमें यह समझना है कि तनाओं को कैसे बाँधना चाहिए, जिससे कि उनके बीच में अंतर कम-से-कम हो। हम उनका अंतर जितना कम रख सकेंगे, वह उतना मजबूत होगा और पानी का रिसाव अंदर कम होगा। भले ही हम उसके बीच के अंतर को पतली टहनियों से बंद करने की कोशिश करेंगे और उन्हें पूरी तरह चिपकाने के लिए लसोर भी लगाएँगे, पर वह कितना सफल होगा, यह तो नदी में डालकर ही पता चल सकता है।" युग ने नाव के निर्माण पर गुरु प्रज्ञ से तनाओं के बीच के गैप के बारे में समझना चाहा था।

"देखो युग, हमें आवश्यकता के अनुसार मोटी तनाओं को अपने औजारों से

इस प्रकार छिलना होगा कि वे आपस में बिल्कुल चिपक जाएँ। बहुत हलका अंतर रखना आवश्यक भी है, क्योंकि पानी में लकड़ी अपना आकार बदलती है। जब वह पानी में फूलने लगेगी, तो स्वत: बीच का अंतर कम हो जाएगा या खत्म हो जाएगा। हमें उसे बनाकर कुछ दिन पानी में रखना होगा, जिससे यह पता चल सके कि वह पानी में फूल जाने के बाद कितना अंतर छोड़ देता है। यह प्रक्रिया थोड़ा धैर्य के साथ पूरी करनी होगी।" गुरु प्रज्ञ ने युग को लकड़ी के पानी में खड़ी महा आकार बदलने की ओर ध्यान दिलाया था।

"यह तो मैं भूल ही गया था, गुरु प्रज्ञ। मुझे अब इस बात का ध्यान रखना होगा। हालाँकि अभी जो तनाएँ हैं, ये भी सूखने के बाद सिकुड़ती हैं, तो हमें यह भी देखना होगा कि ये सूखने के बाद कितना सिकुड़ेंगी और पानी में रहने के बाद कितना फैलेंगी।" युग ने लकड़ी के सूखने और फैलने पर मंथन किया था। तभी महा गरुड़ पर सवार वहाँ उतरी थी और बहुत सारी तनाओं को देखकर आनंदित हुई थी।

"अहा, हमारे साथियों ने तनाएँ लानी शुरू भी कर दीं। इतनी जल्दी उन्होंने बहुत सारी तनाएँ काटकर यहाँ पहुँचा भी दीं, बहुत बढ़िया! यह देखकर मुझे बड़ा हर्ष हो रहा है।" महा उन लकड़ियों को देखकर प्रफुल्लित हो रही थी और उसे अपने साथियों पर गर्व भी हो रहा था।

"हाँ महा, हमारे साथियों ने बहुत ही बढ़िया काम किया है। महागुरु भी बहुत आनंदित हैं। ये वैसी ही तनाएँ काटकर ला रहे हैं, जैसी हमें चाहिए।" युग ने अपने साथियों की खूब तारीफ की थी।

"क्या अंतरद्वीप से साथी चल चुके हैं?" युग ने संक्षिप्त सवाल पूछा था।

"हाँ, वे लगभग बीस की संख्या में आ रहे हैं। मेरे वहाँ पहुँचते ही इति माँ तो स्वागत ही करने लग गई थीं। मैंने उन्हें समझाया कि तुम यहाँ हमारी प्रतीक्षा कर रहे हो। यहाँ महागुरु और गुरु प्रज्ञ के साथ बीसियों साथी काम कर रहे हैं। अभी हमें यहाँ से नौका-निर्माण के लिए बीस साथियों की आवश्यकता है।" मेरे यह कहने पर माँ ने रथ व मेध को बुलाया था और उन्हें पूरी बात बताई थी। यह सुनकर मेध व रथ भी बहुत उत्साहित हो गए थे। तब तक झम वहाँ दो टोकरी फल ले आई थी।" महा उल्लास में कहती जा रही थी। उसे अंतरद्वीप जाना बहुत अच्छा लगा था। वहाँ जाते ही सभी उसका आदर करने लगे थे।

"अच्छा, मेरा कभी इतना सम्मान नहीं हुआ, महा।" कहते हुए हँसा था युग।

उसकी बातें सुनकर महागुरु भी हँस दी थीं। इन सबकी बातों से अनभिज्ञ गुरु प्रज्ञ भूमि पर रेखाचित्र बनाने में व्यस्त थीं।

"जब माँ ने विशेष अनुरोध किया, तब मैं फल की दोनों टोकरी यहाँ उठा लाई। यदि आप सब खाना चाहें तो ये कुछ मीठे फल हैं, महागुरु।" कहते हुए महा वापस गरुड़ के पास गई थी और उसकी पीठ पर कुछ लताओं के सहारे टँगी फलों की टोकरी उठा लाई थी।

"अच्छा है महा, इसे यहीं रख दो। जो भी साथी यहाँ तनाएँ-लताएँ लेकर आएँगे, वे इसका भोग कर सकते हैं। महागुरु ने फलों की टोकरी देखकर यह राय दी थी।

"धड़ाम!" जंगल से सारे साथी वहाँ लौट आए थे। उन्होंने दोपहर तक ही बहुत सारी तनाएँ-लताएँ काटकर वहाँ जमा कर दी थीं।

"अब हमारे पास इतनी तनाएँ और लताएँ हो गई हैं कि हम नौका-निर्माण का काम शुरू कर सकते हैं।" युग ने सभी साथियों की ओर एक सरसरी निगाह डाली थी और महागुरु की ओर देखा था।

"तुम ठीक कह रहे हो, युग। अब हमें इसकी शुरुआत कर देनी चाहिए।" महागुरु ने अभी इतना ही कहा था कि रथ और मेध सहित अंतरद्वीप के अन्य साथी भी वहाँ पहुँच गए।

"प्रणाम महागुरु!" एक साथ अनेक स्वर उभरे थे।

"हमेशा आनंदित रहो। तुम सबको आज एक पुनीत कार्य के लिए यहाँ जमा होते देखकर मुझे बहुत हर्ष हो रहा है। मुझे विश्वास है कि हम इसमें अवश्य सफल होंगे। आप सभी सही समय पर आए हैं। अब हम नाव-निर्माण का काम शुरू करते हैं।" यह कहकर महागुरु नदी के पास गई थीं। उसका जल लेकर उन्होंने प्रार्थना की थी और सूर्य को प्रणाम किया था।

"आप सभी अमृता नदी और सूर्य को प्रणाम कर कार्य शुरू कीजिए।" महागुरु ने नदी की ओर से मुड़कर सभी को ऐसा करने को कहा था। उनके आदेशानुसार सभी ने अमृता नदी और सूर्य को प्रणाम किया था।

"आओ, अब हम नीचे की पहली लकड़ी रखकर इस कार्य की शुरुआत करते हैं।" महागुरु ने गुरु प्रज्ञ, महा, युग, मेध, रथ और कुल के साथ मिलकर ढलानवाले स्थान पर एक लंबी सी तना रखी थी।

"अब आप सभी मिलकर इसके निर्माण का कार्य आगे बढ़ाएँ।" यह कहकर

महागुरु और गुरु प्रज्ञ उस रेखाचित्र के पास बैठ गई थीं।

"ठीक है, महागुरु। आओ साथियो! नौका का निर्माण शुरू करते हैं।" युग के कहते ही सभी साथी निर्देशानुसार काम करने लगे। उन्होंने सबसे पहले जमीन पर बहुत सारी तनाओं को बिछाया था। उसके बाद दोनों मुहानों पर नाव की ऊँचाई को ध्यान में रखकर उसके अनुरूप एक-एक मोटी तना बाँध दी थी। उन्होंने सबसे पहले नाव के आकार का बंधन बनाना शुरू किया था। जिस बंधननुमा ढाँचे के आधार पर पूरी नाव बनाई जा सके। वे रेखाचित्र के आधार पर नाव को आकार देने में लगे थे।

"कुल, मेध, रथ, तुम सभी मेरी बात पर ध्यान दो। इस तरह इसकी गोलाई से यह बंधन फिसलकर ढीला पड़ सकता है। हमें नौका की आधार तनाओं को एक-दूसरे में छेद कर घुसा भी देना है, जिससे कि वे एक-दूसरे में फँसी रहें। उसके बाद उन्हें लताओं के सहारे मजबूती से बाँधना है। जहाँ तनाओं में गिरह नहीं है, वहाँ लताओं को बाँधने के लिए हरेक जगह तनाओं में गड्ढा अवश्य बना लेना, जिससे कि वे लताएँ उसके भीतर फँसी रहें और उन पर पानी की चोट का प्रभाव न पड़े। उसे इस तरह बाँधो कि किसी भी स्थिति में वह बंधन ढीला न पड़े। यानी हमें अपने बंधन को कई स्तर पर मजबूती देनी होगी। हम पानी के बीच मझधार में कोई सुधार नहीं कर सकते, इसलिए हरेक जगह दोहरा और तिहरा फँसाव होना नौका के ढाँचे को दोहरी-तिहरी मजबूती देगा।" युग ने नावनिर्माण की पूरी बात समझाई थी। उसके सुझाव के आधार पर कई साथी मिलकर उस कार्य को आगे बढ़ाने लगे थे। कुल और मेध अपने साथियों से उनके अनुरूप तनाएँ और लताएँ माँग रहे थे। कई साथी लकड़ियों को आपस में फँसाने के लिए उसमें छेद कर रहे थे। कुछ साथी बंधन के लिए लकड़ियों में गड्ढा बना रहे थे। कुछ साथी टहनियों से छाल निकाल रहे थे। हरेक साथी अपनी ओर से कार्य को आगे बढ़ा रहे थे। गुरु प्रज्ञ सहित युग और महा उन सभी बंधनों को अच्छी तरह देख रहे थे। अंततः कई सूर्योदय और कई सूर्यास्त की कठिन मेहनत के बाद नौका बनकर तैयार हो गई थी।

"बधाई, बधाई!" महागुरु ने सभी को बधाई दी थी। उनकी बधाई के साथ महा और युग ने भी सभी को व्यक्तिगत तौर पर बधाई दी थी। नौका-निर्माण के बाद सभी लोगों के बीच बहुत उल्लास था। अपने द्वारा बनाई गई नौका को सभी बहुत स्नेह व प्रेम से छूकर आनंदित हो रहे थे।

"नौका के निर्माण के लिए आप सभी को बहुत-बहुत बधाई! महागुरु सुधि

और गुरु प्रज्ञ के निर्देशन में हमने इस सुंदर नौका का निर्माण आज पूरा कर लिया है। आज का दिन विशेष है। आप सभी इस कार्य के लिए हमेशा याद किए जाएँगे। अब सबसे पहले हम नौका का परीक्षण करेंगे। पाल के प्रयोग से पहले हम सागर में नौका को लेकर जाएँगे। वहाँ कुछ दिनों तक इस बड़ी नौका से कुछ यात्राएँ करेंगे। उसमें 'यह-श्रम' अधिक लगेगा, क्योंकि चप्पू के सहारे ही नौका से हम कहीं जा सकते हैं। यह संभव है कि हम एक ही दिन में न लौट पाएँ। ऐसे में हमें नौका पर कुछ भोग-सामग्री से लेकर जीवन के अन्य आवश्यक सामान भी रखकर यात्रा पर जाना होगा। इसके प्रयोग के लिए निश्चित तौर पर युग का नेतृत्व ही उपयुक्त रहेगा।" महागुरु ने पहली नौका के प्रयोग के बारे में समझाया था। वे सभी छोटी डोंगी या छोटी नौका से नदी या सागर में उतरते रहे हैं, पर बड़ी नौका का यह पहला निर्माण था। वैसे अपने तट के आसपास तो वे जाते ही थे। वे मछलियाँ भी पकड़ते थे। उन्हें सागर में डोंगी और छोटी नाव से जाने का अनुभव था। उनमें से कई अच्छे तैराक भी थे। महा और युग भी अच्छे तैराक थे।

"ठीक है महागुरु, हम ऐसा ही करेंगे। पहले केवल नौका से ही यात्रा पर निकलेंगे। नौका पर चप्पू चलाकर जाने का अभ्यास तो है ही। इस बड़ी नौका के साथ सबसे पहले एक दिन की यात्रा पर जाएँगे। सुबह यात्रा पर निकलकर दोपहर तक जितनी दूर जा सकेंगे, जाएँगे और फिर लौटना शुरू कर देंगे। सूर्य के कारण हमें दिशा का ज्ञान भी रहेगा और हम सुरक्षित अपने ओखा-तट तक लौट भी आएँगे।" युग ने महागुरु की बातों पर सहमति जताई थी।

"यह तुमने ठीक कहा। अभी का प्रयास केवल एक दिन का किया जाना हितकर रहेगा। अभी तीन दिन तक नौका को यहीं पानी में डालकर रखना है, जिससे कि यह पानी में रहकर थोड़ा पानी से फूल जाए, पानी में रहने के लिए अभ्यस्त हो जाए। वैसे तो यह सूखी लकड़ियाँ नहीं हैं, इसलिए इसके लिए तीन दिन पर्याप्त रहेगा। यह नौका पानी में स्वत: बह न जाए, इसके लिए इसे कई खूँटे से बाँधकर रखना होगा। उसके बाद एक दिन पहले वापस इसे यहीं ऊपर खींचकर खूँटे में बाँध देना होगा, जिससे कि हवा में थोड़ा सूख जाए। चौथे दिन पुन: हम लोग इसे पानी में उतारेंगे। तुम चौथे दिन सुबह-सुबह सागर में जाने का अभ्यास करना।" इस तरह महागुरु के परामर्श से युग के नेतृत्व में तीन दिनों बाद नाव की यात्रा का निर्णय हुआ।

□

13

सागर में नौका

"असा, आज मैं मांस पकाती हूँ।" महा ने घर पहुँचकर असा से कहा था।

"क्यों? क्या मेरे पकाए हुए मांस में वह स्वाद नहीं है, महा?" कहते हुए असा हँसी थी।

"ऐसी बात नहीं है, असा। कभी-कभी मुझे भी बनाते रहना चाहिए, नहीं तो मैं भूल ही जाऊँगी कि मांस कैसे पकता है!" कहकर महा हँसने लगी थी।

"महा ठीक कह रही है। चलो, आज मैं भी साथ मिलकर भोग पकाता हूँ। आज असा आराम करेगी।" युग ने घर में घुसते हुए कहा था।

"तुम केवल यह देखना कि मैं कुछ भूल तो नहीं रही हूँ।" महा ने असा से मुसकराते हुए कहा था और घर में घुसकर अपना कलाप रखा था। तब तक युग अपना सारंग वहीं रखकर एक कमरे में गया था और वहाँ से मांस निकालने लगा था।

"ठीक है। मैं समझ गई। आज तुम दोनों बड़े प्रेम से मिलकर भोग बनाना चाहते हो। साथ मिलकर भोग बनाने से प्रेम और बढ़ता है। मैं तुम्हारे साथ ही चूल्हे के पास रहूँगी।" कहते हुए असा खुलकर हँसी थी।

"हा-हा-हा।" भंडार से बाहर निकलते हुए युग ने महा की ओर देखा था और दोनों एक-दूसरे को देखते हुए खुलकर हँसे थे। उनकी हँसी में सुंदर युगल की प्रेम-ध्वनि गुंजित हो रही थी। असा ने हँसते हुए काढ़ा बनाने का सामान जुटा लिया था। महा और युग भी मिलकर चूल्हा जलाने लगे थे।

"इतना मांस क्यों पका रहे हो? यह बहुत अधिक है, युग।" असा ने मांस की अधिक मात्रा को देखते हुए कहा था।

"ओह हो! अच्छा किया जो तुमने पूछ लिया, अन्यथा मैं इतना सारा पका

लेता। मैं भूल ही गया था कि मुझे चौथे दिन नौका लेकर सागर में जाना है। कल नाव पर साथ लेकर जाना है, यह सोचकर मैंने अधिक मांस पकाने के लिए निकाल लिया था।" युग ने भूलवश अधिक मांस पकाने की बात समझाई थी। इसी के साथ सभी ने मिलकर भोग तैयार किया था।

"अहा, बहुत स्वादिष्ट मांस पकाया है तुमने, महा।" असा ने मांस खाते हुए कहा था।

"अच्छा, तुम्हारा बहुत-बहुत धन्यवाद! मुझे तो तुम्हारे द्वारा पकाया हुआ मांस अधिक अच्छा लगता है, असा।" महा ने हँसते हुए कहा था।

"असा सच कह रही है। तुमने बहुत स्वादिष्ट मांस पकाया है, महा।" कहते हुए युग भी हँसने लगा था।

"अच्छा, मैंने पकाया है! ...और तुम क्या कर रहे थे? असा यह अपने पकाए मांस की स्वयं वाहवाही ले रहा है।" कहते हुए महा भी हँसने लगी थी। सभी ने खाना खाते हुए आपस में खूब हँसी-ठिठोली की थी।

"अब मैं चलती हूँ, महा! तुम लोग आराम करो। कल सुबह तुम्हें नौका के लिए न जाने और क्या-क्या तैयारी करनी होगी!" असा ने उठते हुए कहा था।

"तुम कहाँ जाओगी, असा? मैंने पहले ही कह दिया है न कि तुम अब मेरे घर की सदस्य हो। ओखा माँ के बाद अब तुम ही तो हो, असा। तुम जब चाहो, अपने घर की भी देखभाल करो। यदि अधिक कमरे की आवश्यकता पड़ेगी, तब हम घर का विस्तार कर लेंगे। हमें तुम्हारी आवश्यकता है, असा। मैं और युग दोनों पर पूरे जंबू का दायित्व है। हमसे सारे कार्य तो संभव नहीं हो पाएँगे, इसलिए हमें तुम्हारा साथ चाहिए।" महा ने असा को उसके घर जाने से रोक लिया था। महा इस बात को समझने लगी थी कि राज्य के संचालन में उनकी व्यस्तता बढ़ती जाएगी, इसलिए उन्हें उसकी आवश्यकता पड़ेगी। युग और महा के संगी होने से पहले असा महा के साथ ही सोती थी। जब से पराओं के साथ के युद्ध में उसकी बेटी की मौत हुई थी, तब से महा ने उसे अपने घर पर ही रहने को कहा था। उसके जीवन में उसकी इकलौती बेटी के सिवा और कोई नहीं थी। असा सहजता से महा की बात मानकर हँसते हुए दूसरे कमरे में चली गई थी। उन्हें भेजने के बाद महा और युग अपने कमरे में चले गए थे।

□

"बहुत सुंदर नौका तैयार की है इन लोगों ने। छोटी-से-छोटी एक-एक

तकनीकी बातों का वे खयाल रख रहे हैं।" मिथ ने अपने डेस्क से उठते हुए यह बात कही थी।

"सही कह रही हो मिथ, पर उन लोगों ने नाव बनाने में एक फल लसोर के रस का इस्तेमाल किया है। पता नहीं यह कैसा फल है, जिसका इस्तेमाल इन लोगों ने उन लकड़ियों को आपस में जोड़े रखने के लिए किया था।" गणी ने ध्वनियों की दूसरी श्रृंखला को सर्च करना शुरू किया था।

"ये लोग लकड़ियों में छेद कर और दूसरी लकड़ी को नुकीला बनाकर उसे एक-दूसरे से ऐसा टाइट फँसा रहे हैं कि वह निकले नहीं। उसके बाद उसमें लकड़ी की गुल्ली डालकर उसे दोहरी मजबूती दे रहे हैं। उसमें गिरह पर या हलका सा गड्ढा बनाकर लताओं-छालों की मजबूत रस्सियों से उसे एक-दूसरे को मजबूती से बाँध रहे हैं। इसके अलावा वे किसी फल के चिपचिपे रस से उसे आपस में चिपका भी रहे हैं, मतलब चार स्तर पर वे उन मोटे बंबू को एक-दूसरे से जोड़कर नाव तैयार कर रहे थे।" चिंतक ने इंटरलॉकिंग और जोड़ की तकनीक पर उत्साहित होते हुए कहा था।

"तुम कॉफी लोगे, गणी?" मिथ ने कॉफी मशीन से अपने लिए कॉफी निकालते हुए पूछा था।"

"नहीं, मैं तुलसिका लूँगा।" कहते हुए गणी भी अपनी सीट से उठा था और कुछ कदम चलते हुए कॉफी मशीन की बगल में रखी हुई मशीन से कप में तुलसिका निकालते हुए मिथ की ओर देखा था।

"मुझे कॉफी बहुत पसंद है, पर तुमने एनर्जी जूस लेकर अच्छा किया।" कहते हुए मुसकराई थी मिथ और कॉफी लेकर अपने डेस्क के पास आकर बैठ गई थी। कॉफी का शिप लेते हुए उसने सिस्टम पर अपनी नजरें दौड़ाई थीं।

"मिथ मैम, मुझे गर्व है कि आप सबके साथ इस ऑफिस में काम करने का मौका मिला है। मैं तो अभी तक इंडस अल्ट्रा कंप्यूटर को ही पूरी तरह समझ नहीं पाया हूँ।" मिथ की ओर देखकर चिंतक ने कहा था।

"थैंक यू, चिंतक! वैसे तुमने जो पढ़ाई की है, वह आज के समय में बहुत आधुनिक है। तुम्हें तो शायद सब समझ आ जाना चाहिए था।" मिथ ने मुसकराते हुए चिंतक की ओर देखा था और थोड़ा विस्मय के साथ कहा था।

"आप सही कह रही हैं, पर यहाँ अनेक आधुनिक कंप्यूटर लगे हुए हैं। सारा सिस्टम ही इंडस अल्ट्रा कंप्यूटर है। इसमें अनेक आधुनिक तकनीकों के साथ कुछ

ऐसे सॉफ्टवेयर लगे हैं, जो दुनिया में कुछ ही देशों के पास हैं और ये सभी भारत में ही तैयार किए गए हैं। भारत ही इसका निर्यातक देश है। इस तरह के सिस्टम को मैंने यहीं देखा है, मैम। शायद इस इंडस अल्ट्रा कंप्यूटर की वजह से ही हम इतना बेहतर शोध कर पा रहे हैं।" कहते हुए चिंतक उठा था और अपने लिए कॉफी लेकर आया था।

"कुछ हद तक यह बात सही है। हमें यहाँ उनकी भाषा को आज की कंटेंपररी भाषा में डिकोड करने में मदद मिली। इसके बाद कंप्यूटर सिस्टम ध्वनियों के आधार पर पूरा सीन अज्यूम कर लेता है, जिसके आधार पर वह एक सेकंड में साठ फ्रेम का चित्र तैयार कर देता है। ध्वनियों के आधार पर मनुष्य और पशु-पक्षियों सहित जंगल, पहाड़, नदी, सागर-सभी वह क्रिएट कर देता है।" कहते हुए मिथ मुसकराने लगी थी।

"इन सबसे आगे इंडस अल्ट्रा कंप्यूटर दृश्य के साथ उनके मन और व्यवहार का डिस्क्रिप्शन भी देता रहता है। यह मुझे और भी कमाल की बात लगती है। भला कोई कंप्यूटर हमारे सुख-दुःख, प्रेम-घृणा, चेहरे के भाव और उसके रंग को कैसे बता सकता है? सिर्फ वहाँ की ध्वनियों के आधार पर यह कैसे संभव है?" चिंतक ने थोड़ा आश्चर्य व्यक्त किया था।

"तुमने बिल्कुल सही कहा, चिंतक! इस कंप्यूटर की यह बहुत बड़ी खासियत है। कंप्यूटराइज्ड डिस्क्रिप्शन हमारा काम बहुत आसान बना देता है। चलो, अब हम लोग उनके चौथे दिन की ध्वनियों को सुनते हैं और उसके आधार पर बनी फिल्म को देखते हैं।" कहते हुए गणी साउंड कैचर मशीन को ट्यून किया था और कुछ ध्वनियों को फिल्टर कर उसे सुनने-देखने की कोशिश की थी।

□

"तुमने अपना सारंग नहीं लिया है, युग?" चौथे दिन सुबह-सुबह युग और महा नाव-स्थान के लिए निकलने लगे थे। उसी समय महा ने बिना सारंग त्रिशूल के युग को बाहर निकलते हुए देखकर पूछा था।

"मुझे लगता है कि नौका पर सारंग सँभालना आसान नहीं होगा। वहाँ भी यह रखा ही रहेगा। वहाँ तो चप्पू का काम है।" युग ने सारंग साथ नहीं ले जाने का कारण स्पष्ट किया था।

"मुझे लगता है कि किसी मुश्किल समय में यह तुम्हारे काम आ सकता है।" महा ने उसका सारंग अपने हाथ में लिये हुए ही सलाह दी थी।

"अच्छा, तुम कहती हो तो साथ रख लेते हैं।" महा की बात को स्वीकारते हुए युग ने उसके हाथ से अपना सारंग लिया था और असा के साथ दोनों कुछ भोग-सामग्री उठाए नाव-स्थल की ओर गए थे।

"प्रणाम महागुरु! प्रणाम महागुरु!" सबने महागुरु को देखते ही उन्हें प्रणाम किया था।

"हमेशा आनंदित रहो।" महागुरु ने मुसकराकर हाथ उठाया था और सभी को आशीर्वाद दिया था।

"आप तो आज पहले ही आ गई हैं, महागुरु? प्रतिदिन मैं और युग सबसे पहले यहाँ पहुँचते थे।" महा ने महागुरु को पहले से ही वहाँ नाव का निरीक्षण करते देखकर पूछा था।

"जिस तरह तुम्हारे लिए यह बड़ी नौका और पालनौका महत्त्वपूर्ण है, उसी तरह मेरे लिए भी। यह हमारी संस्कृति की बहुत महत्त्वपूर्ण कड़ी बननेवाली है, महा। संभव है कि यह हमें ऐसी ही किसी नई दुनिया-नई सभ्यता से मिलवा दे। मेरी माँ सागर-पार ऐसे ही किसी अन्य कबीले के बारे में बताया करती थी।" कहते हुए महागुरु चुप हो गई थीं।

"आपकी माँ कहाँ हैं, महागुरु?" महा ने बड़े प्यार से पूछा था।

"इस पर किसी दूसरे दिन बात करेंगे।" मुसकराते हुए महागुरु चुप हो गई थीं। उनकी आँखों में न जाने कितने चित्र झिलमिलाकर पुनः गायब हो गए थे।

"इसका तात्पर्य यह है कि सागर के उस पार हमारी तरह के और भी कई कबीले या राज्य हैं? क्या ऐसी संस्कृति एवं ऐसी सभ्यता भूमि पर और भी हो सकती हैं?" युग ने उत्सुक होते हुए पूछा था।

"कबीले तो निश्चित हैं, पर राज्य हैं या नहीं, यह निश्चित नहीं कह सकती हूँ। मेरे ज्ञान के अनुसार जंबू ही संसार का पहला राज्य है और तुम दोनों संसार के पहले राजा। मेरी जानकारी में ऐसी कोई दूसरी संस्कृति भी नहीं है, जिसकी अपनी भाषा हो और जहाँ कोई गुरुकुल हो। यदि ऐसी संस्कृति नहीं हुई तो सभ्यता भी नहीं होगी! हाँ, अभी मैंने अपनी बेटी संकरी के कबीले में एक दूसरे गुरुकुल की स्थापना करवाई है, गुरु संकरी स्वयं उसका संचालन करती हैं।" महागुरु ने बड़ी गूढ़ और आश्चर्यजनक बातें कही थीं। उन्होंने पहली बार अपनी माँ के बारे में हलका संकेत भर दिया था। यहाँ इन लोगों से पहली बार अपनी बेटी संकरी और उसके कबीले के बारे में बताया था। महागुरु ने उसके कबीले में गुरुकुल शुरू करवाया है, यह

जानकारी भी महा व युग के लिए नई थी। इन सभी बातों से युग और महा बिल्कुल अनजान थे।

"महागुरु, यदि आपको लगता है कि सागर के उस पार कबीले हो सकते हैं, तब संभव है कि उनकी संस्कृति मुझसे भी बेहतर हो! क्या वे भी हमारी तरह ही दिखते हैं? आपने इस नौका-निर्माण के साथ हमारी उत्सुकता बढ़ा दी है। सागर-पार के उन कबीले को हम अवश्य ही देखना चाहेंगे।" कहते हुए युग की आँखों के पानी में बहुत गहरे कुछ तैरने लगा था।

"इन बातों को अभी छोड़ते हैं। आज इस बड़ी नौका के साथ तुम अपने बीस साथियों को लेकर यात्रा पर निकलो। दोपहर तक जितनी दूर जा सको, उतनी दूर जाना और वहीं से वापस लौट आना। यहाँ से तुम्हारे प्रस्थान के बाद हम ओखा और अंतरद्वीप के सागर-तट पर तुम्हारा इंतजार करेंगे। वहाँ के नौका-स्थान को तुम लोगों ने साफ और व्यवस्थित तो कर ही लिया है।"

"ठीक है महागुरु, हम अपने साथियों के साथ सागर के लिए प्रस्थान करते हैं।" कहते हुए युग ने महा को गले से लगाया था। महागुरु को प्रणाम कर कुल, हुती, रथ और मेध के अलावा अन्य साथियों को अपने साथ अपने दल में शामिल कर लिया था।

"इसके नीचे के खूँटे वाले बंधन खोलो।" युग ने कुछ दूसरे साथियों को निर्देश दिया था। उसके निर्देश के साथ ही नाव के नीचे अटकाव के लिए लगाए गए खूँटे से उसे खोला गया था।

"साथियो! अब इसे धक्का देकर नदी के पानी में ले जाना है। उसके पहले मैं, कुल, मेध और हुती नाव पर सवार हो जाएँगे। पानी में नाव के आते ही तुम सभी इस पर सवार हो जाना!" युग ने पानी में उतरने से पहले यह निर्देश दिया था। इसी के साथ युग के आदेशानुसार नाव को ऊपर से धकेलकर पानी में लाया गया था और युग के नेतृत्व में एक नए सपने के साथ नाव पानी पर तैरते हुए आगे बढ़ गई थी। युग ने एक बार अपना सारंग उठाकर तट की ओर देखा था। महागुरु सुधि, गुरु प्रज्ञ, असा और महा सहित सभी साथियों ने अपना हाथ उठाकर उसे शुभकामनाएँ दी थीं। इतनी बड़ी नौका पानी में जाते हुए सभी ने पहली बार देखी थी। युग के साथी नाव पर चप्पू चलाते हुए सागर की ओर गए थे। कुछ ही देर में सागर में जाते हुए वे ओझल हो गए थे।

□

14

महा की विह्वलता

"यहाँ कुछ और खूँटे गाड़ दो! हाँ, यहीं।" महा ने सागर-तट पर पहुँचकर वहाँ नाव को बाँधने और अपने साथियों के उतरने की पूरी तैयारी की थी। इस तैयारी के दौरान सूरज अब अपने ढलान पर पहुँच चुका था। अनेक लोग अब भी वहाँ बड़ी नौका के आने का इंतजार कर रहे थे।

"कैसी हो, महा? प्रणाम महागुरु! प्रणाम गुरु प्रज्ञ!" डोंगी से उतरकर इति माँ महा के पास आई थीं और उसका हाल पूछा था।

"मैं ठीक हूँ, माँ। आप कैसी हैं?" महा ने माँ की ओर देखते हुए प्रश्न किया था। तब तक हाथ उठाकर गुरुजनों ने आशीर्वाद दिया था। उसी समय अंतरद्वीप के भी कई साथी डोंगी से इस पार आ गए थे। अब सभी सागर की ओर देखने लगे थे।

"अब तक तो युग को वापस आ जाना चाहिए था, महागुरु! सूरज तो अब ढलनेवाला है।" महा ढलते सूरज को बार-बार देख रही थी और उसने ढलते सूरज की ओर देखते हुए चिंता व्यक्त की थी।

"युग हमारा राजा है। वह एक वीर योद्धा है। तुम चिंता न करो, महा। उसके साथ कुल, रथ, मेध और हुती जैसे अन्य वीर योद्धा भी हैं। उसका पूरा दल अच्छा तैराक भी है। वे घंटों तैराकी कर सकते हैं। वे सागर में कुछ दूर चले गए होंगे!" महागुरु ने महा को युग और उसके दल के योद्धाओं और उनकी वीरता का स्मरण कराया था। इसके बावजूद महा का विचलन कम नहीं हुआ था।

"आपने उसे सागर-पार किसी और कबीले के होने के बारे में बताया था। कहीं वह किसी और कबीले की खोज के उत्साह में आगे तो नहीं बढ़ता चला गया?" महा बार-बार सागर की ओर देखकर दूर तक नजर डालने की कोशिश कर रही थी। महा सहित सभी लोग पश्चिम की ओर मुँह करके खड़े थे। पश्चिम

होने की वजह से सूर्य की ढलती रोशनी उसकी आँखों पर पड़ रही थी। उन रोशनी से अपनी आँखों को बचाने के लिए महा अपनी हथेलियों से आँखों के ऊपर ललाट पर छतरी बना ले रही थी, जिससे कि उसकी आँखों पर सूर्य का प्रकाश सीधा न पड़े और उसे दूर से नाव आती दिख जाए, पर तब भी उसे सागर की लहरों में दूर-दूर तक नाव नहीं दिखाई पड़ रही थी।

"तुम अपने योद्धाओं पर व्यर्थ चिंता कर रही हो। वे शीघ्र ही आ जाएँगे। थोड़ा धैर्य रखो, महा। तुम जंबू की राजा हो। तुम ऐसे विचलित होगी तो तुम्हारे अन्य साथियों का क्या होगा?" महागुरु सुधि ने फिर से महा को समझाया था और उसे राजा की तरह व्यवहार करने के लिए सचेत भी किया था। वहाँ पर ओखा और अंतरद्वीप के अनेक साथी अपने-अपने प्रियजनों का इंतजार कर रहे थे। उन सभी के चेहरे पर प्रतीक्षा करने का भाव था। महा और इति सहित जंबू के अनेक साथी सागर की ओर टकटकी लगाए उनकी एक झलक पा लेने का इंतजार कर रहे थे।

"महागुरु, कहीं वे सागर पार कर किसी कबीले में तो नहीं पहुँच गए, जहाँ कबीले वालों से उनका युद्ध हुआ हो! कहीं हमारे साथियों को वे बंदी तो नहीं बना लिये हैं?" सूर्य सागर की लहरों में सामने ही आधा डूब चुका था। सागर में आधा डूबा और आधा बाहर निकला हुआ सूर्य बहुत खूबसूरत लग रहा था। साल के बस तीन महीने ही ऐसे होते हैं, जब जंबू के इस तट से ऐसा खूबसूरत नजारा देखा जा सकता है। नजदीक से सागर की उठती-गिरती लहरें दूर बिल्कुल शांत दिख रही थीं। सूर्य की उतरती पीली किरणें झिलमिलाती हुई सागर-जल पर अनेक आकृतियाँ बना रही थीं। सूर्य भी किसी नारंगी की तरह सागर में डुबकी लगाकर नहाने को तत्पर दिखाई पड़ रहा था। वह जैसे-जैसे सागर में डूबता जा रहा था, महा की धड़कनें तेज होती जा रही थीं। अब वहाँ उपस्थित सभी जंबू के साथियों की स्थिति वैसी ही होती जा रही थी। महागुरु भी लगातार आँखों पर हथेलियों की छतरी बनाए दूर तक सागर को निहार रही थीं। उनके चेहरे पर बस नौका की एक झलक पा लेने की लालसा पसरी हुई थी। इति माँ महा के सिर को कभी-कभी सहला रही थीं।

"इतने पास में कोई कबीला नहीं होगा महा कि युग का दल वहाँ पहुँच जाएगा। हाँ, यदि वे दोपहर को लौटना नहीं शुरू किए होंगे, तब अवश्य ही वे अधिक दूर चले गए होंगे!" महागुरु ने महा को शांत रहने के लिए यह बात कही थी। सूर्य का गहरा नारंगी रंग अब सिर्फ नख की तरह दिख रहा था और देखते-ही-देखते वह पूरी तरह सागर में समा गया था। उसके सागर में समाते ही महा वहीं

जमीन पर बैठ गई थी। उसके चेहरे पर भय साफ दिखने लगा था। उसे उस तरह बैठते देखकर इति माँ और असा भी उसकी बगल में बैठ गई थी।

"अब तो कुछ ही पल में अँधेरा हो जाएगा, महागुरु।" सागर की ओर देखते हुए महा विचलित सी होने लगी थी। उसके मन में तरह-तरह के संदेह होने लगे थे। सागर-जल के भयानक और विशाल जीव भी मानो उसकी आँखों में तैरने लगे थे।

"मुझे पूरा विश्वास है, महा कि वे पूरी तरह सुरक्षित होंगे! तुम देखना, युग और उसका दल शीघ्र ही नाव के साथ दिखाई पड़ेगा!" इति माँ भी महा की विचलन से प्रभावित होने लगी थीं। वे महा को विश्वास दिलाते हुए धैर्य रखने को कह रही थीं।

"युग ने अपने साथ कुछ मशालें और पत्थर रख लिये थे न?" महागुरु सुधि ने अँधेरा पसरता देखकर पूछा था।

"हाँ महागुरु, चार मशालों को साथ में रख लिया गया था और कुछ पत्थर भी रख लिये गए थे। इसका दायित्व रथ को दिया गया था, इसलिए रथ ही मशालों और पत्थरों को लेकर आया था।" असा ने महागुरु के प्रश्न का उत्तर दिया था। धीरे-धीरे चारों ओर अँधेरा पसरने लगा था। जैसे-जैसे अँधेरा पसरने लगा था, किसी अनिष्ट की आशंका से सभी का मन बैठने लगा था। पूरे जंबू के अधिकांश लोग उस समय तट पर पहुँच गए थे और सागर की ओर टकटकी लगाए देख रहे थे। उनकी टकटकी में एक उम्मीद जिंदा थी। अब तक पूरा जंबू खाना खा चुका होता था, पर आज कहीं से भी धुआँ उठता नहीं दिख रहा था। हर ओर एक सन्नाटा सा था।

"धैर्य रखो महा, नौका थोड़ी दूर निकल गई होगी, इसलिए उसे आने में देर हो रही है।" गति ने एक मशाल जला दी थी और उसे पकड़े हुए वह महा की बगल में आकर बैठ गई थी, तब तक कई अन्य साथियों ने भी मशालें जला ली थीं।

"क्या मैं सागर में थोड़ी दूर तक गरुड़ के साथ उड़ते हुए उन्हें देखूँ, महागुरु?" महा ने उस मशाल की पीली रोशनी में महागुरु से पूछा था।

"अँधेरे में सागर के ऊपर उड़ते हुए गरुड़ के लिए या तुम्हारे लिए भी देखना आसान नहीं होगा, महा। आसपास तक तो ठीक है, पर सागर के बीच जाना सुरक्षित नहीं है। यह अपने प्राण भी संकट में डालने जैसा है।"

"युग को अभी तक नहीं देखकर मेरे प्राण तो ऐसे ही संकट में हैं, महागुरु। यदि युग नहीं लौट पाया और यदि उसे कुछ हो गया तो मेरा जीवित रहना भी संभव नहीं है। उसके बिना अब मैं अपनी कल्पना ही नहीं करती हूँ, महागुरु।" कहते हुए

महा की आँखों से आँसू बहने लगे थे। उसे रोते हुए देखकर इति माँ का भी धैर्य टूटने लगा था, पर उन्होंने स्वयं को नियंत्रित किया था। वैसे उन्हें पूरा विश्वास था कि युग अवश्य लौट आएगा। उसे कुछ भी नहीं होगा। एक माँ का हृदय अपनी संतान के हृदय से बिना किसी तार के सीधा जुड़ा होता है, पर महा का रुदन उन्हें विचलित कर रहा था। उन्होंने उसकी आँखों से आँसू पोंछे थे और उसकी पीठ सहलाई थी। उसे रोते देखकर महागुरु उसके पास आई थीं।

"यदि तुम दोनों को कुछ हो गया, तो क्या मैं जीवित रह पाऊँगी! मेरा जीवन 'महायुग' है। मैंने तुम्हें बताया है कि मैं जो ग्रंथ लिख रही हूँ, उसका नाम 'महायुग' है। यह मेरे जीवन की सबसे बहुमूल्य कृति है। यह संसार की पहली गाथा हैं। यह संसार की पहली कथा-कहानी है। यह संसार का पहला इतिहास होगा, जिसे पढ़कर लोग यह जान पाएँगे कि उनके पूर्वज कौन थे? वे कैसे वीर योद्धा थे? पहले राजन्-द्वय महा और युग के नेतृत्व में हमने किस प्रकार से एक राज्य बनाया? कैसे इस पूरे राज्य की संस्कृति और सभ्यता का विकास हुआ? हम नहीं होंगे, पर 'महायुग' होगी। यह 'महायुग' अभी अधूरी है। इसे पूरा होना शेष है, इसलिए तुम्हारा होना भी निश्चित है, महा। तुम दोनों को अभी संसार में कई बड़े कार्य करने हैं। बड़े कार्य के लिए कई चुनौतियों से गुजरना पड़ता है। कई कठिनाइयाँ आती हैं। पूरा जंबू तुम्हारी ओर देख रहा है। तुम दोनों जंबू के प्राण हो महा, इसलिए ऐसी बातें मत कहो!" महागुरु सुधि पास आकर उसकी बगल में बैठने लगी थीं, तब असा ने उनके बैठने के लिए थोड़ी जगह बनाई थी। महागुरु ने भी महा की आँखों से आँसू पोंछे थे और उसे अपनी बाएँ हाथ की बाँहों में भर लिया था। वे अब भी मुसकरा रही थीं और महा को कुछ रहस्य समझाने की कोशिश कर रही थीं। महा स्वयं एक वीर योद्धा थी, पर आज युग के प्रेम ने उसे मानो विह्वल कर दिया था।

"यदि सागर में नाव डूब गया तो क्या होगा, महागुरु? सागर में बड़े-से-बड़े जीव भी हैं। हमने पहले भी विशाल जीव देखे हैं। यदि उनके साथ···।" जैसे-जैसे समय बीत रहा था, महा की चिंता बढ़ती जा रही थी। वह विह्वल होते हुए बार-बार अनिष्ट की कल्पना करने लगती।

"महागुरु, सागर में कुछ रोशनी झिलमिला रही है, देखिए महागुरु!" तभी गुरु प्रज्ञ की चौकस निगाहों में बहुत दूर कुछ पीली सी झिलमिलाती रोशनी दिखाई पड़ी थी। जो कभी दिखती थी और कभी गायब हो जा रही थी। गुरु प्रज्ञ के कहते ही सबने उस ओर ध्यान केंद्रित किया था, पर किसी को कुछ नहीं दिखा था।

"मुझे तो नहीं दिख रहा है, गुरु प्रज्ञ।" महागुरु ने उस ओर देखने की कोशिश की थी। महा भी गुरु प्रज्ञ की उँगलियों के इशारे की ओर देखने की कोशिश कर रही थी।

"महागुरु, उस ओर देखिए। वह रोशनी कभी दिख रही है और कभी लुप्त हो जा रही है।" गुरु प्रज्ञ ने महागुरु के पास आकर उन्हें अपनी एक उँगली के इशारे से उस ओर दिखाने की कोशिश की थी, जिस ओर उन्हें कुछ रोशनी दिखी थी।

"हाँ, कुछ रोशनी तो लग रही है।" गति और असा ने एक साथ कहा था। उसके कहने पर महा ने अपनी बाँह में आँखें पोंछी थीं और उस ओर बहुत ध्यान से देखने लगी थी।

"हाँ, सच में, कुछ रोशनी तो है।" महागुरु को भी अब वह झिलमिलाती रोशनी दिखाई पड़ी थी।

"क्या सच में आप सब को रोशनी दिख रही है या आप सब मुझे बहलाने के लिए ऐसा कह रही हैं?" महा के इतना कहते-कहते अनेक लोगों को रोशनी दिख गई थी।

"हाँ, मुझे भी दिखी। कुछ रोशनी तो है।" महा ने चहकते हुए कहा था। उसे भी कुछ झिलमिलाती हुई रोशनी दिखी थी। इसी के साथ वहाँ हर्ष का माहौल बन गया था। सभी लोग उस रोशनी को धीरे-धीरे करीब आते देखकर खड़े हो गए थे।

"हाँ, वह रोशनी धीरे-धीरे हमारी ओर बढ़ रही है।" बेसब्र माँ इति की आँखों में भी चमक लौट आई थी। हर ओर जंबू के लोगों की डूबती आँखों में दुबारा विश्वास लौट आया था। वह पीली टिमटिमाती रोशनी धीरे-धीरे करीब आ रही थी।

"क्या अब मैं अपने गरुड़ पर सवार होकर उन्हें इस ओर आने की दिशा बताऊँ, महागुरु?" महा ने महागुरु से कौतूहल में यह प्रश्न किया था। उसकी आँखें जल्द-से-जल्द युग को देख लेने के लिए व्याकुल हो रही थीं। वह अपने उड़वाहन से उड़कर निश्चित भी कर लेना चाह रही थी कि जो रोशनी दिख रही है, वह युग की नाव की ही है या नहीं!

"रुक जाओ महा, मुझे लगता है कि उन्हें अभी भी दिशा का ज्ञान हो रहा है। वह रोशनी अब साफ दिखाई पड़ने लगी है। वे इधर ही आ रहे हैं। जब इतना धैर्य रखा है, तब थोड़ी देर और ठहर जाओ।" महागुरु ने महा को धैर्य रखने के लिए कहा था। महा की देह-भाषा से ऐसा लग रहा था, जैसे वह अभी तुरंत उड़कर युग के पास पहुँच जाने को व्याकुल हो रही है। इस बीच रोशनी और नजदीक आ गई

थी। अब यह लगने लगा था कि वहाँ कई लोग हैं और कई मशालें जल रही हैं।

"हम इधर हैं।" गति के हाथ से एक मशाल लेकर महा उसे हिलाने लगी थी। महा के मशाल हिलाने के बाद उधर से भी मशालें हिलती हुई दिखाई पड़ी थीं। उधर से मशालें हिलती देखकर इधर से सभी ने अपनी-अपनी मशालें हिलाकर उन्हें दिखाई थीं। इनके जवाब में उधर से भी दो-तीन रोशनी हिलती हुई दिखी थीं।

"वे आ गए। युग अपने दल के साथ लौट आया।" कहते हुए महा की आँखों से फिर आँसू बहने लगे थे। महागुरु की आँखों में भी चमक लौट आई थी। गुरु प्रज्ञ उन हिलती जवाबी रोशनी पर उत्साहित होने लगी थीं। महा को अपनी बाँहों में एक बार फिर भरकर इति माँ सागर की ओर देख रही थीं।

"हाँ, वे आ गए, वे आ गए।" अनेक लोगों के मुँह से यह स्वर निकलने लगा था। अब रोशनी में नाव और उस पर सवार लोग भी दिखने लगे थे। धीरे-धीरे नाव अंतरद्वीप के घेरे के भीतर पहुँच चुकी थी। उन्हें देखकर महा ने सागर के सर्द पानी में कुछ कदम आगे बढ़ाया था। वहाँ सागर की लहरें जोर से अपनी लहरों को फेंक रही थीं। उसे सागर के पानी में उतरते देखकर अनेक लोग मशालें लिये सागर में उतर गए थे। अब नाव पर सभी लोग साफ दिखाई देने लगे थे। धीरे-धीरे नौका बिल्कुल नजदीक आ गई थी। अब मशालों की रोशनी में कुछ चेहरे भी पहचाने जाने लगे थे। नजदीक आते ही मेध ने दूर से ही लताओं की डोरी फेंकी थी। कुछ साथियों ने उस रस्सी को पकड़कर तट की ओर खींचा था। कुछ और करीब आने पर नाव से ही एक लता को पकड़े हुए कुल नीचे कूद पड़ा था। वह आगे बढ़कर उस लता को खूँटे में बाँधने लगा था। तब तक अन्य लोग भी नाव से कूद-कूदकर नीचे उतरने लगे थे। उनमें से कई अपने प्रियजन से गले मिलने लगे थे। बहुत आत्मीय और भावुक दृश्य बनने लगा था।

"युग...!" कहते हुए युग से लिपट गई थी महा और रोने लगी थी। युग ने सर्द पानी में खड़े महा को अपनी बाँहों में भर लिया था। कुछ देर तक दोनों उसी तरह पानी में खड़े एक-दूसरे से लिपटे रहे। महागुरु सुधि और गुरु प्रज्ञ सहित सभी लोग अन्य लोगों से मिल रहे थे। रथ, कुल, मेध और हुती भी सभी से मिल रहे थे। कुछ देर मिलने जुलने के बाद अब सबकी नजरें पानी में खड़े एक-दूसरे से लिपटे महा और युग की ओर गईं। अपने दोनों राजन् के इस प्रेम को देखकर सभी आनंदित हो रहे थे। तभी युग की नजर अपने गुरुजनों पर पड़ी थी। उसने महा की पीठ को सहलाकर उसे अपनी बाँहों से अलग करना चाहा था, पर महा ने बिना किसी की

परवाह किए उसे और कसकर पकड़ लिया था।

"महा…! अब मैं आ गया हूँ, महा। महागुरु, गुरु प्रज्ञ और इति माँ सहित सभी साथी हम लोगों को ही देख रहे हैं। चलो, उनसे मिलते हैं।" यह सुनकर महा ने अपनी पकड़ ढीली की और युग को एक ओर से पकड़े हुए पानी से बाहर आई थी।

"प्रणाम महागुरु! प्रणाम गुरु प्रज्ञ! प्रणाम माँ! युग पानी से बाहर निकलकर ऊपर आया था और अपने गुरुजनों सहित माँ को प्रणाम किया था।

"आओ वीर योद्धा, अँधेरा होने के बाद हमें चिंता होने लगी थी। अनेक प्रकार के संदेह होने लगे थे। तुम सबकी प्रतीक्षा में आज किसी ने अपना चूल्हा भी नहीं जलाया है। तुम्हें देखकर पूरा जंबू आनंदित हो गया है।" महागुरु सुधि ने युग का कंधा छूते हुए कहा था।

"हाँ महागुरु, हमें लौटने में थोड़ी देर हो गई। जाते हुए अंदाजा नहीं मिला कि हम कितने दूर आ गए हैं। वहाँ हमें ऊँचे-ऊँचे हिम पहाड़ों के साथ घने जंगल से भरा एक दूसरा किनारा दिखा था, पर अधिक देर न हो जाए, इसलिए हमने लौटना उचित समझा। जब हम लौटने लगे, तब अँधेरा जल्दी होने लगा। अँधेरे में हम कुछ देर के लिए भटक गए थे। वह तो हुती की सहायता से हमने तारों पर ध्यान दिया। उसने तारों को देखकर हमें इस ओर चलने को प्रेरित किया। यदि हुती को सागर के बीच तारों का ज्ञान नहीं होता तो हम रात भर भटकते हुए न जाने किधर चले जाते! जब इधर बढ़े, तब कुछ प्रकाश सा दिखा था।" युग ने हुती की ओर देखकर एक तरह से उसकी तारीफ की थी।

"हुती ने तो आज कमाल कर दिया। हमें यह पता ही नहीं था कि हुती को सागर के बीच भी तारों का ज्ञान है। थल पर तो हम तारों को देखकर राह ढूँढ़ने का प्रयास करते ही हैं। अब हम सभी हुती के इस ज्ञान को समझने की कोशिश करेंगे कि सागर में उसने तारों को देखकर दिशा का ज्ञान कैसे किया था? दूसरी चकित करनेवाली बात दूसरा किनारा या द्वीप देखने की है। भविष्य में हम अवश्य वहाँ जाने का प्रयास करेंगे।" महागुरु ने हुती की ओर देखते हुए खुशी जाहिर की थी और उसे अपने पास बुलाया था। जब वह पास आई तो बहुत प्यार से उसके बाल सहलाते हुए उन्होंने उसके गाल को छुआ था।

"आज तुमने बहुत महान् कार्य किया है, हुती। यदि तुम सागर में तारों की गणना को नहीं समझती तो रात भर तुम सब भटकते रहते। सुबह होने पर तुम किधर लौटते, इसका ज्ञान तुम्हें भी नहीं रहता। तुम सबके लिए कई दिनों की कठिनाई आ

जाती तथा पता नहीं और क्या होता!" कहते हुए महागुरु मुसकरा रही थीं। इति माँ सहित जंबू के सभी साथी हुती को बधाई देने लगे थे। उसके प्रति सभी का सम्मान बढ़ गया था।

"अब सभी अपने-अपने घर जाकर भोग बनाओ और खाओ। आज देर हो गई है, पर कोई बात नहीं।" महागुरु ने सभी लौटनेवाले साथियों को बधाई दी थी और सभी को अपने घर जाकर जश्न मनाने को कहा था।

"आओ युग, तुमने आज अभूतपूर्व कार्य किया है। तुम्हारे इन बीस लोगों के दल ने वह किया, जो आज तक किसी ने नहीं किया है। मुझे विश्वास था कि तुम इस पहली बड़ी नौका की यात्रा में कुछ अद्भुत खोज करोगे और सकुशल लौटोगे। महा तुमसे बहुत प्रेम करती है। वह कुछ अधिक विचलित हो गई थी। जाओ, आज आराम करो। कल सुबह हम लोग मिलते हैं।" महागुरु ने युग की पीठ थपथपाई और मुसकराते हुए कहा था।

"महागुरु, मैं इस यात्रा का नौका-नायक अवश्य था, पर हमारे दल के हरेक सदस्यों ने भरपूर सहायता की है। हमें अपने पूरे दल पर गर्व है।" कहते हुए युग महागुरु के साथ चलने लगा था। महा और इति भी उनके साथ चलने लगी थीं।

"अंतरद्वीप के साथी यदि आज यहीं रुकना चाहें तो रुक जाएँ। वे यहाँ से सुबह चले जाएँ।" महा ने खुशी में अपने अंतरद्वीप के साथियों की ओर मुड़ते हुए कहा था।

"नहीं महा, हम लोग बस यहीं से लौट जाएँगे। सामने तो अंतरद्वीप है। तुम सबको देख लिया तो हमारा काम हो गया।" इति माँ ने महा को बड़े प्रेम से कहा था।

"नहीं माँ, आप तो आज यहीं रुकेंगी। आज आप नहीं जा सकती हैं।" महा ने बहुत प्यार से कहा था।

"अच्छा, क्या यह हमारे राजन् का आदेश है ?" हँसते हुए इति ने पूछा था।

"नहीं, यह एक बेटी का आग्रह है।" कहते हुए खुशी से हँसने लगी थी महा। उसके इस प्रेम पर इति भी बहुत आनंदित हुई थीं।

"आपमें से जो भी यहाँ रुकना चाहें, वे कृपया हमारे साथ चलें। हम सब मिलकर भोग बनाएँगे और अपने दल की खोज तथा उनके लौटने पर आनंद मनाएँगे।" महा ने जोर से बोलकर यह घोषणा की थी।

"सच में, आज यह हर्ष का दिन है। परंतु महा, अभी हमारा काम पूरा नहीं

हुआ है। हमें इसे सागर में और अधिक दूर तक जाने लायक बनाना है, उस नए द्वीप को भी देखना है। इसके लिए थोड़ा और धैर्य की आवश्यकता है। अब हमें गुरु प्रज्ञ के निर्देशानुसार कुछ तकनीकी काम करना है। हम उन तकनीकी कार्य को गुरु प्रज्ञ से समझेंगे और उसके बाद उस पर काम करेंगे।" युग ने खुशी जताते हुए सभी को धन्यवाद दिया था और अब आगे के कार्य को संपन्न करने की बात कही थी।

"ठीक है, कल सुबह हम लोग कार्य को आगे बढ़ाएँगे। अब बहुत देर हो गई है। अभी आप सभी अपने-अपने घर जाइए, भोग बनाइए, खाइए और आराम कीजिए।" युग ने हाथ उठाकर आज के इस विमर्श को यहीं समाप्त करने का इशारा किया था। इसके साथ ही इति माँ, असा, हुती, मेध, रथ, कुल, गति और अथ महा-युग के घर आए थे।

"आप भी भोग ग्रहण करके जाइए, महागुरु, गुरु प्रज्ञ।" महा ने उन्हें रुकने को कहा था।

"नहीं महा, अब अधिक विलंब हो गया है। हमारा भोग गुरुकुल में बनाकर रखा हुआ होगा, हम वहीं जाते हैं। इसके लिए धन्यवाद!" महागुरु ने मुसकराकर कहा था।

"प्रणाम महागुरु! प्रणाम गुरु प्रज्ञ!" महा और युग के साथ सभी ने उन्हें प्रणाम किया था। आशीर्वाद देते हुए महागुरु गुरु प्रज्ञ के साथ आश्रम की ओर चली गई थीं।

□

15

पालनौका

"यह अच्छा हुआ युग कि हम दोनों के पास मेमथ का बड़ा सा चमड़ा रखा हुआ मिल गया। तुमने तो बड़ी शीघ्रता दिखाई। कल ही अंतरद्वीप से उसे मँगवा भी लिया। अब दोनों को मिलाकर पूरा हो जाना चाहिए। यदि कुछ कम पड़ा, तब अन्य साथियों से पूछेंगे! वैसे तुम अंतरद्वीप में भी अन्य साथियों से पूछ सकते हो। शायद उनमें से किसी के पास बड़ा चमड़ा हो!" महा ने गरुड़ से चमड़ा उतारते हुए कहा था। आज सूर्योदय होते ही महा और युग सागर-तट पर पहुँच गए थे, जहाँ उन्होंने नौका बाँधी थी। सागर की लहरें जोर से नजदीक आतीं और पुनः लौट जातीं। वहाँ सागर की लहरों का बहुत शोर था।

"यहाँ इसे बिछाकर देखते हैं कि यह कितना बड़ा है!" कहते हुए युग वहाँ जमीन पर चमड़ा बिछाने लगा था। दूसरी ओर से महा उसे खींचते हुए बिछा रही थी। उन्होंने दोनों चमड़े को बिछाया था और उसकी नाप लेने लगे थे।

"दोनों को जोड़कर भी उस स्तंभ से थोड़ा छोटा है। इतने से भी प्रयास किया जा सकता है। ये दो टुकड़े बहुत काम के हैं। बड़े टुकड़े होने से हवा के वेग को थामना भी थोड़ा आसान हो जाएगा।" युग की इस बात पर महा उसे बहुत ध्यान से देखने लगी थी।

"तुम इतना सबकुछ कैसे जानते हो, युग?" महा ने मुसकराते हुए उसकी आँखों में देखा था और एक साधारण सा प्रेम-भरा प्रश्न किया था।

"...क्योंकि तुम मेरे साथ हो, महा! याद करो, बचपन से हमने जो भी किया, वह साथ मिलकर किया। गौयाक के दूध निकालने और उसे पालतू बनाने में हम दोनों साथ-साथ थे। तुम्हें उसका गोबर लगाना अच्छा नहीं लगा था। तुम उसके बछड़े की गंध से भी परेशान थी।" कहते हुए हँसा था युग।

"हाँ, और तुमने छेड़ते हुए मेरे गाल व बाल पर गोबर लगा दिया था।" उस समय की बातों को याद करते हुए महा भी हँसने लगी थी।

"तुमने हमेशा मेरे हर प्रस्ताव को बड़े प्रेम से स्वीकार किया, चाहे उसमें कितना भी भय या चुनौती क्यों न हो! मेरे कहने पर उस दिन भी तुम सिंह की आँखों से आँखें मिलाते हुए उसकी ओर दौड़ पड़ी थी। तुम इसे साधारण बात समझती हो क्या? तुमने केवल मेरे कहने पर कई बार अपने जीवन को दाँव पर लगा दिया, हमेशा मेरा साथ दिया, इसलिए हम दोनों हरेक कार्य में सफल हुए हैं। आज भी तुम मेरे साथ पूरी तरह खड़ी हो, इसलिए हम अवश्य सफल होंगे! मेरा कहने का तात्पर्य यह है कि तुम्हारा साथ ही मेरी शक्ति है। तुम्हारे बिना हम शक्तिविहीन हैं, महा।" युग ने प्रेम से एक बड़ी बात कही थी।

"...और तुम मेरी शक्ति हो, युग। तुम्हारे कारण ही मेरी सारी शक्ति है। तुम्हें याद है, माँ के आदित्य होने पर मैं कितनी दुःखी थी? मैं किसी से अपना दुःख कह भी नहीं पा रही थी। उस समय मेरे लिए सब शून्य सा था। माँ ने छोटे भाई बोध के साथ ही ओखा का दायित्व मुझे सौंप दिया था। कुछ समझ में नहीं आ रहा था कि माँ की अनुपस्थिति में यह सब कैसे होगा और मेरा जीवन कैसे चलेगा! मैं महागुरु की ओर देख रही थी, पर उनसे खुल नहीं पा रही थी। जब तुमने मेरे सिर को सहलाकर और मेरी बाँहों को पकड़कर सांत्वना दी थी, तब मैं फटकर रोने लगी थी और तुमसे पूरी तरह निस्संकोच लिपट गई थी, तुम्हें अपनी बाँहों में भरकर तुम्हारे कंधे पर अपना सिर रख दिया था। पता नहीं क्यों, मुझे लगा कि तुम ही मेरे साथी हो! तुम्हीं हरेक सुख-दुःख में मेरा साथ दे सकते हो!" इतना कहकर महा की आँखों में आँसू भर आए थे।

"...पर तुम्हें ऐसा क्यों लगा था, महा?" युग ने उसकी आँखों से बहते आँसू को पोंछते हुए एक छोटा सा सवाल पूछा था।

"तुम मेरे बचपन के प्रिय साथी थे। तुमने हमेशा मेरी सहायंता की थी। हमने कई वर्षों तक साथ-साथ जंगलों में भटकते हुए न जाने क्या-क्या देखा, क्या-क्या किया! तुमसे कुछ भी कहने में मुझे कोई हिचक नहीं थी। तुम हमेशा अपने से लगते थे। मैं हमेशा तुम पर अपना अधिकार समझती थी। उस दिन जब तुम अपने जीवन की चिंता किए बिना हमारे बचाव में उतर आए थें, तब तुमने मुझे उसी दिन पूरी तरह जीत लिया था। मुझे लगा कि जो बिना किसी लाभ के हमारे लिए अपना जीवन दाँव पर लगा सकता है, उसी के साथ मेरे जीवन भर का साथ हो सकता है।" कहते हुए

महा के चेहरे पर हलकी सी मुसकराहट तैर गई थी। उसकी आँखों में प्रेम का एक अलग रंग दिखने लगा था।

"...पर उसके बाद तो न जाने कितनी बार तुमने मुझसे लड़ाई की थी?" युग ने मुसकराते हुए यह सवाल पूछा था।

"वह लड़ाई नहीं थी, युग। वह तो मेरा प्रेम था। तुम मेरे बचपन के ऐसे मीत थे कि मैं तुमसे सबकुछ कह सकती थी।" महा कहते हुए कुछ पल रुकी थी।

"...तो फिर कहा क्यों नहीं?" युग ने मुसकराते हुए पूछा था।

"मुझे लगता था कि अपने बचपन के प्रिय साथी से कैसे कहूँ! कई बार मन में आया कि कह दूँ, पर पता नहीं क्यों तुमसे यह कहने में संकोच कर जाती थी! संभवत: मैं तुम्हारे मन में भी अपने लिए प्रीत तलाश रही थी। तुम्हारे व्यवहार में मुझे अपनी तरह का प्रेम नहीं दिखता था, पर उस दिन...!" कहते हुए महा रुकी थी।

"उस दिन...?" युग ने जानबूझकर महा से उसके मन की बात जानना चाहा था।

"उस दिन मछली की लड़ाई मैंने जानबूझकर की थी। ...पर तुमने जब अपनी बाँहों के बंधन में बाँधकर यह कहा कि यह बंधन तुमने खोलने के लिए नहीं बाँधा है, तब बस—तुम्हारी आँखों में मैंने अपनी आँखोंवाला प्रेम देख लिया था। याद करो, मैंने तुम्हें मारने के लिए अपना हाथ उठा लिया था, पर तुम्हारी आँखों में छलकते प्रीत ने मुझे कुछ पल के लिए जैसे एकदम स्थिर कर दिया था। मैं जिसे इतने सालों से देखने की प्रतीक्षा कर रही थी, वह उस दिन तुम्हारी आँखों से छलक रहा था। बस, मैंने उसी पल स्वयं को तुम्हें सौंप दिया। तुम पहले पुरुष हो, जिसने मेरे होंठों को चूमा। इसी के साथ तुम मेरे जीवन के पहले और अंतिम पुरुष बन गए। इसके पहले मुझे होंठों से प्रेम का कोई अहसास ही नहीं था। पहली बार पता चला कि होंठों के छुअन में इतना आनंद है।" कहते हुए महा की आँखों में फिर से मोतियाँ चमकने लगी थीं।

"मेरे जीवन में भी तुम्हारे सिवा कोई और स्त्री नहीं है। तुम भी मेरे जीवन की पहली और अंतिम स्त्री हो, महा। सच में, मुझे भी होंठों से प्रीत का पता नहीं था। जब हमारी साँसें आपस में टकराई थीं, तब होंठों ने स्वयं अपना काम किया था।" कहते हुए युग कुछ पल के लिए महा के करीब आ गया था और उसकी आँखों की गहराई में डुबकी लगाने लगा था।

"वह बहुत ही सुंदर और सिहरन वाला रोमांच था। उस प्रेम ने मुझे जैसे होश

में नहीं रहने दिया। तुम्हारी गरम साँसों ने जैसे मेरी ज्वाला को भड़का दी थी। रहा-सहा काम तुम्हारे इस चंचल और नटखट होंठों ने किया था। तुम्हारी बाँहों के बाद इन होंठों ने मुझे पूरी तरह बँधकर लिया था। एक ऐसा सुखद बंधन, जिससे मैं भी निकलना नहीं चाह रही थी, मानो तुम्हारे उस बंधन की कब से प्रतीक्षा हो। बस, मैं स्वतः तुम्हारी होती चली गई।" आज सागर की लहरों से रेत पर बहुत सारे कछुए भी आ-जा रहे थे। पानी पर कुछ मछलियाँ आकर लौट जा रही थीं, मानो वे भी इन दोनों की अद्‍भुत बातें सुनने को आतुर हों और किसी सुंदर दृश्य को देखने के लिए लालायित। महा ने बैठे हुए ही थोड़ा उचककर युग के गाल छुए थे। वह अपने मुँह को करीब ले जाकर उसके होंठों को चूम लिया था और उसे गले से लगा लिया था। युग ने भी महा के होंठों को चूमते हुए उसे अपनी बाँहों में भर लिया था। यह संसार का पहला ऐसा प्रेम था, जहाँ दोनों केवल एक-दूसरे के लिए थे। इससे पहले शायद ही किसी स्त्री या पुरुष में एकल संबंध रहा होगा! वहाँ स्त्रियाँ हमेशा अपने आनंद के लिए मनचाहा पुरुष चुनती रहती थीं। इसका उन्हें एकाधिकार था। अब तक उनके इस एकाधिकार को किसी की चुनौती नहीं मिल पाई थी। गले के कोड में परिवर्तन के बाद जब से स्त्रियों ने शिक्षा और ज्ञान का प्रसार शुरू किया था, यह अधिकार उसने अपने पास सुरक्षित रखा था। महा और युग के प्रेम ने प्रीत-संस्कृति की एक नई कहानी लिख दी थी। इसीलिए स्त्रियों को अपने बच्चे के पिताओं का भी कुछ पता नहीं रहता था। वे बच्चे स्त्रियों का वंश ही आगे बढ़ाते थे। परंतु महा और युग ने प्रेम की एक नई संस्कृति की शुरुआत की थी, जहाँ एक-दूसरे के लिए होने की बात कही जा रही थी। वहाँ बारह-तेरह वर्ष की उम्र से ही स्त्री-पुरुष आपस में अनेक से शारीरिक संबंध बनाने लगते थे। वैसे भी यह प्यार किसी अजूबे से कम नहीं था। तभी कुछ आवाजें सुनकर दोनों अलग हुए थे। यह उनके साथियों के आने की आवाज थी।

"महा, युग! तुम दोनों बहुत जल्दी निकलकर इधर आ गए। मैंने तुम्हें निकलते हुए देख लिया था, इसीलिए मैं तुम्हारे लिए मांस और काढ़ा ले आई हूँ।" असा ने उन्हें गले लगकर प्यार करते हुए दूर से ही देख लिया था, इसीलिए वह जानबूझकर दूर से ही चिल्लाकर बोली थी। धीरे कदमों से आगे बढ़ते हुए वह उनकी ओर आ रही थी। मुसकराते हुए पास आकर उनके सामने पत्ते पर मांस रखा था और एक लकड़ी के बरतन में काढ़ा भी। महा और युग को भी यह अहसास हो गया था कि असा ने उन्हें प्रेम करते हुए देख लिया है, पर यहाँ यह कोई शर्मिंदगी की बात नहीं

मानी ज़ाती थी। इसके बावजूद उनकी आँखों में थोड़ी सी लज्जा पसर गई थी।

"मैं एक ही बरतन में काढ़ा ले आई हूँ। दोनों उसी में पी लो।" उनके सामने काढ़ा का बरतन रखते हुए असा ने बड़े प्यार से उन्हें देखा और कहा था।

"ओखा माँ के बाद तुमने ही मेरा ध्यान रखा है, असा। तुम मुझे कभी भी मेरी माँ की कमी नहीं होने देती हो।" अपनी धुन से बाहर निकलते हुए महा ने असा की ओर स्नेह भरी नजरों से देखा था।

"तुम भी तो मुझे बेटी की तरह स्नेह देती हो, महा। तुमने ही मेरी हिम्मत बँधाई। तुम्हारा दिया हुआ साहस और तुम्हारे साथ के कारण ही आज मैं जीवित हूँ।" असा ने भावुक होते हुए कहा था।

"अरे, तुम लोग आ गए, महा, युग? तुम्हारी लगन देखकर मन आनंदित रहता है। तुम्हारी सफलता में तुम्हारी लगन बहुत महत्त्वपूर्ण है।" गुरु प्रज्ञ के साथ आती हुई महागुरु ने उन्हें देखकर प्रसन्नता व्यक्त की थी।

"प्रणाम महागुरु! प्रणाम गुरु प्रज्ञ!" महागुरु सुधि और गुरु प्रज्ञ को देखकर दोनों ने उन्हें प्रणाम किया था।

"हमेशा आनंदित रहो। तुम लोग पहले भोग ग्रहण कर लो, उसके बाद बात करेंगे।" कहते हुए महागुरु सुधि आगे बढ़ी थीं और गुरु प्रज्ञ भी उनके साथ एक जगह रेत पर बैठ गई थीं। वहाँ बैठते हुए गुरु प्रज्ञ ने अपने पत्ते निकाले थे, जिस पर रेखाचित्र बने थे। उसे देखते हुए उन्होंने रेत पर वैसी ही कुछ लकीरें खींच दी थीं। गुरु प्रज्ञ को रेखाएँ खींचते हुए महागुरु ध्यान से देख रही थीं। गुरु प्रज्ञ एक-एक रेखाचित्र पर उँगली रखकर स्तंभ के खड़े रखने और लताओं से उसे बाँधने की पूरी विधि को स्वयं भी समझने की कोशिश की थी।

"हम आ गए, महा।" हाथ उठाकर मेध ने अपने आने की जानकारी दी थी। उसके साथ रथ और पंद्रह लोगों की टीम थी।

"आओ, आओ!" महा ने मुसकराते हुए मेध और पूरे अंतरद्वीपी की ओर हाथ उठाया था।

"हम भी आ गए हैं, महा, युग।" कुल भी ओखा के साथियों के साथ कुछ तनाओं और लताओं को लेकर वहाँ पहुँच चुका था। महा और युग ने एक-दूसरे को बड़े प्रेम से देखा था और फिर दोनों ने हाथ उठाकर उसके आगमन पर खुशी जताई थी। इस बीच दोनों ने खाना खत्म कर ठंडा हो चुका काढ़ा भी पी लिया था।

"साथियो, सबसे पहले हमें नौका को सागर से खींचकर रेत पर लाना है।

क्योंकि उसे बाहर निकालकर ही हम उस पर पाल का काम कर सकते हैं। नाव को इस तरह रेत पर खड़ा करने का प्रयास करना है कि उसे वापस सागर में धकेलने में सुविधा हो।" युग ने अपने सभी साथियों को सागर से नाव खींचकर लाने को कहा था।

"ठीक है।" एक साथ अनेक स्वर उभरे थे। इसी के साथ सभी ने सागर की लहरों पर तैरते नाव को बड़ी मुश्किल से जमीन की ओर खींचा था।

"हाँ, यहाँ ठीक है। यहीं पर हम लोग पाल का काम करेंगे और यहीं से इसे सागर में वापस उतारेंगे।" नाव को रेत पर इस तरह खींचकर रखा गया था कि पाल बनने के बाद उसे पुन: सागर में धकेला जा सके।

"चलो, यह काम तो हो गया। अब यह बताओ कि तुममें से किसी ने चमड़ा लाया है?" युग ने जोर की आवाज देकर पूछा था।

"हाँ, मैंने लाया है। मैंने भी लाया है।" एक साथ कई स्वर उभरे थे और साथ ही नौ लोग सामने आ गए थे।

"अरे वाह! तुम सबने लाया है, बहुत बढ़िया! यहाँ उसे भूमि पर बिछा दो। हम यह देखना चाहते हैं कि कितने चमड़े जोड़ने पर हमारा पाल तैयार हो जाएगा!" युग ने सभी को अपने बिछे हुए चमड़े के पास अपना-अपना चमड़ा बिछाने को कहा था। उसके आदेश पर सभी वहाँ अपना-अपना चमड़ा बिछाने लगे थे।

"वाह! यह तो बहुत ज्यादा हो गया। इतने की आवश्यकता भी नहीं है। अब स्तंभ का आकार नाप लेते हैं। हमें स्तंभ के आकर की ऊँचाई में इसे नापकर देखना होगा। जितने चमड़े की आवश्यकता होगी, उतना इसमें जोड़ कर लेंगे।" कहते हुए युग और महा दोनों उसकी नाप लेने लगे थे। कुल और मेध भी उन्हें इस कार्य के लिए मदद कर रहे थे।

"हाँ, इन दो टुकड़ों से ही पूरा हो जाएगा। अन्य सभी टुकड़े वापस सुरक्षित रख दो, मेध। यदि आवश्यकता पड़ी तो लताओं के साथ इनकी भी जोरी बनाकर उपयोग करेंगे।" उन्हें अपने लाए गए चमड़े के टुकड़े से भी अधिक बड़े दो टुकड़े मिल गए थे। अब सिर्फ उन्हीं दो टुकड़ों से पाल तैयार करना था। इससे उसकी मजबूती और अधिक हो जाएगी, क्योंकि अब इन्हें सिलने की आवश्यकता भी नहीं पड़ेगी और इसमें किसी तरह का जोड़ भी नहीं होगा।

"असा, अब यह दायित्व तुम्हारा है। अपने कुछ साथियों के साथ इसका पाल तैयार करना तुम्हारा काम रहेगा। इसका आकार भी समझ लो। तुमने एक बार

बताया था कि सागर में तुमने एक बड़ी मछली देखी थी। सागर में उसकी पीठ और पूँछ दिख रही थी। तुम्हें इन दोनों टुकड़े को उसी पूँछ की तरह बनाना है।" युग ने असा को कुछ याद दिलाते हुए आज एक और अद्‌भुत बात की थी।

"असा, तुम यहाँ उसे भूमि पर समझो। युग यह कहना चाह रहा है कि यह बँधते हुए ऊपर की ओर नुकीला होता जाएगा। नीचे से मध्य तक वह अपनी चौड़ाई में जाएगा, जिससे कि वहाँ अधिक-से-अधिक हवा भर सके। मध्य के बाद बँधते हुए वह सिरे तक पतला होता जाएगा, इस तरह!" गुरु प्रज्ञ युग की बात समझ गई थीं और उन्होंने असा के साथ कई अन्य साथियों को भी भूमि पर बनाकर वह आकार समझाया था।

"अब समझ गई न?" युग ने मुसकराते हुए पूछा था।

"हाँ, यह अधिक कठिन नहीं है। मैं इसे आज ही पूरा कर लूँगी।" कहते हुए असा उठकर चमड़े के पास गई थी और अन्य चमड़े को हटाकर उन दो बड़े चमड़े की नाप-जोख करने लगी थी। उसने अपने पास कुछ साथियों को बुलाया था और उन्हें नदी में उन दोनों चमड़े के टुकड़े को ले जाकर धोने को कहा था। असा खुद भी उनके साथ गई थी और चमड़े को अमृता नदी के पानी में डालकर थोड़ी देर मुलायम होने के लिए छोड़ दिया था।

"सभी यहाँ आ जाओ! असा, तुम भी उन साथियों के साथ यहाँ आ जाओ! एक बार यहाँ बैठकर गुरु प्रज्ञ से इसकी तकनीक समझ लो, तब तुम्हें काम करने में आसानी होगी।" युग ने अपने हाथ पोंछे थे और गुरु प्रज्ञ की ओर बढ़ते हुए असा को जोर की आवाज देकर पुकारा था। वह सागर-तट से नदी की ओर चली गई थी। युग के पुकारते ही सभी साथी महागुरु सुधि और गुरु प्रज्ञ के सामने बैठ गए थे।

"तुम लोगों ने उस दिन चींटियों को नदी और सागर में तैरते हुए देखा था?" गुरु प्रज्ञ ने सभी की ओर सरसरी नजर दौड़ाते हुए यह प्रश्न पूछा था।

"हाँ, गुरु प्रज्ञ, हाँ, गुरु प्रज्ञ।" एक साथ कई लोगों के मुँह से यह स्वर गूँजा था।

"यदि तुम सबने ध्यान दिया हो तो वे एक पहाड़ के रूप में दिखाई पड़ रहे थे। वे नीचे की ओर चौड़ाई में अधिक थे और ज्यों-ज्यों ऊपर की ओर बढ़े थे, वे क्रमश: चौड़ाई में पतला होते गए थे। ऊपर के उसी चौड़े हिस्से में वे हवा भरने दे रहे थे, जिससे वहाँ पर वह फूल सा गया था। देखा था न आप सबने?" गुरु प्रज्ञ ने समझाते हुए फिर सवाल किया था।

"हाँ, देखा था।" इस बार स्वर थोड़ा धीमा था। उनका धीमा स्वर इस बात का संकेत था कि उन्होंने इतना ध्यान से यह नहीं देखा था। उन्होंने तो चींटियों के एक पहाड़ को नदी में निर्मित होते देखा और उसे तैरकर सागर की ओर जाते देखा, बस।

"तुमने यदि ध्यान भी न दिया हो तो अब समझ लो। हमारे पास नौका तैयार है। समझ लो कि यह नौका तैरती चींटियों का निचला हिस्सा है। यह नौका नदी में डंडे के सहारे चल सकती है न?" गुरु प्रज्ञ ने फिर प्रश्न किया था।

"हाँ, चल सकती है।" इस बार स्वर बहुत तेज था। इसका मतलब वे डोंगी के तैरने की स्थिति को समझ रहे थे, क्योंकि उनमें से अधिकांश लोग हिम के पिघल जाने पर चप्पू चलाते हुए डोंगी से नदी में जाते थे या सागर में भी जाते थे, भले ही उनके जाने की दूरी कम होती थी। उन्हें बड़ी तन्मयता से इस पूरी विधि में शामिल होते देखकर महागुरु मुसकरा रही थीं।

"ठीक है, अब हम नौका के ऊपर चींटियों के पहाड़ जैसा एक पहाड़ बनाएँगे। बीच में एक स्तंभ खड़ा करेंगे और उसके ऊपरी सिरे को अनेक लताओं से बाँध देंगे। वे लताएँ इतनी लंबी होनी चाहिए कि लटकती हुई नीचे तक आ सकें। अब उन लताओं को हम नौका में चारों ओर बाँध देंगे। चारों ओर बाँधने के कारण वह स्तंभ बीच में खड़ा रह जाएगा। ऐसा आप सबने कई बार किया है; किया है न?" गुरु प्रज्ञ ने उन्हें आगे समझाया था और सहज सा एक प्रश्न किया था।

"हाँ, गुरु प्रज्ञ।" इस बार फिर तेज स्वर गूँजा था।

"यदि कोई प्रश्न हो तो आप बेहिचक पूछ सकते हैं।" गुरु प्रज्ञ ने एक बार फिर सबकी ओर नजरें दौड़ाई थीं। उन्हें सबके चेहरे के भाव से यह लगा था कि अधिकांश लोग इसे समझ चुके हैं।

"तो ठीक है साथियो, अब हमारा काम यहाँ से शुरू होता है। तो आइए, अथाह सागर और सूर्य को प्रणाम कर हम इस कार्य को पूरा करें।" युग ने खड़े होते हुए अपना हाथ उठाया था और सभी साथियों का आह्वान किया था।

"एएए···अअअ···एएए।" असा ने यह राग गुनगुनाया था। उसकी गुनगुनाहट कई लोगों ने सुनी थी और वे आह्लादित हुए थे। उसे गुनगुनाते देखकर महा मुसकराई थी और उसने भी उसका साथ दिया। उसके गुनगुनाते ही अनेक लोगों ने उनके साथ गुनगुनाना शुरू कर दिया था और सभी साथ मिलकर पूरे जोश के साथ संसार के उस पहले गीत को गाने लगे थे, जिसे गुरुकुल के बच्चों ने गुरु गंदर्भ के निर्देशन में तैयार किया था।

"एएए···अअअ···एएए। प्रेमकथा है, महायुग। ईईई···एएए···अएअए। अब नेह का साथ हमारा। अईअ···अईअ···ईईई। साथ जिएँगे, साथ मरेंगे। अऐऐ··· अवव···एअअ। एका है यह न्यारा। उउउ···अऊए···ओओआ। यही निश्चय है हमारा।" अहा, कमाल हो गया। इस गीत ने तो जैसे सभी के अंदर एक नई ऊर्जा भर दी थी। सभी लोग गाते हुए अपने काम को बड़े उत्साह से पूरा कर रहे थे। उन्हें उत्साह के साथ सुर में यह गीत गाते हुए सुन-देखकर महागुरु सुधि और गुरु प्रज्ञ आनंदित हो रही थीं। इस गीत ने तो कमाल कर दिया। देखते-ही-देखते नाव पर स्तंभ के साथ पाल खड़ा हो गया। एक भव्य और शानदार पालनौका सामने सागर के किनारे मिट्टी पर खड़ी बहुत ही सुंदर लग रही थी।

"हेएएए!" सभी वहाँ पालनौका की चारों ओर खड़े हो गए थे। उन्होंने पालनौका के बनने की खुशी में जश्न का उद्घोष किया था। उसके बाद वे वहाँ नाचने लगे थे। किसी आयोजन या महाभोग से अलग यह एक बड़ी सफलता के उल्लास का नृत्य था। हरेक साथी अपने-अपने तरीके से नाच रहे थे और गीत गा रहे थे। अनेक साथी नौका के पास आकर स्वयं के द्वारा बनाई गई पालनौका को छूकर देख रहे थे, उसे सहला रहे थे और गा रहे थे। उनके इस जश्न में नौका के ऊपर मटमैला पाल हवा में उनकी जीत के प्रतीक के रूप में फहरा रहा था।

"क्या हम इसे सागर में उतार लें, महागुरु?" महा ने उत्साहित होते हुए यह प्रश्न किया था।

"इस समय उचित नहीं होगा। सूर्य अब ढलान की ओर चल चुका है। ऐसे में यदि अँधेरा हो गया और नौका कहीं दूर निकल गई तो उसे वापस ला पाना कठिन हो सकता है। अच्छा यह होगा कि इसका प्रयोग कल सुबह किया जाए। यदि हम कल सुबह इसे लेकर सागर में चले गए तो बड़ी कठिनाई नहीं होगी, क्योंकि दिन के उजाले में नौका को सँभालना थोड़ा सरल होगा। हमें बहुत सावधानी से अपने कुछ डोंगी और अच्छे तैराकों के साथ पालनौका को जल में उतारना होगा। हमें अपने तीनों उड़वाहन का भी इसमें सहयोग चाहिए। किसी भी मुश्किल में यदि पालनौका मझधार या सागर की गहराइयों में फँसने लगेगा तो उस समय उस पर सवार सभी साथियों को बचाना होगा। इसीलिए अच्छे तैराक ही पहली यात्रा पर जाएँगे, साथ ही कुछ साथी डोंगी लेकर आसपास चलते रहेंगे। पालनौका के ऊपर-ऊपर तीनों उड़वाहन उड़ते रहेंगे। इस प्रकार हम पूरी सुरक्षा के साथ इसे सागर में ले जाएँगे। हमें नहीं पता है कि चींटियों को देखकर जो हमने समझा है, वह पूरी तरह सही है या

नहीं!" महागुरु ने चकित करनेवाली बातें बताई थीं। किसी ने भी इसे इतनी गंभीरता से नहीं लिया था। महागुरु सुधि की बातों को सुनकर सभी आश्चर्य में पड़ गए थे।

"हमने तो यह सोचा ही नहीं था, महागुरु! मुझे तो लगा कि हमारी पालनौका तैयार है। बस, अब इसे सागर में उतार देना चाहिए। नदी में किसी भी परेशानी का सामना करने के लिए हम सब सदैव तैयार रहते हैं। मैंने अपनी सुरक्षा के लिए इतना नहीं सोचा था।" युग ने महागुरु सुधि की बातों को सुनकर आश्चर्य करते हुए ये बातें कही थीं।

"मुझे यह पता है कि तुम सभी वीर योद्धा हो और किसी भी कठिनाई का सामना करने के लिए तैयार रहते हो; परंतु जिस तरह तुम शिकार करते समय अपनी सुरक्षा का भी ध्यान रखते हो, ठीक उसी तरह यहाँ भी अपनी सुरक्षा का ध्यान रखना आवश्यक है। मुझे यह भी पता है कि तुम नदी ही नहीं, सागर में भी तैराकी करते हो। तुमने तैराकी का घंटों अभ्यास किया है। महा को भी नदी में तैराकी का अभ्यास है, पर यह प्रयोग हम सबके लिए ही नहीं, संसार के लिए एक आश्चर्य की तरह है। इसलिए हम हरेक पग बहुत सावधानी से रखना चाहते हैं। किसी भी स्थिति में हम किसी को संकट में नहीं डाल सकते हैं। चप्पू के साथ पालनौका को खेने के लिए हमें अधिकतम बीस साथियों की आवश्यकता होगी। हमें कल की नौका-यात्रा से भी सीख लेनी है। मेरी राय में हम उस दिन की तरह आज भी सिर्फ बीस साथियों को पालनौका पर भेजेंगे। हम इस बार अधिक दूर नहीं जाएँगे। सबसे पहले पालनौका का प्रयोग देखेंगे, जिससे कि आवश्यकता के अनुसार इसमें सुधार किया जा सके। पहली सफल यात्रा के बाद दूसरी बार में हम अपने अन्य साथियों को भेजेंगे। बाकी बीस साथी डोंगी से तुम्हारे साथ चलते रहेंगे। इस तरह हम पूरी तैयारी के साथ कल सुबह इसका प्रयोग करेंगे।" महागुरु ने बहुत विस्तार से पूरी बात समझाई थी।

"ठीक है, महागुरु! हम ऐसा ही करेंगे। कल सुबह ही अपने इतने दिनों के प्रयास से बनी पालनौका को सागर में उतारेंगे और इसका सफल प्रयोग देखेंगे।" महा ने आँखें झपकाते हुए युग की ओर देखा था और मुसकराकर महागुरु की बातों पर सहमति जताई थी।

"युग, अब इस पाल के बंधन को ढीला कर दो, नहीं तो नौका पलट जाएगी। सागर में उतारते समय इसे पुनः तान दिया जाएगा।" महागुरु सुधि ने युग को यह परामर्श दिया था।

"आओ कुल, आओ मेध! इन बंधन को ढीला कर दो। युग, मेध, हुती और कुल ने आगे बढ़कर पाल के दोनों चमड़े की डोरियों को ढीला किया था।

"...तो साथियो, आप सबने महागुरु सुधि की बातें सुनीं। कल हम इस नवीन पालनौका का प्रयोग करेंगे। इसे देखने के लिए हम अपने अन्य साथियों को भी बुला सकते हैं। मैं अपनी ओर से पूरे जंबू के साथियों को कल इस उत्कृष्ट प्रयोग के प्रदर्शन को देखने के लिए आमंत्रित करता हूँ।" युग ने हाथ उठाकर सभी साथियों को धन्यवाद दिया था और प्रदर्शन देखने के लिए सभी को आमंत्रण दिया था।

"युग, यदि तुम्हारी सहमति हो तो अन्य तीन कबीलों के प्रमुखों और अन्य साथियों को भी आमंत्रित किया जा सकता है।" महा ने युग की ओर देखते हुए परामर्श दिया था।

"हाँ, अवश्य बुलाना चाहिए।" महागुरु ने युग के कहने से पहले ही अपनी सहमति दे दी थी। इस पर युग ने महा की ओर मुसकराकर देखा था और उसे इस तरह अपनी ओर देखते हुए महा भी मुसकराने लगी थी।

"साथियो! हमारे किन्नर साथी भी आ गए हैं। सूर्यास्त होने में अब कुछ ही समय शेष है। वैसे यह स्थान बहुत सुरक्षित है। यहाँ सामने ही ओखा और अंतरद्वीप है। इसके बावजूद इस अँधेरे में इसकी सुरक्षा इनके हाथ में है। तुम सब अपने-अपने घर जाओ। हाँ, इन बचे हुए चमड़ों को साथ ले जाओ। इसे सुरक्षित रखना। ये बहुत उपयोगी वस्तु हैं। इनका इस्तेमाल हम बाद में करेंगे। अभी भोग बनाकर खाओ। आज रात में आराम करो। कल अपने सपनों को हम साकार होते देखेंगे।" यह कहकर युग ने हाथ उठाए थे। उसी के साथ महा भी हाथ उठाकर सभी को अपने घर जाने का इशारा किया था और वे दोनों भी कदम बढ़ाते हुए उनके साथ ही अपने घर की ओर जाने लगे थे।

□

16

सफलता-असफलता

"नौका के पाल को कसने से पहले कुछ नियम बना लेना आवश्यक है। पिछले दिनों बड़ी नौका का नेतृत्व करनेवाला युग ही संसार के इस पहले पालनौका का पहला नायक होगा। उसे सागर में इस नौका के साथ जाने का अभ्यास भी हो गया है। नौका जब सागर में हो, तब वहाँ केवल नौका-नायक के निर्देशों का पालन होगा। यह नियम नौका-यात्रा के लिए हमेशा रहेगा। नौका के नायक से राजन् होने या किसी कबीले के प्रमुख होने से कोई मेल नहीं है। जो इसके विज्ञान को सबसे बेहतर समझेगा और जो भी नौका के दल का नेतृत्व कर सकता है, वह इसे करेगा। जैसे आगे चलकर महा, मेध, कुल, हुती, रथ या कोई और भी नौका-नायक हो सकता है। इसलिए यह आवश्यक नहीं है कि जंबू या किसी कबीले का प्रमुख ही हमेशा नायक हो! जो नौका का नेतृत्व करेगा, वही उसका नायक होगा। इसी पहले नियम से अन्य नियम भी जुड़े रहेंगे। नौका-नायक का दायित्व होगा कि वह नौका को तट से अच्छी तरह देखकर पानी में ले जाए और उसे सुरक्षित लाकर यहाँ इन्हीं खूँटों में बाँध दे। वैसे हमने नदी-तट पर जो नौका-स्थान बनाया है, हम उसे भी नौका-स्थान के रूप में प्रयोग करते रहेंगे। तीसरा नियम यह है कि नौका और उस पर गए यात्रियों की सुरक्षा का पूरा दायित्व नौका-नायक का होगा। उसका यह कर्तव्य होगा कि वह किसी भी परिस्थिति में, अपने जीवन की चिंता किए बिना अपने साथियों के जीवन की रक्षा करे। अगला नियम यह है कि यात्रा के अनुसार नौका-नायक पूरी तैयारी करेगा। ये कुछ प्रमुख नियम हैं। इन नियमों को ध्यान में रखकर हम आज पालनौका की पहली यात्रा की शुरुआत करते हैं। हम आज इसका प्रयोग सागर के आसपास तक ही करेंगे। इसके प्रथम परीक्षण के बाद हम आगे का निर्णय करेंगे।" महागुरु ने नौका को पानी में उतारने से पहले नाव-यात्रा के नियम तय किए थे।

"तो ठीक है, आज हम नौका-नायक युग के नेतृत्व में नौका को सागर में उतारेंगे! अब युग उन नियमों के साथ नौका की सभी व्यवस्था को देखकर बीस साथियों का चयन कर ले, साथ ही युग यह भी सुनिश्चित कर ले कि कौन-कौन से साथी डोंगी लेकर कुछ दूरी तक सागर में जाएँगे। वे अंतरद्वीप के सागर-छोर के किनारे पर ही जाकर रुक जाएँगे। मेरी राय है कि महा अभी पालनौका पर नहीं जाए। वह यहाँ से पूरे दल को नेतृत्व देती रहे। मेरे उड़वाहन सहित तीनों उड़वाहन को वहाँ भेजे। अब सभी दायित्व युग का है। वह अपने दल को कैसे संचालित करेगा और पालनौका का प्रयोग किस तरह करेगा, इसका निर्णय युग को करना है।"

"महागुरु, यह आप क्या कह रही हैं? मैं युग के साथ ही रहना चाहती हूँ। हम दोनों ने मिलकर हमेशा बड़ी-से-बड़ी चुनौतियों का डटकर सामना किया है। हम साथ रहेंगे तो अधिक शक्तिशाली होंगे, महागुरु। उस दिन आपने देखा ही है। युग जब अकेले था तो उसको कितनी कठिनाई हुई थी। कृपया आप मुझे युग के साथ जाने से न रोकिए।" यह कहते हुए महा भावुक होने लगी थी।

"महा, तुम केवल युग की संगी नहीं हो, तुम जंबू की राजा भी हो। तुम्हें यह देखना चाहिए कि यदि एक राजा नदी-सागर में प्रयोग के लिए उतर रहा है तो दूसरा राजा बाहर रहकर उसका साथ दे, उसकी सुरक्षा करे। यह उस दिन वाली नौका नहीं है। छोटी नौका का तो हमें थोड़ा-बहुत अभ्यास भी था, परंतु यह बिल्कुल नया प्रयोग है। इसमें प्राण का संकट भी बहुत है। यह बहुत आवश्यक है, महा।" महागुरु ने महा को भावुक होते, देखकर उसे समझाने की कोशिश की थी।

"आप ऐसा करके युग को भी शक्तिहीन कर रही हैं, महागुरु। आप याद कीजिए, हमने साथ मिलकर हमेशा जय हासिल की है। दोनों जानते हैं कि हम एक-दूसरे की शक्ति हैं। एक-दूसरे के बिना हम दोनों अधूरे हैं।" महा विह्वल होते हुए युग की ओर इस अपेक्षा से देखने लगी थी कि वह अपनी ओर से कुछ कहे और महागुरु को समझाए।

"यह मेरी राय है, महा। तुम और युग दोनों जंबू के राजा हो। तुम कोई भी निर्णय लेने के लिए स्वतंत्र हो। तुम्हारा निर्णय अंतिम होगा। मैं तो इतना चाहती थी कि तुम दोनों दो जगह रहकर इस कार्य को संपन्न करो। सागर में कुछ संकट भी आ सकते हैं। यदि कोई यहाँ से उनकी निगरानी कर रहा होगा, तब वह उसके बचाव में यहाँ से कुछ प्रयास कर सकता है। यदि जंबू के दोनों वीर योद्धा एक ही नौका पर सवार हो गए तो किसी भी संकट का सामना हम कैसे करेंगे? यह केवल

आज के प्रयोग के लिए है, क्योंकि हम अभी पूरी तरह आश्वस्त नहीं हैं कि हमने जो विधि और तकनीक पालनौका के लिए अपनाई है, वह बिल्कुल सही है या नहीं। तुम्हारा काम यहाँ रहकर बहुत महत्त्वपूर्ण हो जाता है। तुम युग सहित अपने बीस साथियों को यहाँ से सहयोग करोगी और किसी भी कठिनाई में अपने साथियों के साथ उसे मझधार से निकाल लाओगी। तुम एक प्रकार से उनकी सुरक्षा कर रही होगी।" महागुरु ने संकेतों में बहुत सारी बातें महा और युग को समझा दी थीं। युग आगे बढ़कर महा के पास आया था और उसका हाथ पकड़कर कुछ कदम चलते हुए उसे सागर की लहरों की ओर ले गया था।

"महागुरु सही कह रही हैं, महा। तुम चाहो तो गरुड़ पर सवार होकर हमारे ऊपर उड़ सकती हो। तुम हमें हमारी नौका से आगे चलते हुए सागर की स्थितियों को भी बता सकती हो। यदि सबकुछ सामन्य रहा, तब तुम लौटते हुए नौका पर उतर आना। हम साथ में वापसी करेंगे।" युग ने बड़े प्यार से महा को समझाने की कोशिश की थी। मुँह बनाते हुए महा उदास हो गई थी। उसके चेहरे पर छाई उदासी अच्छी नहीं लग रही थी।

"इसके बावजूद यदि तुम पालनौका पर आना ही चाहती हो तो हम यहाँ से किसी और को निगरानी रखने के लिए कह देंगे।" युग ने महा की बाँहों को सहलाते हुए उसे प्रेम से देखा था।

"प्रणाम माँ! देखो महा, माँ आ गई।" युग ने माँ को देखकर प्रणाम किया था।

"प्रणाम माँ!" इति माँ को देखकर महा ने रुआँसे भाव से ही प्रणाम किया था।

"हमेशा आनंदित रहो। क्या हुआ? महा क्यों दुःखी लग रही है?" महा का चेहरा देखकर इति माँ समझ गई थीं कि कोई समस्या है।

"महागुरु कह रही हैं कि आज पालनौका पर हममें से कोई एक ही जाए। पहला प्रयोग सफल हो जाए, तब जिसे इच्छा हो, नौका से यात्रा कर सकता है। मैंने तो कहा कि तुम गरुड़ पर सवार होकर हमारे आगे-आगे उड़ती रहो। हमें बताती भी रहो। पर…!" युग ने माँ को महा की उदासी का कारण बताया था।

"यदि महागुरु ऐसा कह रही हैं तो हमें वही करना चाहिए। इसमें अवश्य कोई भेद है। यदि वे कह रही हैं कि कोई एक ही जाए तो क्यों नहीं महा ही इस पहली पालनौका की नायक बने।" माँ ने बड़े प्यार से महा का सिर सहलाते हुए कहा था।

"नहीं माँ, मैं तो युग का साथ देना चाहती थी। यदि आप सबकी यही राय है तो ठीक है, मैं नौका पर नहीं जाऊँगी। मैं अपनी गरुड़ पर बैठकर युग के साथ उड़ती

रहूँगी।" महा ने उदास मन से युग को नौका पर जाने की अनुमति दी थी। उसकी इस बात पर इति माँ मुसकरा दी थीं, पर युग को अब भी अच्छा नहीं लग रहा था।

"प्रणाम महा! प्रणाम युग! प्रणाम इति माँ!" गोमती कबीले का प्रमुख बो ने आकर उन्हें प्रणाम किया था। तभी वहाँ अनार्तक का प्रमुख सुर और चक्र की प्रमुख इली भी आ गए थे। उन्होंने भी सभी को प्रणाम किया था। वे सभी पहले महागुरु से मिले थे और उसके बाद महा व युग को सागर की लहरों के पास देखकर उनके पास आ गए थे।

"आइए प्रमुखगण! इस पालनौका के परीक्षण में आप सभी का स्वागत है।" युग ने मुसकराकर सभी का अभिवादन किया था। साथ ही महा ने भी अनमने ढंग से सभी का अभिवादन किया था।

"कोई समस्या आ गई है क्या, महा?" बो ने महा के चेहरे के तनाव को भाँपते हुए पूछा था।

"नहीं-नहीं, कोई समस्या नहीं है। आप सब इस पालनौका के परीक्षण में आए हैं, यह हमारे लिए आनंद की बात है।" महा ने मुसकराकर बात सँभालने का प्रयास किया था।

"युग, महा! यदि तुमने साथ जाने का निर्णय लिया है तो वही करो। वह मेरा केवल परामर्श है।" मुसकराते हुए महागुरु उनके पास आई थीं और महा के सिर पर हाथ रखते हुए बोली थीं।

"आपका परामर्श हमारे लिए आदेश है, महागुरु। हम वही करेंगे, जो आपने कहा है। हम अपनी गरुड़ पर सवार होकर नौका के ऊपर उड़ते रहेंगे, यदि सबकुछ सामान्य रहा और हम पालनौका के संचालन में पूरी तरह सफल रहे, तब लौटते हुए गरुड़ के साथ मैं उस पर उतर जाऊँगी।" महा ने महागुरु सुधि की ओर मुसकराकर देखते हुए कहा था।

"तुम्हारा निर्णय अंतिम है, महा, युग।" महागुरु ने मुसकराते हुए युग की ओर देखा था और फिर कहा था, "अब हमें विलंब नहीं करना चाहिए। वैद्य धनवन सहित गुरुकुल के सभी गुरुजन और बच्चे भी इस अद्भुत दृश्य को देखने यहाँ आ चुके हैं। मेरा आशीर्वाद है। तुम सफल होओ।" महागुरु ने आशीर्वाद देते हुए परीक्षण शुरू करने के लिए कहा था।

"ठीक है, महागुरु! हम अपने अधिकांश उन्हीं साथियों को ले जाना चाहते हैं, जो मेरे साथ बड़ी नौका के पहले प्रयोग पर गए थे।" यह कहते हुए युग और

महा आगे आए थे। उनके साथ महागुरु, इति माँ और तीनों कबीले के प्रमुख सागर की ओर से थोड़ा ऊँचाई पर नाव के पास आ गए थे।

"सबसे पहले मैं हुती को दूसरा नायक घोषित करता हूँ। यह नौका के संचालन में मेरे साथ रहेगी। किसी भी विकट स्थिति में यदि मैं संचालित करने में असमर्थ रहूँ या मैं नाव पर उपस्थित नहीं रहूँ, तब नाव का संचालन दूसरी नायक हुती के हाथों में होगा। पाँच डोंगी का संचालन मेध का होगा। वह किसी भी परिस्थिति में हमारे साथ होगा, परंतु सागर के बीच में नहीं जाएगा। उसका साथ अंतरद्वीप के आसपास तक ही होगा। महा हम दोनों के दल पर गरुड़ से निगरानी करेगी। इसके साथ महागुरु की गज और मेरी गज उड़ती रहेंगी। किसी भी विकट परिस्थिति या कठिनाई में महा का दायित्व होगा कि वह अपने उड़वाहन से हमें सहायता पहुँचाने का प्रयास करे।" युग ने इस तरह सभी के काम का बँटवारा कर दिया था और टीम का चयन कर लिया था।

"हमारा प्रयास होगा कि हम यहीं पर वापस आएँ। यदि लौटते समय सागर की लहरों से किसी तरह की कठिनाई होगी, तब हम अंतरद्वीप के पश्चिमी तट पर भी आ सकते हैं। हमारे दस साथी यहाँ तट पर दस डोंगी लेकर तैयार रहेंगे। यदि उन्हें ऐसा लगा या महा का निर्देश मिला, तब वे सागर की ओर बढ़ सकते हैं। उनका नेतृत्व असा करेगी।" इतना कहकर युग ने अपना हाथ उठाया था।

"क्या हम सब तैयार हैं?" महा ने जोर से आवाज देकर पूछा था।

"हाँ, हम तैयार हैं।" बहुत ऊँची ध्वनि चारों ओर फैल गई थी।

"सभी दल-प्रमुख अपने साथियों के साथ काम में लग जाएँ। हमारे साथ मेरे अलावा उन्नीस साथी यहाँ आ जाएँ।" युग ने सभी के लिए अंतिम निर्देश दिया था और पालनौका की टीम को नाव के पास बुलाया था।

"कुल और रथ, सबसे पहले पाल को तानकर बाँध दो!" युग के निर्देश पर पाल की डोरियों को खींचकर बाँध दिया गया था। अब वह मटमैला पाल हवा में फहराने लगा था।

"इसके नीचे के कुछ खूँटे वाले बंधन खोलो!" युग ने कुछ दूसरे साथियों को निर्देश दिया था। उसके निर्देश के साथ ही नाव को खूँटे से उसे खोला गया था।

"साथियो, अब इसे धक्का देकर सागर के पानी में ले जाना है। उसके पहले मैं, हुती, कुल और रथ नौका पर सवार हो जाएँगे। सागर के पानी में पालनौका के आते ही आप सभी इस पर सवार हो जाइएगा!" युग ने पानी में उतरने से पहले यह

निर्देश दिया था। अंतिम डोर महा खोलेगी, जब हम सभी नौका पर चढ़ चुके होंगे!

"मैं युग अपने महागुरु सुधि को प्रणाम करता हूँ! आप सबको प्रणाम!" युग और उसके तीन-चार साथी प्रणाम करने के साथ नाव पर सवार हो गए थे और कुछ साथियों ने नाव को पानी की ओर धकेला था। पानी की ओर जाते ही नाव पानी पर तैरने लगी थी और जल्दी ही अन्य साथी भी नाव पर सवार हो गए थे। इशारा मिलते ही महा ने अंतिम बंधन खोल दिया था।

"चलो साथियो, अपनी-अपनी डोंगी पर सवार होकर चलो!" मेध ने चिल्लाया था।

"गरुड़ चलो, वात गज और सारस गज साथ चलो!" कहते हुए महा भी अपने गरुड़ पर सवार हो गई थी और पालनौका के ऊपर उड़ान भरने लगी थी।

"हेएएए!" पालनौका के सागर में आगे बढ़ते ही हजारों लोगों की खुशी में यह स्वर निकला था। महागुरु पालनौका को सागर में जाते देखकर आनंदित हो रही थीं। उनके चेहरे पर अब भी हमेशा की तरह एक अलग तरह की चमक थी, अलग तरह का तेज था। हरेक ओर हर्ष का वातावरण बना हुआ था। पालनौका सागर में बड़ी तेजी से आगे बढ़ रही थी। अहा, उसका मटमैला पाल किसी विजय पताके की तरह फहरा रहा था। अभी तक सबकुछ वैसे ही चल रहा था, जैसा गुरु प्रज्ञ ने कल्पना की थी। उस चमड़े में हवा के वेग को सहने की क्षमता थी। वह फूलकर बहुत ही सुंदर दृश्य प्रस्तुत कर रहा था। ऊपर से महा तीन पक्षियों के साथ उड़ रही थी और उस पालनौका के आसपास पाँच डोंगी चल रही थीं। दूर से नाव पर अनेक लोग चप्पू चलाते दिखाई पड़ रहे थे। ऐसा भव्य दृश्य संसार में पहली बार उपस्थित हुआ था। इससे पहले कभी पालनौका का प्रयोग नहीं हुआ था। हजारों लोगों की दुआएँ उनके साथ थीं। सभी दम साधे उस अद्‌भुत दृश्य का आनंद ले रहे थे। इसी के साथ पालनौका अंतरद्वीप के मुहाने पर पहुँच चुकी थी। इसी के साथ देखते-ही-देखते पालनौका अंतरद्वीप के मुहाने से निकलकर अथाह सागर में पहुँच चुकी थी और सबकी नजरों में उसका आकार छोटा होने लगा था।

"अब तक तो सबकुछ ठीक चल रहा है, कुल! हम लोग सागर में आगे बढ़ रहे हैं। वह हमारा अंतरद्वीप यहाँ से कितना सुंदर लग रहा है! ऊपर से तो मैंने कई बार देखा है। डोंगी से इस ओर एकाध बार ही आया हूँ। हालाँकि इतनी दूर तो हम कभी नहीं आए हैं। कुछ दूर तक तो कई बार तैरकर आते रहे हैं। अब हम थल से दूर हो रहे हैं— भूमि से दूर, खुले सागर में। अहा, कितना सुंदर दृश्य है, कुल!" युग ने मुसकराकर अथाह सागर को देखते हुए कहा था।

"हाँ युग, हमारी मेहनत सफल हो गई। हमने कई दिनों तक लगातार कड़ी मेहनत की है। पिछले दिनों हमने नौका का प्रयोग भी कर लिया था। तुमने हमेशा हमारा हौसला बढ़ाया है।" हुती ने मुसकराते हुए जवाब दिया था।

"अहा, अथाह सागर। हम इसे अपने गज से देखते रहे हैं। डोंगी से इधर नहीं आते हैं।" युग ने अथाह सागर को देखकर मुसकराया था। इसी के साथ उन्हें अपने डोंगी के साथी दिखाई पड़ना बंद हो चुके थे।

"महा!" युग ने हाथ ऊपर उठाकर चिल्लाया था। महा उसकी आवाज तो नहीं सुन पाई थी, लेकिन उसके हाथ के इशारे को देख लिया था। उसने भी मुसकराकर हाथ हिलाया था और तीनों पक्षियों के साथ वह उड़ती रही थी।

"यहाँ हवा थोड़ी तेज है, कुल। क्या सागर की ओर ऐसी ही हवाएँ चलती हैं? अब हमें लौटना चाहिए!" युग ने खतरे को भाँपते हुए लौटने का निर्देश दिया था। उसने नीचे से महा को इशारा किया था कि अब हम लौट रहे हैं।

"ठीक है।" महा ने भी हाथ के इशारे के साथ अपने पक्षियों को लौटने को कहा था। नौका के पाल को हवा के रुख के साथ मोड़ा गया था। साथी सागर में चप्पू चलाते हुए लौटने लगे थे। उनकी नाव हलके कर्व के साथ लौटने लगी थीं। घूमते हुए उनका अंतरद्वीप उन्हें अभी भी दिख रहा था। वैसे थोड़ा पीछे लौटने पर ओखा का तट भी दिखने लगा था।

"ओह! यह क्या हुआ?" महा के मुँह से चीख के साथ ये शब्द निकल आए थे। पूरा पाल का स्तंभ ही नौका के ऊपर आगे की ओर गिर गया था। उसके गिरते ही नौका ने अपना नियंत्रण खो दिया था और पूरी नाव पलट गई थी। पाल के स्तंभ से भी कई लोग घायल हो गए थे शायद। नाव पलटने से सभी लोग सागर के बीच मझधार में थे।

"गरुड़, नीचे चलो! गज, नीचे चलो! सागर के निकट पहुँचकर उनकी सहायता करो।" महा ने जोर से चिल्लाया था और गरुड़ के साथ वह शीघ्रता से सागर की लहरों के निकट पहुँच गई थी।

"युग...युग!" नाव के पास पहुँचकर महा चिल्ला रही थी, पर युग कहीं दिखाई नहीं पड़ रहा था। तभी कुल दिखा था।

"कुल, तुम नौका का एक सिरा पकड़कर स्वयं को सँभालो।" महा जोर से चिल्लाई थी। कुल ने डुबकी लेते हुए तैरने का प्रयास किया था। तब तक महा उसके पास पहुँच गई थी।

"तुम मेरा हाथ पकड़ो! सबसे पहले नाव को पकड़ लो, कुल!" गरुड़ के

ऊपर से झुककर महा फिर चिल्लाई थी। दो-तीन कोशिशों के बाद महा ने कुल का हाथ पकड़ लिया था। महा ने उसे सहारा देकर नाव का एक कोना पकड़ाया था।

"तुम इसे एक ओर से पकड़े रहना। मैं तुम्हें सहारा देकर गज पर बिठाना चाह रही हूँ। गज, कुल की मदद करो!" महा ने फिर कुल को उलटी नाव के पीछे की एक कड़ी को पकड़ाया था। तभी मेध को अंतरद्वीप के तट से यह दिख गया था। वह अपने साथियों के साथ पाँचों डोंगी लेकर उस ओर बढ़ा था। इस बीच महा की नजरें लगातार युग को ढूँढ़ रही थीं। तभी उसे हुती दिखी थी। महा ने हुती को भी मदद कर नाव का एक सिरा पकड़ाया था। वे सभी तैर सकते थे, पर पहले वे खुद को स्थिर कर रहे थे। इसी के साथ हुती और कुल तैरने लगे थे। तभी तैरते हुए रथ भी दिखा था।

"हाँ, तुम इस ओर से नौका को पकड़ लो! साथियो, नौका को एक ओर से मत पकड़ना।" महा ने एक-एक कर कई साथियों को नाव की चारों ओर से पकड़वाया था। इधर कुल और हुती ने दोनों गज के पाँव को पकड़ लिये थे। इसी के साथ दोनों गज उन्हें लेकर अंतरद्वीप की किसी डोंगी की ओर उड़ गई थी। उसने शीघ्र ही उन्हें डोंगी तक पहुँचाया था और लौटने लगी थी।

"युग···युग···!" महा लगातार युग को चिल्लाकर पुकार रही थी। अब तक तो युग को पानी से निकलकर आ जाना चाहिए था। तभी उसे एक हाथ नाव के नीचे से निकलता हुआ दिखा था। वह कभी बाहर निकलता और फिर नीचे चला जाता था।

"युगगअ···!" महा एकदम उसके करीब गई थी और उसके हाथ को पकड़ लिया था। उसके पाँव शायद नाव की किसी चीज में फँसे हुए थे। युग ने कई बार स्वयं को उस फाँस से निकालने के लिए नीचे जाकर प्रयास किया था, पर वह नहीं निकल पाया था।

"गरुड़, आज मेरे जीवन का प्रश्न है। मैं सागर में उतर रही हूँ।" कहते हुए महा सागर में कूद गई थी। उसने सागर में उतरकर युग को पकड़कर खींचना चाहा था, पर वह खींच नहीं पाई थी। उसका पाँव कहीं फँसा हुआ था। महा ने डुबकी लगाई थी और तैरते हुए नाव के नीचे गई थी। वहाँ युग का पाँव लताओं में उलझा हुआ था। महा ने उन लताओं को तोड़ने का प्रयास किया था। वह इतना मजबूत था कि टूट नहीं रहा था। उसने अपने प्राण खतरे में डालकर अपना मुँह खोला था और लताओं को अपने दाँतों से थोड़ा, कुतरकर कमजोर किया था। इस बीच उसने थोड़ा खारा पानी गटक लिया था। उसके कुतरते ही लताएँ ढीली हो गई थीं

और युग का पैर उस फँसाव से निकल गया था। महा ने अपना मुँह फिर से बंद किया था और ऊपर की ओर आई थी।

"तैरने की कोशिश करो, युग।" युग ने महा की आवाज सुनी थी और उसने अपना हाथ चलाया था।

"अरे, तुम्हारा हाथ तो घायल है। तुम और मैं साथ-साथ एक होकर तैरते हुए आगे बढ़ेंगे, युग। गरुड़!" कहते हुए महा ने फिर कुछ खारा पानी गटक लिया था। उसी समय गज भी वहाँ आ चुकी थी और तीन डोंगी भी वहाँ पहुँच चुकी थीं।

"अब तक दोनों ने सागर का ढेर सारा पानी गटक लिया था। तभी गरुड़ महा के बिल्कुल पास आ गई थी और महा ने उसके पाँव को पकड़ लिया था। गज भी वहीं चक्कर लगाने लगी थी। गरुड़ अपने पंख फड़फड़ाते हुए उन्हें एक डोंगी के पास पहुँचाने की कोशिश की थी। दोनों पक्षी साथ-साथ पास में उड़ नहीं पा रही थीं, अंततः डोंगी को पकड़ने में महा कामयाब हो गई थी। उसने जैसे ही डोंगी को पकड़ा था, उन्हें मेध ने पानी से खींच लिया था। रथ सहित जो भी पानी के ऊपर तैरते हुए दिखे थे, उन्हें पक्षियों की सहयता से दूसरी डोंगी तक पहुँचा दिया गया था। अभी तक यह पता नहीं चला था कि वे सभी लोग बाहर निकाले जा सके हैं या नहीं! डोंगी और पक्षियों की सहायता से सभी को सबसे पहले अंतरद्वीप पहुँचाया गया और वहाँ से साथियों ने डोंगी से उन्हें ओखा के तट की ओर ले जाकर ओखा पहुँचाया।

"कोई है यहाँ?" असा ने नाव की चारों ओर डोंगी से चक्कर लगाया था, पर कोई आवाज नहीं आई थी।

"कोई है यहाँ?" एक बार फिर से असा ने चिल्लाकर पूछा था। अब भी सारस गज चक्कर लगा रही थी। इधर डोंगी से गरुड़ पर सवार होकर महा और युग औषधालय की ओर चले गए थे। इधर गज ने अनेक लोगों की सहायता करते हुए उन्हें डोंगी तक पहुँचाया था या फिर अंतरद्वीप तक। यहाँ असा ने पलटी हुई नाव की चारों ओर घूमते हुए कई चक्कर लगाकर चिल्लाया था। किसी की आवाज सुनकर या किसी तरह की हलचल न देखकर वह इस उम्मीद के साथ लौट गई थी कि वहाँ अब कोई नहीं है। उसकी डोंगी के ऊपर मँडराती हुई सारस गज भी उसके साथ-साथ वहाँ से लौट गई थी।

□

17

घायल युग

"युग, तुम चिंता मत करो। हम वैद्य धनवन के आश्रम में पहुँच गए हैं।" महा ने गरुड़ से उतरते हुए युग को उसकी पीठ से खींचकर नीचे उतारा था, तब तक औषधालय से कुछ सहयोगी बाहर आए थे। महा ने उनके सहयोग से युग को उठाया था और वहाँ एक कुटिया में ले गई थी।

"क्या वैद्य धनवन अभी तक यहाँ नहीं पहुँचे हैं?" युग को चारपाई पर लिटाते हुए महा ने चारों ओर देखा था और विचलित होते हुए पूछा था।

"नहीं महा, वैद्य तो पालनौका का परीक्षण देखने गए थे।" एक युवा चिकित्सक ने कहा था।

"गरुड़ जाओ, वे जहाँ भी दिखें, उन्हें साथ लेकर आओ!" दौड़ते हुए महा कुटिया से बाहर आई थी और गरुड़ से वैद्य धनवन को शीघ्रता से अपने साथ लेकर आने को कहा था।

"फर···फर···फर।" तभी गज पर सवार इति वहाँ उतरी थी। उन्हें देखकर गरुड़ भी वहाँ से गुरु धनवन को लाने के लिए उड़ गई थी।

"युग मूर्च्छित पड़ा है, माँ! कृपया उसे देखिए।" महा ने विचलित होते हुए इति माँ से कहा था। इति माँ उसके साथ कुटिया में लगभग दौड़ते हुए गई थीं और युग के पास पहुँचकर उसकी साँसें देखने-परखने की कोशिश की थीं। उसकी नाक के पास अपनी उँगलियाँ ले जाकर उसकी साँसों की गिनती करने लगी थीं।

"इसकी साँसें थोड़ी धीमी चल रही हैं, महा।" कहते हुए इति ने उसके पेट को छूकर उसकी नाड़ी टटोली थी, फिर उसने युग के पेट को थोड़ा दबाकर देखा था।

"इसे ठंडे पानी का भी असर हो गया है, महा! इसे चारपाई से नीचे उतारो। सबसे पहले इसके पेट से पानी निकालना होगा, उसके बाद गरम लेप चढ़ाकर ठंडे

पानी का असर कम करने का प्रयास करना होगा।" इति ने वहाँ के युवा चिकित्सक ऊदा की ओर देखकर कहा था। इति माँ ऐसा व्यवहार कर रही थीं, जैसे उन्हें ऐसी प्राथमिक चिकित्सा की बहुत जानकारी है। वैसे यह बात सही है कि वहाँ की हरेक स्त्रियों को इसका ज्ञान होता है। हरेक स्त्री अपने बच्चे की रक्षा भी सामान्यत: स्वयं करती है और जीवन जीने की प्राथमिक शिक्षा भी वही देती है। पहले तो गुरुकुल भी नहीं होता था, तब सभी स्त्रियों को जीवन की हरेक बातों का ज्ञान होता था। परंपरा और उनका अनुभव उन्हें एक ऐसा पालक बना देता था, जहाँ वे वैद्य भी होती थीं और गुरु भी।

"फर···फर···फर।" महागुरु सुधि अपने गज पर सवार वैद्य धनवन को साथ लेकर उतरी थीं।

"आप आ गए, वैद्य धनवन! युग मूर्च्छित पड़ा है, उसे शीघ्रता से देखिए।" डैनों की ध्वनि और पंखों की फड़फड़ाहट सुनकर महा दौड़कर बाहर आई थी और महागुरु के साथ वैद्य धनवन को देखकर उसने थोड़ी राहत महसूस की थी। उसी के साथ वैद्य धनवन भी शीघ्रता से उस कुटिया के अंदर गए थे। वहाँ युवा चिकित्सक के साथ इति उसके पेट से पानी निकालने की कोशिश कर रही थी।

"युग को क्या हुआ है, इति?" वैद्य धनवन ने युग को जमीन पर लिटाया देखकर पूछा था।

"आप ही देखिए, आचार्य! युग ने सागर का नमकीन पानी अधिक पी लिया है और उसे ठंडा पानी भी लग गया है। शायद यही कारण है कि यह मूर्च्छित है।" इति माँ की बातों से ऐसा लग रहा था, जैसे युग को ज्यादा कुछ नहीं हुआ है और वह शीघ्र ही ठीक हो जाएगा। वे अधिक खारे पानी पी लेने और ठंड लगने के बाद की स्थिति को अच्छी तरह जानती हैं।

"अच्छा, मुझे भी यही लग रहा है।" कहकर वैद्य धनवन वहीं बैठ गए थे और युग की नाड़ी देखी थी।

"हाँ, नाड़ी थोड़ी सुस्त है। शीघ्र ही इसके पेट से पानी निकालना होगा।" कहते हुए वैद्य धनवन अपने घुटने के बल बैठ गए थे। वहीं बैठे हुए उसके पेट को जोर से दबाया था। उनके दबाते ही युग के पेट से ढेर सारा पानी बाहर आया था।

"इसे उलटा लिटाकर पैर और सिर नौका के आकार में करो, ऊदा!" वैद्य धनवन ने अपने युवा वैद्य के सहयोग से युग को पेट के बल लिटाया था और उसके दोनों पैरों एवं बाँहों को पकड़कर नाव का आकार बनाने की कोशिश की थी। ऐसा

करते ही युग के पेट से ढेर सारा पानी बाहर निकल आया था। दो-तीन प्रयास के बाद उसके पेट से पानी निकाला गया था।

"अब इसे सीधा पीठ के बल कर दो और उठाकर चारपाई पर लिटा दो।" वैद्य धनवन ने पेट के बल दबाव बनाकर युग के पेट से पानी निकाला था और उसे उठाकर चारपाई पर लिटाया था।

"इसका हाथ भी घायल है।" महा ने उसकी बगल में बैठते हुए उसके हाथ को सँभाला था। पेट का पानी निकलने के कुछ ही देर बाद उसकी मूर्च्छा टूटने लगी थी।

"हाँ, बिल्कुल सीधा कर चारपाई पर लिटा दो!" वैद्य धनवन ने अपने दोनों युवा वैद्यों को निर्देश दिया था और उसके हाथ के घाव को देखने लगे थे।

"मैं ठीक हूँ, महा! तुम्हें धन्यवाद! तुमने मेरी जान बचाई।" युग को होश आ गया था। उसने अपनी आँखें खोली थीं। होश में आते ही उसने मुसकराकर महा की ओर देखा था और दोनों युवा वैद्यों के सहारे के साथ स्वयं खड़े होने का प्रयास किया था। महा भी उसे पीछे से सहारा दे रही थी।

"यह कैसी बात कर रहे हो, युग? तुम्हें धन्यवाद देने की आवश्यकता नहीं। मैं तो महागुरु का धन्यवाद करती हूँ कि उन्होंने हमें पहले ही सचेत कर दिया था। हम लोगों से ऐसी तैयारी करवाई थी कि किसी तरह की दुर्घटना में सभी को सहायता पहुँचाई जा सके, उन्हें बचाया जा सके।" महा ने भावुक होते हुए कहा था। उसकी आँखें गीली होने लगी थीं।

"इस तरह का प्रयोग हम पहली बार कर रहे थे। हमें यह पता नहीं था कि पाल या स्तंभ ठीक से काम करेगा कि नहीं। आज यह तो सिद्ध हो गया कि हमने जो विज्ञान सोचा था, वह सही है, पर हम उस पर सटीक काम नहीं कर पाए। इसी संदेह में मैंने इतनी तैयारी करवाई थी। मैं जानती थी कि किसी भी प्रथम प्रयास में हमसे भूल की संभावना रहती है। किसी भी तरह की भूल से हमारी क्षति कम हो, इसी का प्रयास करना था। इसीलिए मैंने तुम्हें रोक लिया था महा, क्योंकि तुम स्वयं एक योद्धा हो और किसी कठिनाई में तुम इनकी सहायता कर सकती हो।" महागुरु के चेहरे पर ऐसी रहस्यमय मुसकराहट पसर गई थी, मानो वह सबकुछ पहले से जानती हों।

"मैं अब आपसे कभी जिद नहीं करूँगी।" महा ने अपनी आँखें पोंछते हुए कहा था।

"आह!" इसी बीच युग के घायल हाथ पर किसी का हाथ पड़ गया था और वह तड़प उठा था।

"अच्छे से युग को सहारा दो, उसका हाथ आहत है!" महा जोर से चिल्लाई थी। महा का ऐसा चिल्लाना सभी ने पहली बार सुना था। तभी इति ने महा की पीठ को सहलाया था। तब तक युग को चारपाई पर लिटाया जा चुका था। महा को देखकर वैद्य धनवन और महागुरु सुधि के चेहरे पर मुसकराहट पसर गई थी।

"पूरी देह की ठंडक को कम करने के लिए और घाव पर लेप लगाने के लिए शीघ्रता से औषधि तैयार करो!" वैद्य धनवन ने अपने एक युवा वैद्य को निर्देश देते हुए कहा था।

"युग, तुम ठीक हो?"

"हाँ आचार्य, मैं बिल्कुल ठीक हूँ। केवल हाथ पर चोट लग गई है। हमारे सारे साथी तो कुशल हैं न?" युग ने अपनी कुशलता बताते हुए अपने साथियों के बारे में पूछा था। उसे स्वयं से अधिक अपने साथियों की चिंता थी।

"अभी सबका पता नहीं है। हुती, यहाँ लाई जा चुकी है और वह अभी मूर्च्छित सी है। दूसरी कुटिया में उसके पेट का पानी निकाला जा रहा है।" वैद्य धनवन ने हुती के बारे में बताया था।

"अन्य साथी कहाँ हैं, महा?" युग ने महा की ओर देखकर पूछा था।

"मैंने मेध और असा को इस कार्य के लिए लगा दिया है। वे सभी साथियों को देख रहे हैं। यदि कोई उनमें आहत रहा या मूर्च्छित रहा, तो वे उसे उठाकर यहाँ ले आएँगे।" महागुरु ने युग को यह जानकारी दी थी।

"यह लीजिए, आचार्य! मैंने देह और घात पर लगानेवाला लेप तैयार कर दिए हैं और वह औषधि भी बना दी है, जिससे घात शीघ्र ठीक हो।" युवा वैद्य ने मुसकराते हुए लेप और पीनेवाली औषधि का कटोरा वैद्य धनवन के पास रख दिया था।

"आह!" युग की पूरी देह में एक खास तरह की औषधि का लेप लगाया गया था, जिससे कि उसकी देह की ठंडक शीघ्रता से कम हो सके। उसके घाव पर एक अलग तरह का लेप लगया गया था। घाव पर लेप लगने से युग को थोड़ी जलन हुई थी।

"इसका हाथ तो ठीक है न, आचार्य?" महा ने उसके हाथ को देखते हुए पूछा था।

"हाँ, हाथ ठीक है। चोट तो है, पर घात गहरा नहीं है। कुछ दिनों तक आराम करना होगा और औषधि लेते रहनी होगी।" यह सुनकर महा और इति को भी राहत मिली थी।

"महा, मैं हुती को देखना चाहता हूँ। कहाँ है वह?" युग ने लेप लगवाकर औषधि ली थी और हुती को देखने की इच्छा जाहिर की थी।

"तुम अभी आराम करो, युग।" महा ने उसकी बगल में बैठकर उसके सिर को सहलाते हुए कहा था।

"मैं बिल्कुल ठीक हूँ, महा। अब हमें अपने साथियों को देखना चाहिए। वे कैसे हैं और कहाँ हैं?" युग ने चारपाई से उठते हुए कहा था।

"मैं जाकर देखती हूँ, युग। तुम अभी थोड़ी देर यहीं आराम करो।" इति ने युग के पास से उठते हुए कहा था।

"मुझे स्वयं जाना चाहिए, माँ! वे सभी मेरे नेतृत्व में पालनौका पर गए थे।" अभी युग ने इतना ही कहा था, तब तक वहाँ गुरु प्रज्ञ के साथ तीनों कबीले के प्रमुख पहुँच गए थे।

"कैसे हो, युग?" एक साथ सभी ने युग की ओर देखते हुए पूछा था।

"मैं बिल्कुल ठीक हूँ बो, सुर, इली। तुम सबका स्नेह साथ था।" उन्हें देखकर युग मुसकराया था और चारपाई से उठने लगा था।

"तुम अभी आराम करो, युग। हम सभी सागर-किनारे से अपने कबीले की ओर लौट रहे थे, तभी हमें यह जानकारी मिली कि तुम अचेत हो और औषधालय ले जाए गए हो। फिर हम तीनों ने यह निर्णय लिया कि हम तुम्हें देखते हुए जाएँगे।" बो ने कहा था।

"यह तुम सभी का हमारे प्रति स्नेह है, बो! तुम तीनों वीर योद्धा हो। तुम हमारे सुख-दुःख में साथ हो, यह मेरे लिए हर्ष की बात है और गौरव की भी। तुम लोग अपना ध्यान रखना। अभी हम तनिक अपने साथियों को देखना चाह रहे हैं, इसलिए तुम तीनों से कल बात करेंगे।" युग ने उन्हें धन्यवाद देते हुए शुभकामनाएँ दी थीं।

"अभी तो तुम्हें आराम करना चाहिए, युग।" इली ने कहा था।

"जब तक मैं यह न जान लूँ कि हमारे सभी साथी सुरक्षित हैं, मैं आराम कैसे कर सकता हूँ, प्रमुखगण! वे मेरे साथ, मेरे नेतृत्व में नौका पर गए थे।" कहते हुए युग अपनी चारपाई से उठकर खड़ा हो गया था और महा के सहारे के साथ दो कदम आगे बढ़ा था।

"सचमुच, तुम एक अद्‌भुत व्यक्ति हो, युग! ऐसी स्थिति में भी तुम्हें अपने साथियों की चिंता है। यह कोई वीर और संवेदनशील राजा ही कर सकता है। अंतरद्वीप और ओखा को तुम जैसा राजा मिला है, यह उनके लिए सौभाग्य की बात है और गर्व की भी।" सुर ने युग की तारीफ करते हुए कहा था। उनकी बातों पर मुसकराते हुए युग ने कुछ कदम आगे बढ़ाए थे और कुटिया से बाहर निकला था।

"यह तुम्हारा नेह है, सुर! हम सब हमेशा एक-दूसरे की चिंता करते हैं। जैसे आज तुम सब मुझे देखने यहाँ आए हो। यदि तुम सब चाहो तो हम लोग कल मिलते हैं!" पूरी देह पर लेप लगाए हुए ही दूसरी कुटिया की ओर आगे बढ़ा था युग। खुली देह पर लेप लगाए हुए युग बिल्कुल अलग किसी योगी की तरह दिख रहा था, मानो आज का कोई नागा साधु देह पर भभूत-मिट्टी लगाए हुए हो।

"अवश्य, कल हम लोग आते हैं।" कहते हुए सभी ने युग, महा, महागुरु, इति एवं गुरु धनवन का अभिवादन किया था और वहाँ से चले गए थे।

"हुती किस कुटिया में है, आचार्य?" युग ने वैद्य धनवन की ओर देखकर पूछा था।

"यहीं सामने है हुती।" युवा वैद्य ऊदा ने बताया था।

"कैसी हो हमारी योद्धा, हुती?" हुती को होश में चारपाई पर लेटे हुए देखकर युग ने मुसकराकर पूछा था। कुटिया में उसके साथ महागुरु सुधि, गरु प्रज्ञ, वैद्य धनवन, इति माँ और महा को देखकर हुती उठने लगी थी।

"उठो मत, तुम अभी आराम करो! कैसा लग रहा है?" युग ने उसके पास पहुँचकर पूछा था।

"मैं अब ठीक हूँ, युग।" हुती ने मुसकराते हुए संक्षिप्त सा उत्तर दिया था।

"तुम्हें कुछ हो भी नहीं सकता है। कल से हम लोग पुनः अपने-अपने काम में लग जाएँगे।" युग ने मुसकराते हुए कहा था।

"ठीक है।" हुती ने मुसकराकर युग से कहा था।

"अब मैं दूसरे साथियों को देखने जा रहा हूँ। तुम आज यहीं आराम करो। यदि मन करे तो किसी के साथ मेरे घर आ जाना, वहाँ मांस पकाएँगे और काढ़ा पिएँगे।" कहते हुए हँसा था युग और उसके साथ हुती के चेहरे पर भी मुसकराहट पसर गई थी। युग को सामान्य व्यवहार करते देखकर महा के चेहरे भी खिल उठे थे। इति माँ भी युग की आंतरिक शक्ति से आनंदित हो रही थीं।

"महा, अब अन्य साथियों के बारे में बताओ कि वे कहाँ हैं? मैं उन्हें अभी

देखना चाहता हूँ।" कुटिया से बाहर निकलते हुए युग ने पूछा था।

"चलो, ओखा की ओर चलते हैं, वहीं सबके बारे में पता चल जाएगा।" महा ने युग की ओर देखते हुए कहा था।

"ठीक है। आपका धन्यवाद, आचार्य! महागुरु, गुरु प्रज्ञ आप सब अब अपने-अपने कार्य में लगिए। मैं महा और इति माँ के साथ ओखा की ओर जा रहा हूँ। वहाँ जाकर देखता हूँ कि वहाँ का क्या हाल!" युग ने उन्हें प्रणाम करते हुए कहा था।

"ठीक है, युग! जाकर देखो। वहाँ की स्थिति जैसी भी हो, उसकी जानकारी मुझे भी देना। तुम अपना भी ध्यान रखना! महा, आज इसे आराम ही करने के लिए कहना। पहले थोड़ा ठीक हो जाओ, उसके बाद हम लोग विचार करेंगे कि हमारी कौन सी भूल की वजह से इतनी बड़ी दुर्घटना हो गई!" महागुरु ने युग से मुसकराते हुए कहा था।

"हाँ महागुरु, मैं पूरा ध्यान रखूँगी।" महा ने मुसकराते हुए कहा था। उसकी बात पर इति माँ भी मुसकराने लगी थी।

"हम लोग पालनौका की दुर्घटना पर दूसरे दिन बात करेंगे, पहले अपने साथियों को देख लूँ।" युग ने मुसकराते हुए महागुरु और वैद्य धनवन की ओर देखकर कहा था।

"माँ, आप गज पर बैठकर आइए, मैं महा के साथ गरुड़ पर बैठकर चलता हूँ।" युग ने माँ से गज पर बैठने को कहा था और महा व युग गरुड़ पर सवार होकर ओखा की ओर उड़ गए थे।

□

18

अथ की खोज

“फर-फर-फर।” गज और गरुड़ ओखा-चौ के पास उतरी थीं। वहाँ पर कई लोग पहले से मौजूद थे।

“क्या हुआ, असा ? सब सुरक्षित तो हैं न ?” गरुड़ से उतरते हुए महा ने वहाँ थोड़ी व्याकुलता देखी थी। असा ने कोई उत्तर नहीं दिया था। उसे उत्तर नहीं देते देखकर महा और युग ने वहाँ जमे अन्य लोगों की ओर देखकर आश्चर्य व्यक्त किया था।

“कोई बताते क्यों नहीं ? सब ठीक तो हैं न ?” महा ने थोड़ी तेज आवाज में पूछा था। उनके मौन पर युग भी थोड़ा विचलित हुआ था।

“हाँ, अधिकांश साथी मिल गए हैं, पर…!” कहते हुए चुप हो गई थी असा। उसके ‘पर’ ने सबको परेशान कर दिया था। किसी अनिष्ट की आशंका युग और महा के चेहरे पर साफ दिखाई पड़ने लगी थी।

“पर… ! बताओ असा ! क्या हुआ है ?”

“अभी तक अथ नहीं मिला है।” बड़ी मुश्किल से असा ने थूक निगलते हुए कहा था।

“क्या ? अथ नहीं मिला ?” अब युग ने बहुत व्यग्रता के साथ पूछा था।

“क्या उसे ढूँढ़ा जा रहा है ?” महा ने चारों तरफ नजरें दौड़ाते हुए पूछा था।

“मैं स्वयं पालनौका के स्थान पर दो बार चक्कर लगा चुकी हूँ। मैंने उसे हाँक लगाई, पर न ही कोई ध्वनि वहाँ से आई और न ही किसी प्रकार का स्पंदन ही हुआ।

“आह, यह बहुत बुरी सूचना है।” कहते हुए युग वहीं ओखा-चौ के पत्थर पर बैठ गया था।

"अथ तो बहुत अच्छा तैराक है। वह नहीं मिला ?" महा का चेहरा भी यह सुनकर मुरझा गया था। उसके चेहरे पर भी विचलित होनेवाला भाव था।

"हाँ, मैंने तो पालनौका की चारों ओर कई बार चक्कर लगाकर उसे पुकारा भी था। हमारे ऊपर गरुड़ भी उड़ रही थी, पर मुझे वहाँ न ही किसी की पुकार सुनाई पड़ी और न ही किसी तरह की हलचल थी।" असा ने विस्तार से बताया था।

"यह अच्छा नहीं हुआ। पालनौका का पलटना एक दुर्घटना थी, पर यह तो असहनीय है। वह हमारा उत्तम और नेक साथी है। गति कहाँ है ?" युग ने चिंता व्यक्त करते हुए गति के बारे में पूछा था।

"वह सागर-तट पर बैठी उसकी प्रतीक्षा कर रही है।" सागर की ओर से मेध ने आते हुए कहा था।

"उह! चलो महा, हमें उसके पास चलना चाहिए।" युग ने दुःखी होते हुए महा की ओर देखा था और खड़ा होकर सागर की ओर कदम बढ़ाया था।

'कहीं वह अभी भी मेरी ही तरह नौका में तो नहीं फँसा रह गया है ?' युग ने स्वयं से ही प्रश्न किया था।

"कुल कहाँ है ? वह तो ठीक है न ?" युग ने सागर-तट की ओर सौ से भी अधिक लोगों के साथ आगे बढ़ते हुए पूछा था।

"हाँ, वह बिल्कुल ठीक है। सारे साथी पूरी तरह सुरक्षित हैं। एक को छोड़कर सभी को निकाल लिया गया है।" मेध ने अथ के नहीं मिलने पर चिंता व्यक्त करते हुए कहा था।

"अच्छा, कहाँ है वह ?" इस बार महा ने पूछा था।

"वह अपने घर में आराम कर रहा है।" मेध ने ही जवाब दिया था।

"उसे आराम करने दो। अभी सूर्य आकाश में ऊपर है, वह अस्त नहीं हुआ है। हम चलकर एक बार वहाँ देख सकते हैं ?" युग ने मेध की ओर देखते हुए पूछा था।

"हाँ, अवश्य। प्रयास तो किया ही जा सकता है। क्या हमें अंतरद्वीप के पश्चिमी हिस्से से आगे बढ़कर एक बार देखना चाहिए ?" मेध ने युग की ओर देखते हुए प्रश्न किया था।

"यह ठीक रहेगा। हम डोंगी से अंतरद्वीप के पश्चिमी छोर के सागर-तट पर पहले चलें, वहाँ से आगे बढ़कर नौका के उस स्थान पर चलें। यदि नौका डूबी नहीं होगी तो सागर में उतरकर नाव के नीचे देखा जा सकता है। मैं गज से वहाँ का

चक्कर लगाती रहूँगी।" इति माँ ने अपनी राय दी थी।

"तुम यहीं रुको, माँ! मैं गज पर बैठकर जाता हूँ।" युग ने इति माँ को जाने से मना किया था।

"नहीं, तुम यहीं तट पर बैठकर देखो। मैं अपने गरुड़ पर सवार होकर जाती हूँ।" महा ने युग को रोकते हुए कहा था।

"नहीं महा, मैं नौका-नायक हूँ। यह मेरा दायित्व है कि मैं अपने सभी साथियों को सुरक्षित लौटाकर लाऊँ।" युग ने गंभीर होते हुए कहा था।

"तुम अभी पूरी तरह स्वस्थ नहीं हो। आवश्यकता पड़ने पर मैं पानी में उतरकर नाव के नीचे देख भी सकती हूँ, इसलिए मेरी इतनी सी बात मान लो, युग।" महा ने बड़े आग्रह के साथ कहा था।

"ठीक है, ठीक है, तुम्हीं जाओ। मैं यहीं से तुम सबको देखने की कोशिश करता हूँ। मेध, क्या तुम थक गए हो?" महा की बात मानकर युग ने मेध से पूछा था।

"नहीं युग, मैं तैयार हूँ। मैं जाता हूँ और नौका के नीचे भी उतरकर देखूँगा।" मेध ने युग को आश्वस्त किया था। तभी थोड़ी दूर से ही सागर के भीतर पानी में खड़ी गति दिख गई थी। उसके पाँव पर सागर की सर्द लहरें आकर हिलोरें मार रही थीं। वह सागर की ओर मुँह किए, मानो अथ के निकल आने का इंतजार कर रही थी।

"गति!" वहाँ पहुँचकर सागर के पानी में घुसते हुए महा ने गति को अपने एक हाथ से बाँह में भरते हुए कहा था। उसे देखकर गति भी उससे लिपट गई थी। तब तक वहाँ युग सहित जंबू के अनेक साथी पहुँच गए थे। उनमें से कई ने सागर के भीतर कदम बढ़ाए थे।

"अथ नहीं लौटा, महा।" कहते हुए गति जोर-जोर से रोने लगी थी।

"हम उसे ढूँढ़कर लाएँगे, गति। तुम धैर्य रखो।" महा ने उसे सांत्वना देने की कोशिश की थी।

"अब तो कई घंटे बीत गए, महा! वह सागर में भला कहाँ बचा होगा!" हिचकियाँ ले-लेकर गति रोती हुई कहने लगी थी।

"अथ को कुछ नहीं होगा। वह हमारा बहुत ही वीर और प्यारा साथी है। उसकी मृत्यु इस तरह सागर के पानी में डूबकर नहीं हो सकती है। वह अच्छा तैराक है। उसने तैरने का अवश्य प्रयास किया होगा।" महा ने गति को बाँहों में लिये हुए

सकारत्मक बात कहकर उसे इस बेचैनी से उबारने की कोशिश की थी। कुछ दिन पहले युग बड़ी नाव लेकर लौटने में देर कर दी थी, तब उसकी क्या दशा हुई थी, यह उसे महसूस हो रहा था।

"आज सुबह हमने साथ में मांस खाया था और काढ़ा पीया था। जाते हुए उसने मुझसे कहा कि युग की तरह तुम मुझे खोयावाली मिठाई अपने हाथ से खिलाओ। इससे दिन शुभ होता है। यह कैसा शुभ है, महा ?" कहते हुए गति विलाप कर रही थी। रोते हुए उसका चेहरा बिल्कुल लाल हो गया था। उसकी आँखें पानी से जैसे फूलने लगी थीं।

"देखना गति, तुम्हारी खोयावाली मिठाई उसे वापस लेकर आएगी, थोड़ा धैर्य रखो! हम अथ को ढूँढ़ निकालेंगे।" युग ने गति को दिलासा दिया था और मेध की ओर मुड़ा था।

"मैं जानती हूँ कि तुम सभी मुझे दिलासा दे रहे हो। इतने घंटे तक भला वह सागर में जीवित कैसे रह सकता है ? आह अथ!" गति का हृदयविदारक रुदन जारी था। वह सागर की ओर से अपनी नजरें नहीं हटा रही थी। उसकी आँखों से झर-झर गरम नमकीन पानी बह रहा था और पैर पर सागर का सर्द नमकीन पानी हिलोरें मार रहा था।

"शीघ्रता करो, मेध! जाकर देखो! शायद··· !" युग की आँखों में अब भी एक उम्मीद जिंदा थी, जबकि इस दुर्घटना के कई घंटे बीत चुके थे। युग के कहते ही महा ने गति को अपनी बाँहों से अलग किया था।

"मैं स्वयं जा रही हूँ, गति। तुम देखना, मैं उसे साथ लेकर ही लौटूँगी। असा, तुम गति का ध्यान रखो। मैं पलटी हुई पालनौका के पास से आती हूँ।" यह कहकर वह युग से गले मिली थी और इति माँ को प्रणाम किया था। पानी से बाहर निकलकर वह गरुड़ की ओर गई थी। मेध ने भी तीन डोंगी सागर में उतारी थी। उसके साथ तीनों डोंगी पर दो-दो लोग सवार होकर सागर में उतरे थे। महा भी अपनी गरुड़ को सहलाते हुए उसके ऊपर बैठकर उड़ गई थी। वह जानती थी कि गरुड़ और गज दोनों बहुत थक गई होंगी, पर उसे दुलारते हुए महा सागर के ऊपर उड़ान भरने लगी थी। युग, गति, इति माँ और उसके साथ वहाँ उपस्थित सौ से भी अधिक साथी सागर-तट से उन्हें जाते हुए देख रहे थे।

"अथ, अथ··· !" पलटी हुई नाव अपनी जगह से खिसककर अंतरद्वीप के किनारे की ओर आ गई थी। वह सागर की लहरों से टकराती हुई किनारे से थोड़ी

दूरी पर आ गई थी। मेध ने पलटी हुई नाव के पास पहुँचकर जोर से चिल्लाया था, पर वहाँ से किसी की आवाज नहीं आई थी।

"अथ, अथ··· !" उसने एक बार पुनः प्रयास किया था कि कुछ तो हलचल दिखाई दे, पर न ही किसी तरह का प्रत्युत्तर आया था और न ही किसी तरह की हलचल हुई थी। मेध ने महा को इशारा किया कि वह सागर में उतरकर नाव के नीचे जाकर देखने जा रहा है।

"छपाक!" मेध सागर में उतर गया था और तैरकर नाव के नीचे गया था। उसने नाव के कई चक्कर लगाए थे, पर उसे अंदर कोई नहीं दिखा था। उसने पानी के अंदर एक बार मुँह खोलकर चिल्लाया भी था, "अथ··· !" पर वहाँ से किसी की आवाज नहीं आई थी। वह चक्कर मारकर तैरते हुए वापस ऊपर आ गया और नाव से बँधी एक मजबूत लता को पकड़ रखा था। ऊपर आकर उसने अपनी डोंगी को पकड़ा था और महा को हाथ हिलाकर नीचे किसी के नहीं होने की सूचना दी थी।

"महा, यह पालनौका की मोटी लता है। इसे पकड़कर पालनौका को किनारे ले जाया जा सकता है।" वह डोंगी पकड़े हुए ही महा को नाव की लाताओं का एक छोर दिखाया था और उसे किनारे की ओर खींचने की बात कही थी।

"महा के इशारे पर लता को तीनों डोंगी से जोड़ा गया था और मेध एक डोंगी पर वापस चढ़ गया था। अपने साथियों के साथ मिलकर मेध नाव को खींचते हुए अंतरद्वीप के पश्चिमी छोर पर पहुँच गया था। वहाँ बहुत सारे पेड़ सागर की ओर झुके हुए थे। उनकी टहनियाँ पानी में भी डूबी हुई थीं। वहाँ टहनियों को हटाते हुए जैसे ही मेध ने डोंगी आगे बढ़ाई थी कि उसे वहाँ टहनियों के बीच तट के पास किसी के होने का अहसास हुआ था। वे किसी तरह वहाँ तक पहुँचे थे। मेध शीघ्रता दिखाते हुए डोंगी से कूद गया था, तब तक अन्य साथी नौका को खींचकर किनारे पेड़ में बाँधने लगे थे।

"अथ! अथ मिल गया, अथ मिल गया।" मेध जोर से चिल्लाया था। उसकी आवाज सुनकर दूसरे साथी भी आनंदित हो गए थे। पेड़ की डालियों से बाहर जो डोंगी थी, उस पर बैठे एक साथी ने महा को इशारा किया था, पर महा समझ नहीं पाई थी।

"अथ मिल गया।" उसने सागर दिखाकर उँगलियों से उसकी गहराई दिखाई थी और दोनों हथेलियों को ऊपर उठाकर पुनः जोर से चिल्लाया था, "अथ मिल गया।"

"अहा!" इस बार महा भी समझ गई थी। उसके चेहरे पर खुशी के रंग दिखने लगे थे।

"गरुड़, वहाँ चलो! हाँ, उस ओर। देख लो, तुम्हारे उतरने के लिए जगह है कि नहीं! तुम आसपास भी उतरोगी तो मैं वहाँ चलकर पहुँच जाऊँगी।" महा ने गरुड़ को सहलाकर अंतरद्वीप की उस जगह पर उतरने के लिए कहा था, जहाँ अथ के मिलने की सूचना मिली थी, पर सागर किनारे वहाँ पर बहुत सारे पेड़ थे। उस जगह पर घना जंगल जैसा था। महा के कहने पर गरुड़ थोड़ी दूरी पर नीचे उतर गई थी।

"अरे, यहाँ तो स्वभाल बना हुआ है। गरुड़, तुम यहीं रहना, यहाँ से कहीं जाना नहीं!" कहते हुए महा ने गरुड़ को स्वभाल की ओर दिखाते हुए इशारा किया था। महा अंतरद्वीप के इन जंगलों से ज्यादा परिचित नहीं थी, लेकिन उसने स्वभाल वाली जगह को भाँप लिया था। उसने सँभलकर कदम बढ़ाना शुरू किया था। वह यहाँ पेड़ों पर चढ़कर छलाँग भी नहीं लगा सकती थी। वह भी बहुत खतरनाक हो सकता था। वैसे महा तो हवा में छलाँग लगाने में माहिर थी। पूरे ओखापद में उसके जैसी हवा में छलाँग लगानेवाली कोई दूसरी नहीं थी। वह गुलटनिया मारकर बहुत दूर तक निकल जाती थी।

"जिप…छप्प…!" उसका पाँव एक जगह पड़ा था। पाँव पड़ते ही उसे लग गया था कि उससे भूल हो गई है। उसने शीघ्रता से हवा में छलाँग लगाई और एक पेड़ पर चढ़ गई थी। तब तक दो भाल लताओं से छूटकर सामने के पेड़ में जा धँसे थे। महा ने सावधानी बरतते हुए ऊपर-ऊपर ही पेड़ों की टहनियों पर छलाँग लगाई थी और वह उस जगह पर पहुँच गई थी, जहाँ अथ के मिलने की सूचना मिली थी।

"अथ ठीक तो हैं न, मेध?" वहाँ पहुँचकर पेड़ से नीचे आते हुए महा ने मेध से पूछा था, तब तक मेध उसे सागर से थोड़ा पीछे जमीन पर खींच लाया था। वह दबाव डालकर उसके पेट का पानी निकाल रहा था।

"यह अभी जीवित है, महा! इसकी साँसें तो टूट रही हैं और देह सुन्न पड़ गई है। इसकी नाड़ी का भी पता नहीं चल रहा है। मैंने इसके पेट का पानी तो निकाला है, पर…!"

"पर क्या, मेध?" महा ने विचलित होते हुए पूछा था।

"इसकी स्थिति ठीक नहीं लग रही है, महा। इसे तत्काल औषधालय पहुँचाना पड़ेगा। शायद वहाँ यह बच जाए!" कहते हुए मेध उठा था और पास के एक पेड़ से कुछ बड़े-बड़े पत्ते तोड़ लिये थे। मेध उन पत्तों को अथ के शरीर में लताओं

के सहारे शीघ्रता से बाँध दिया था। शायद उन पत्तों में गरमी बहुत होती थी। उसके शरीर को अभी से थोड़ी गरमी मिल सके, इसके लिए मेध ने पत्ते बाँध दिए थे।

"तुमने मुझे विचलित कर दिया, मेध! मैं इसे अभी गरुड़ पर उठाकर ले जाती हूँ। मुझे इसे बचाना ही होगा।" यह कहते हुए वह स्वयं अथ को उठाने लगी थी।

"तुम चिंता न करो। मैं इसे उठाकर ले चलता हूँ। यहाँ स्वभाल से बचना भी होगा। इसे मैंने ही यहाँ पर लगाया है। मुझे इसके बारे में पता है।" मेध ने महा को निश्चिंत किया था और अथ को अपने कंधे पर उठा लिया था।

"साथियो! तुम लोग डोंगी लेकर ओखा तट की ओर पहुँचो और युग को सूचित करो कि महा अथ को औषधालय ले गई है। ...और हाँ, नौका को यहाँ इस पेड़ से बँधी रहने दो, जिससे कि यह यहीं स्थिर रहे। यह दुबारा हमारे काम आ सकती है।" मेध ने अपनी डोंगी के सभी साथियों को निर्देश दिया था और महा के साथ स्वभाल से बचते-बचाते गरुड़ के पास पहुँचा था। गरुड़ के पास पहुँचकर महा उसे सहलाने लगी थी। उसके सहलाने भर से गरुड़ ने सिर हिलाकर जैसे चलने की अनुमति दी थी। पहले महा गरुड़ पर सवार हो गई थी, उसके बाद मेध की मदद से महा ने अथ को गरुड़ की पीठ पर खींचकर लटका सा लिया था।

"ठीक है मेध, तुम आज अंतरद्वीप में ही आराम करो। तुम भी थक गए होगे!" महा ने मेध को आराम करने को कहा था।

"नहीं महा, मैं भी डोंगी से उस पार आता हूँ। तुम अभी शीघ्र जाओ।" इसी के साथ महा के इशारे से गरुड़ उड़ गई थी। ओखा के तट पर आकाश में गरुड़ को सबने उड़ते हुए देख लिया था। युग की नजर अथ के लटके हुए शरीर पर पड़ी थी। महा ने उसे औषधालय की ओर आने का इशारा किया था।

"अथ मिल गया! अथ मिल गया!"

"हाँ, समझ गया। मैं आता हूँ।" इस खबर से युग के चेहरे पर मुसकराहट आ गई थी। गति के चेहरे पर चमक लौट आई थी और वह असा से लिपट कर खुशी जाहिर करते हुए रो रही थी। उनके साथ वहाँ उपस्थित सैकड़ों लोगों के चेहरे उम्मीद में खिल उठे थे।

"गति, तुम बिल्कुल चिंता न करो। अथ मिल गया है। अब वह ठीक भी हो जाएगा। तुम असा के साथ औषधालय पहुँचो। माँ, मैं वहीं जा रहा हूँ।" कहते हुए युग गज की ओर बढ़ा था।

"अच्छा, तुम जाओ! मैं यहीं ठहर जाऊँगी। तब तक मैं यहाँ भोग बनाती

हूँ। अब सूर्यास्त होने में कुछ समय ही शेष है।" इति ने अपने बेटे युग के सिर पर हाथ फेरा था और युग आगे बढ़कर गज को सहलाते हुए उस पर सवार हो गया था। असा और गति के साथ कई लोग औषधालय की ओर बहुत ही तेज कदमों से गए थे।

"औषधालय चलो, गज!" अपनी देह पर औषधि लपेटे युग गरुड़ पर सवार होकर औषधालय की ओर गया था।

"कोई है? शीघ्रता से यहाँ आओ! अथ को नीचे उतारो!" महा ने गरुड़ पर बैठे हुए ही चिल्लाकर पुकारा था। उसकी पुकार कई लोगों ने सुनी थी। उसकी आवाज सुनकर कुछ युवा वैद्य बाहर निकल आए थे और अथ को गरुड़ से उतारने में महा की मदद करने लगे थे। तब तक वैद्य धनवन भी बाहर निकल आए थे।

"अहा, अथ मिल गया!" वैद्य धनवन के चेहरे पर भी खुशी दिखाई पड़ी थी। अथ को पत्ते में लिपटा देखकर उनके चेहरे पर राहत के रंग दिखाई पड़े थे। उनके निर्देश पर उसे एक कुटिया में जमीन पर ही लिटाया गया। अथ के शरीर से पत्ते हटाए गए।

"बहुत देर तक अथ सागर के ठंडे पानी में पड़ा रह गया।" उसकी नब्ज को टटोलते हुए वैद्य धनवन ने धीमी ध्वनि में कहा था।

"शीघ्रता से लेप लेकर आओ!" उसके पेट को देखकर उन्होंने कहा था। अथ बेहोश पड़ा हुआ था। तभी लकड़ी के बड़े कटोरे में युवा वैद्य ऊदा औषधि का लेप लेकर आया था और उसके शरीर पर लगाने लगा था।

"स्थिति गंभीर है, महा! इन पत्तों ने इसके शरीर को गरम करना तो शुरू कर दिया था, पर…!" वैद्य धनवन ने महा की ओर एक नजर देखकर चिंता जताई थी।

"यह बच तो जाएगा न, आचार्य? इसे बचाना ही होगा।" महा ने चिंतित होते हुए पूछा था और उसे बचा लेने का हठ भी दिखाया था। तभी वहाँ युग प्रवेश किया था।

"इसकी स्थिति बहुत गंभीर और स्थिर है। इसकी साँसें भी टूट रही हैं।" कहते हुए वैद्य धनवन ने उसके मुँह में बूँद-बूँद कर कुछ जड़ी-बूटियों का रस डालना शुरू किया था।

वैद्य धनवन ने युग की ओर देखते हुए कहा था, "उरी, तुम इसके मुँह में बूँद-बूँद औषधि देती रहो। मैं आकर देखता रहूँगा। यदि तुम थकने लगो तो ऊदा या किसी और युवा वैद्य को यहाँ बैठा सकती हो। अथ तुम्हारी देखरेख में रहेगा। यदि

इसने रात काट ली तो यह बच जाएगा।" गुरु धनवन ने उरी को यह जिम्मेदारी देते हुए बहुत गंभीर बात कही थी। युग तो चुपचाप हतप्रभ सा अथ को देखे जा रहा था।

"ठीक है आचार्य, मैं औषधि पिलाती रहूँगी।" कहते हुए उरी वहीं बैठ गई थी और अथ के मुँह में बूँद-बूँद औषधि देने लगी थी। उसके पूरे शरीर पर औषधि का लेप चढ़ाया जा चुका था, तभी वहाँ असा के साथ गति पहुँची थी। लगभग लपकते हुए गति चारपाई के पास जाकर अथ के ललाट को छुआ था।

"मैं आ गई, अथ! आँखें खोलो, अथ!" गति बिल्कुल बावली सी होने लगी थी। उसकी बगल में बैठते हुए महा ने उसे पकड़ लिया था।

"धीरज धरो गति, अभी अथ की स्थिति गंभीर है। प्रार्थना करो कि वह शीघ्र स्वस्थ हो जाए। मैंने कहा था न कि मैं अथ को लेकर ही लौटूँगी! देखो, अथ तुम्हारे सामने है। बस, अब शीघ्र ही वह उठ बैठेगा।" महा ने उसे फिर से सांत्वना देने की कोशिश की थी।

"महा, यह बोल क्यों नहीं रहा है? कुछ बोलो, अथ!" गति विचलित होते हुए अथ के चेहरे के रंग और उसके भाव को पढ़ने की कोशिश कर रही थी।

"वह अभी होश में नहीं है, गति। हमें उसके स्वस्थ होने की प्रार्थना करनी होगी, गति।" महा ने उसके कंधे पर हाथ रखते हुए। फिर उसे सांत्वना देने की कोशिश की थी और प्रार्थना करने को कहा था।

"अथ ठीक हो जाएगा न, आचार्य?" गति उस विचलन में वैद्य धनवन से आश्वस्त होना चाह रही थी।

"तुम्हारी प्रार्थना ही इसे बचा सकती है, गति। सच कहूँ तो इसकी स्थिति बहुत गंभीर है। औषधि लगा दी गई है और उसे गरमी देनी के लिए यह औषधि मुँह से पिलाई जा रही है। यदि अथ ने रात भर निकाल लिया, तब यह बच जाएगा।" वैद्य धनवन ने गति के कंधे पर हाथ रखते हुए कहा था। यह सुनकर गति के होश उड़ गए थे। उसके मिलने की खबर से जो एक उम्मीद मिली थी, वह धूमिल होने लगी थी।

"आह! यह क्या कह रहे हैं, वैद्य धनवन? अथ, मुझसे बहुत नेह करता है। यह इस तरह मेरा साथ नहीं छोड़ सकता।" कहते हुए गति रोने लगी थी। उसकी आँखों से झर-झर आँसू बहने लगे थे। वह लगातार बुदबुदाए जा रही थी।

"स्वयं को सँभालो, गति! प्रार्थना करो! तुम्हारी प्रार्थना से अथ स्वस्थ हो जाएगा।" महा ने गति को अपनी एक बाँह में भरते हुए उसे समझाने की कोशिश

की थी। युग को तो जैसे काठ मार गया था। वह वहीं खड़ा अपनी दोनों बाँहों को आपने हाथों से पकड़े चुपचाप अथ को देखे जा रहा था।

"महा, तुमने तो कहा था कि खोयावाली मिठाई बहुत शुभ होगी, पर···!" कहते हुए रोने लगी थी, गति।

"धैर्य रखो, गति! वैद्य धनवन औषधि दे रहे हैं न! अथ अवश्य स्वस्थ हो जाएगा।" महा बार-बार गति को समझाने की कोशिश कर रही थी।

"वैद्य गुरु! वैद्य गुरु!" उरी ने वैद्य धनवन की ओर विचलित होते हुए देखा था।

"क्या हुआ, उरी?" वैद्य धनवन कुछ समझते हुए अथ के करीब आ गए थे।

"अथ के मुँह में औषधि नहीं जा रही है, वह बाहर ही टघर जा रही है।" उरी ने विचलित होते हुए वैद्य धनवन की ओर देखकर कहा था।

"आह!" वैद्य धनवन ने अथ की नाड़ी टटोली थी। उसकी साँसों और धड़कनों को समझने की कोशिश की थी, पर अब वे बंद हो चुकी थीं और अथ निष्प्राण हो चुका था।

□

19

जंबू राज्य का विस्तार

"प्रणाम महागुरु! प्रणाम महागुरु!" इली, बो और सुर ने आते हुए महागुरु को प्रणाम किया था। महागुरु सुधि पेड़ के नीचे अपने लेखन-आसन पर बैठी थीं। उनके लेखन-स्थल पर सामने और उनकी बगल में बहुत सारे लिखे और सादे पत्ते रखे हुए थे। पास में ही चमड़े का थैला रखा हुआ था, जिसमें वे 'महायुग' ग्रंथ के लिखे हुए पत्ते रखती जाती थीं।

"आओ प्रमुखगण, हमेशा आनंदित रहो। तुम सब कैसे हो? तुम्हारे कबीले के लोग कैसे हैं?"

"सब कुशल से हैं महागुरु, परंतु···!" कहते हुए बो ने इली और सुर की ओर देखा था।

"परंतु, परंतु क्या बो?" महागुरु सुधि ने बो की ओर देखते हुए पूछा था।

"तीन दिनों, पहले कुछ पराओं ने शिकार करते हुए पूरब दिशा से घुसने का प्रयास किया था। उनमें से दो लोग तो स्वभाल से आहत होकर अजीव हो गए और संभवतः दो लोग स्वयं को बचाकर भागने में सफल हो गए। शायद उनमें से कोई आहत भी हुआ है। जब हम वहाँ पहुँचे तो दो अजीव परा वहाँ लताओं में उलझे हुए थे। हमने उन्हें वहाँ से निकालकर पशुओं को दे दिया और उस स्थान पर पुनः लताओं से पेड़ों में स्वभाल फँसाकर बाँध दिया है। यदि वे बचे हुए परा सुरक्षित अपने कबीले में पहुँच गए होंगे, तब वे हमारे स्वभाल के बारे में वहाँ सभी को बताएँगे, क्योंकि अब उन्हें यह पता चल चुका है कि हमने जंगलों में स्वभाल लगाया है।" बो ने विस्तार से पराओं की घुसपैठ की कहानी सुनाई थी।

"इसका तात्पर्य यह है कि अपने पराओं के अजीव होने पर वे हमारे ऊपर प्रतिघात भी कर सकते हैं!" महागुरु ने कुछ सोचते हुए कहा था।

"यह संभव है, महागुरु! मैं यह नहीं जान पाया कि वास्तव में वे उस समय कितनी संख्या में थे? दो पराओं की मृत देह मिली है और भूमि पर अधिकतम चार से पाँच पराओं के पैरों के चिह्न दिखाई पड़े हैं।" बो ने थोड़ा और स्पष्ट किया था।

"ऐसी घटना हो, न हो, वे कभी भी हमारे ऊपर हमला कर देते हैं। परंतु अब इस घटना के बाद उनके प्रतिघात की संभावनाएँ बढ़ गई हैं। हमें अब सचेत होकर उनके प्रतिघात की तैयारी करनी होगी।" महागुरु ने विचार करते हुए, नए युद्ध की तैयारी शुरू करने की बात की थी।

"तुम्हारे पास कुल कितने योद्धा हैं, बो?" महागुरु ने रुककर फिर बो से उसकी तैयारी समझनी चाही थी।

"हमारे पास लगभग सत्तर योद्धा हैं, महागुरु! जिनके पास भाला, धनुष-बाण और तिरसू हैं। वैसे हमारे सभी वयस्कों के पास अस्त्र हैं। हमारे किन्नर साथी अस्त्र बनाने में दक्ष हैं। इसके अलावा स्वभाल की सुरक्षा अलग है।" बो ने अपनी पूरी सुरक्षा की स्थिति बताई थी।

"तुम्हारे पास, सुर, इली?" महागुरु यह जानती थीं कि अपेक्षाकृत उनका छोटा कबीला है, इसलिए वहाँ योद्धा भी कम होंगे और अस्त्र भी; पर वे कुल संख्या का आकलन करना चाह रही थीं।

"हम सारे व्यस्क किसी भी स्थिति में तैयार रहते हैं, पर हमारे पास सुरक्षा को ध्यान में रखकर बत्तीस योद्धा हैं, जिनके पास सारे आयुध हैं।" इली ने अपने कबीले की जानकारी दी थी।

"तुम्हारे पास, सुर?" महागुरु ने सुर की ओर देखकर आश्वस्त होना चाहा था।

"मेरे यहाँ भी सभी वयस्कों के पास अस्त्र हैं, महागुरु! चौदह वर्ष की उम्र से लेकर सौ वर्ष की उम्र तक के लोगों के पास अस्त्र हैं। हमारे पास कुछ किन्नर साथी भी हैं, जिनके पास सुरक्षा का विशेष दायित्व है। वे हमेशा अस्त्र बनाने और कबीले के बाहरी हिस्से पर आँखें गड़ाए रखती हैं। हमने ऊरा को योद्धाओं का मुखिया बना दिया है। सुरक्षा का पूरा दायित्व उस पर है। वही यह सुनिश्चित करता है कि हमें अपने कबीले की रक्षा करने के लिए क्या करना है और कैसे करना है! उसके परामर्श को हम सभी पूरा महत्त्व देते हैं, भले ही अंतिम निर्णय मेरा ही होता है।" सुर ने विस्तार से अपने कबीले के बारे में बताया था। उसने योद्धाओं के एक अलग मुखिया की जानकारी दी थी, जो वहाँ सभी के लिए नई बात थी। अब तक

सभी कबीलों के प्रमुख ही सबकुछ होते रहे हैं, पर उसने रक्षा के लिए एक अलग मुखिया की बात कहकर सबको चौंका दिया था।

"सुरक्षा के लिए एक अलग मुखिया बनाने की तुम्हारी बात मुझे विशेष लगी। वैसे हमारे पास योद्धाओं की संख्या पर्याप्त है। ओखा और अंतरद्वीप के एक होकर जंबू बनने के बाद उनके पास युद्ध करनेवालों की संख्या लगभग सात सौ के आसपास है। तुम सबको मिलाकर यह आठ सौ से भी अधिक की संख्या हो जाती है। यह पर्याप्त संख्या है। अब तक पराओं ने जो भी हमले किए हैं, उनमें साठ-सत्तर से अधिक की संख्या नहीं रही है। यदि वे सौ या दो सौ की संख्या में भी आ जाएँ तो उनकी तुलना में हम बहुत अधिक होंगे। बस, ध्यान यह रखना होता है कि उनके प्रारंभिक हमले को भाँप लिया जाए या प्रारंभिक प्रहार को झेल लिया जाए तो हम बहुत आसानी से उन्हें मार सकते हैं। परंतु जब हम उन पर आक्रमण करेंगे, तो हमें सबसे पहले उनका संपूर्ण आकलन करना होगा कि उनके पास कुल कितने योद्धा हैं? उनके पास अस्त्र कितने हैं? उनकी कुछ सूक्ष्म क्षमता और अक्षमता क्या है?" सभी कबीले के योद्धाओं की संख्या का आकलन करते हुए महागुरु ने युद्ध का गणित बैठाना शुरू किया था। वे बहुत बारीकी से यह समझने का प्रयास कर रही थीं कि दुश्मन की शक्ति और उसकी कमजोरी क्या है?

"जंबू तो राज्य है, महागुरु! यह हमसे बहुत बड़ा भी है। ओखा और अंतरद्वीप के मिल जाने के बाद यहाँ की संख्या दो हजार के पास पहुँचने वाली है। हम लोगों के तीनों कबीलों को मिलाकर कुल संख्या सात सौ के आस-पास पहुँचने वाली है, इसलिए इनके पास योद्धा और अस्त्र बहुत हैं।" बो ने एक तरह से जंबू की श्रेष्ठता ही बताने की कोशिश की थी।

"तुम ठीक कह रहे हो, बो! इसलिए ऐसे समय में हमें मिलकर काम करना चाहिए। तुम्हारी ओर हो या किसी और कबीले की ओर, हमें मिलकर ऐसी तैयारी करनी चाहिए कि परा चाहे जिस ओर से भी आक्रमण करे, हमें उसे मार देना है। यदि हमने उस पर आक्रमण किया तो उनकी हार सुनिश्चित रहे। यह मिलकर ही संभव हो सकता है, बो।" महागुरु सुधि अपनी आँखों को सिकोड़कर कुछ गहरी बात कहना चाह रही थीं।

"यह आपने सही कहा, महागुरु! हमने अपने विरोध और कटुता को भुलाकर प्राथमिक स्तर पर एका करके स्वभाल का निर्माण तो किया ही है। अब हम सब भी यही चाहते हैं कि मिलकर उनका सामना करें और उनके पूर्ण सफाए का प्रयास

करें।" इली ने अपने मन की बात कही थी।

"प्रणाम महागुरु! प्रणाम महागुरु!" महा और युग आश्रम में प्रवेश करते हुए पेड़ के पास आए थे और उन्होंने महागुरु सुधि को प्रणाम किया था।

"आओ राजन्-द्वय, सदैव आनंदित रहो।" महागुरु ने मुसकराकर उनकी ओर देखा था और राजन्-द्वय के संबोधन के साथ आशीर्वाद दिया था। उनके आशीर्वाद से महा और युग के चेहरे पर भी मुसकराहट फैल गई थी। वे थोड़ा और आगे बढ़े थे।

"प्रणाम महा! प्रणाम युग!" तीनों कबीले के प्रमुखों ने उन्हें प्रणाम किया था।

"आप सभी को भी मेरा प्रणाम!" महा और युग ने एक साथ उन्हें प्रणाम किया था।

"तुम कैसे हो, युग? तुम्हारा स्वास्थ्य कैसा है?" इली ने उसकी ओर देखते हुए पूछा था।

"मैं बिल्कुल स्वस्थ हूँ, इली। जब मेरे साथ महा है तो मेरा क्या होगा! इसके प्रेम ने मुझे पूरी तरह स्वस्थ कर दिया। मेरी शक्ति तो यही है।" महा की ओर देखते हुए युग ने कहा था और वह खुलकर हँसा था। महा ने प्रेम से उसकी ओर देखा था और वह भी हँसने लगी थी। उनके साथ महागुरु भी हँस पड़ी थीं और साथ में सभी प्रमुखगण भी हँसने लगे थे।

"अच्छा!" महा के मुँह से हँसी के साथ बस यही शब्द निकले थे।

"महागुरु, महा ने मेरी लाज बचा ली। उस दिन इसके नेतृत्व की वजह से हमारा पूरा दल आज सुरक्षित है। इसने और इसके दल के साथियों ने लगभग सभी के प्राण बचाए हैं। आज मैं भी इसलिए आपके सामने खड़ा हूँ कि महा ने बड़ी वीरता से मुझे नौका के नीचे से खींचकर बाहर निकाला। यह अपने गरुड़ से सागर में उतरी, जबकि सागर में तैरने का अधिक अभ्यास इसे नहीं था। इसने नौका के नीचे जाकर लताओं को अपने दाँतों से कुतरकर काटा और मेरे पैर को उससे मुक्त कराया। मैं तो नमकीन और ठंडा पानी अधिक पी लेने के कारण अचेत ही हो गया था। उस समय तक मैं महा की कुछ ध्वनियाँ सुन पा रहा था। इसने अपने प्राण संकट में डालकर लताओं को काटने के लिए मुँह खोल लिया था और सागर के पानी की कई घूँट गुटक लिया था।" कहते हुए युग अब भी मुसकरा रहा था, पर उसकी आँखों में महा के लिए विशेष सम्मान दिख रहा था। आज कई दिनों बाद वे यहाँ आए थे। उसने महागुरु को देखते हुए उन कबीले के प्रमुखों की ओर देखा था।

"तुमने तो यह बहुत बड़ी बात बताई है, युग। महा ने यदि केवल तुम्हें बचाया होता तो यही लगता कि तुम तो उसके संगी थे, इसलिए उसने अपने प्राणों की अनदेखी करते हुए तुम्हें बचा लिया; पर बाद में अथ को ढूँढ़कर और उसे अपने गरुड़ पर साथ लेकर औषधालय पहुँचाया, यह बड़ी बात थी। भले ही अथ को बचाया नहीं जा सका, पर महा ने अपनी ओर से पूरा प्रयास किया। इससे यह पता चलता है कि महा ने अपने राजन् होने का सर्वश्रेष्ठ प्रमाण दिया है। अपनी वीरता से कोई भी कबीला का प्रमुख या राजन् बन सकता है, परंतु सर्वश्रेष्ठ प्रमुख या राजन् वही है, जिसके लिए हरेक लोग महत्त्वपूर्ण हैं। अपने जन के लिए जिनके मन में अनुराग है, प्रेम है।" महागुरु यह कहती हुई खड़ी हो गई थीं। वे आगे बढ़कर महा के पास आई थीं। अपनी तारीफ में महा बस मुसकरा रही थी। वह कभी युग को तो कभी पेड़ के साथ महागुरु को देखने लगती। अत्यधिक बड़ाई में उसके चेहरे पर कुछ लज्जा के रंग भी दिखाई पड़ने लगे थे। उसके पास आकर महागुरु ने उसे गले से लगा लिया था।

"तुमने अपनी माँ ओखा की इच्छा के अनुरूप कार्य किया है, महा! तुम जैसा श्रेष्ठ योद्धा संसार में इससे पहले नहीं हुआ है।" महागुरु सुधि ने उसे गले से लगाते हुए यह बात कही थी। भावुक होते हुए महा अपना सिर झुकाने लगी थी। उसकी पलकें भी झुक गई थीं। महागुरु ने उसे स्वयं से अलग किया था, तब उसने जमीन पर झुककर उनके पैर पकड़ लिये थे। महागुरु ने उसकी दोनों बाँहों को पकड़कर उठाया था और उसे पुनः गले से लगा लिया था। वह सुंदर दृश्य युग सहित सभी प्रमुखगण खड़े होकर देख रहे थे। कुछ देर तक मानो सबकुछ ठहर सा गया था। महागुरु की आँखों से भी आँसू बहने लगे थे और महा भी उनसे गले लगकर रो रही थी। ऐसा लग रहा था, जैसे बिछुड़ी हुई माँ-बेटी बहुत समय बाद आकर मिली हों।

"महा!" युग ने महा की पीठ सहलाई थी। उसकी आवाज सुनकर दोनों इस बहाव से सचेत हुए थे और फिर अलग हुए थे। महागुरु ने भी आँखें पोंछीं और महा ने भी।

"आओ, महा, युग! यहाँ ऊपर का स्थान ग्रहण करो।" महागुरु ने अपनी बगल में दोनों को बैठने के लिए कहा था।

"नहीं महागुरु, हम यहीं ठीक हैं।" कहते हुए दोनों उनके सामने ही अन्य कबीले प्रमुखों के साथ बैठ गए थे।

"आज तुमने मेरी बेटी संकरी की याद दिला दी, महा।" महागुरु ने महा की ओर देखते हुए कहा था।

"वे कहाँ हैं, महागुरु? वे आज भी···!" महा ने प्रश्न को अधूरा छोड़ दिया था।

"मैंने बताया था न उस दिन। उसने कुछ समय पहले वारी कबीले में एक आश्रम की शुरुआत की है।" महागुरु ने बेटी के बारे में बताया था। उनके बताने पर महा को याद आ गया था।

"वारी? वह तो पराओं···?" महा ने थोड़ा आश्चर्य करते हुए पूछा था।

"हाँ, मेरी बेटी ने एक परा को अपने संगी के लिए चुना था, इसीलिए मुझे उसे यहाँ से जाने के लिए कहना पड़ा। यहाँ किसी परा को रहने की अनुमति नहीं थी। वह उसी के साथ रहना चाहती थी, इसलिए उसे यहाँ से जाना पड़ा।" महागुरु की आँखों में कई चित्र, कई रंग आने-जाने लगे थे।

"वे कितनी बड़ी हैं, महागुरु?" महा ने फिर प्रश्न किया था।

"आज से सत्तावन साल पहले उसने एक परा को अपना संगी बना लिया था। उस समय वह सोलह वर्ष की थी।" महागुरु के मन के भीतर बहुत-कुछ दबा पड़ा था। वह बस कुछ टुकड़ों में बाहर छलक रहा था। अपनी बेटी के बारे में बताते हुए वे भूली-बिसरी यादों को जैसे साफ करने लगी थीं।

"क्या उसके बाद आप उससे कभी नहीं मिलीं?" महा के सवाल बढ़ते जा रहे थे।

"सत्तावन साल बाद, कुछ ही दिनों पहले वह यहाँ मिलने आई थी। इतने सालों बाद उसे देखकर मैं पहचान भी न सकी थी। उसके बाल भी सफेद हो चले थे।" महागुरु गहराइयों में खोती जा रही थीं।

"इससे पहले न कभी आपको उनकी याद आई और न ही उनको?" महा ने फिर छोटा सा प्रश्न किया था।

"मैं तो हर वर्ष हिमकाल के बाद वसंत माह के पहले पूनम को उसे याद करती थी। चंद्रमा को देखकर मैं हमेशा प्रार्थना करती थी कि वह लौट आए, पर वह नहीं आई। मैंने भी कभी उससे मिलने का प्रयास नहीं किया। मुझे पता चल गया था कि वह नदी के किनारे अपना घर बना कर रह रही है, पर···!" कहते हुए महागुरु चुप हो गई थीं।

"आश्चर्य है, महागुरु कि जानते हुए भी आपके मन में अपनी बेटी से मिलने

की इच्छा नहीं हुई और न ही उनके मन में यह इच्छा हुई।" महा ने चकित होते हुए सवाल किया था।

"हाँ, कुछ ऐसा ही रहा। …पर वह समय तो अब बीत गया।" महागुरु सुधि ने लंबी साँस लेकर कहा था।

"तो इतने वर्षों बाद उन्हें आपसे मिलने की इच्छा क्यों हुई?" इस बार युग ने प्रश्न किया था।

"वह यहाँ, इस गुरुकुल में अपने कबीले के बच्चे को पढ़ने—ज्ञान अर्जन करने के लिए भेजना चाहती थी।" महागुरु ने यह नई जानकारी दी थी।

"तो आपने क्या कहा, महागुरु?" युग ने फिर प्रश्न किया था।

"मैंने उससे कहा कि यह तो संभव नहीं है। उसके बार-बार आग्रह करने पर मैंने उसे उसके कबीले में ही आश्रम शुरू करने की राय दी। इस बात पर वह सहमत तो हुई, परंतु उसने इसके लिए मेरा सहयोग माँगा। यदि कोई शिक्षित होना चाहता है, तब मैं भला उसे मना कैसे कर सकती हूँ! वैसे वो ज्ञान एक प्रकार से किसी व्यक्ति, समाज या किसी राज्य के उत्थान का सूचक होता है। ज्ञान ही सामाजिक चेतना को विकसित करता है। ज्ञान से ही संस्कृति और सभ्यता का विकास होता है। ज्ञानी लोग भला और बुरा दोनों का हरेक प्रकार से आकलन करते हैं, जबकि अज्ञानी केवल अपनी क्षुधा के बारे में सोचते हैं। उन्हें इस बात से कोई सरोकार नहीं रहता है कि सामाजिक-सांस्कृतिक जीवन के लिए क्या उचित है और क्या अनुचित! इसलिए मैंने उसे सहयोग करने की सहमति दे दी।" महागुरु ने एक विशेष संस्कृति के ज्ञान के साथ पूरी बात बताई थी।

"क्या आपकी बेटी का संगी भी उसके साथ आया था?" इस बार महा ने आश्चर्यजनक प्रश्न किया था। महागुरु से आज तक किसी ने इस प्रकार का प्रश्न नहीं किया था। इस प्रश्न के साथ महा एक राजा की भूमिका में दिखने लगी थी।

"नहीं, वह जीवित नहीं है। एक दुर्घटना में उसकी मौत हो गई।" महागुरु ने गहरी साँस लेते हुए बताया था।

"अब उनके कबीले में कितने सदस्य हैं, महागुरु?" महा ने फिर यह प्रश्न किया था।

"संभवतः सत्तर सदस्य हैं, जिनमें अठारह के आसपास विद्यार्थी हैं, जिनके लिए वह यहाँ आई थी।" महागुरु ने कबीले की संख्या के साथ विद्यार्थियों की संख्या भी बताई थी।

"आप चाहतीं तो उनके बच्चों को यहाँ ज्ञान अर्जित करने के लिए रख सकती थीं, पर आपने ऐसा क्यों नहीं किया, महागुरु? यहाँ शिक्षा देने का पूर्ण अधिकार तो आपका है।" महा ने पुनः एक सवाल कर दिया था और उनके विस्तृत अधिकारों की याद दिलाई थी। उसकी उत्सुकता जैसे खत्म ही नहीं हो रही थी।

"यदि उसके बच्चे यहाँ पढ़ेंगे और ज्ञान अर्जित करेंगे, तब हमारे कबीले के बच्चों के साथ वे घुल-मिल जाएँगे। इसी सोच के साथ मैंने उन्हें अलग ही रखना उचित समझा।" महागुरु ने गहरी बात कही थी।

"आपकी बेटी तो उस परा के साथ गुरुकुल में नहीं थीं न? फिर वे कैसे घुल-मिल गईं?" महा ने अजीब सा सवाल किया था। महागुरु निरुत्तर सी महा को देखती रहीं, पर मुसकराते हुए उनके चेहरे पर अब भी एक खास तरह की चमक थी।

"आपने ऐसा निर्णय लिया है तो वह निश्चित ही सही होगा महागुरु, पर यदि आप चाहें तो उन्हें जंबू राज्य के साथ जोड़ सकती हैं।" महा ने अब एक राजा की तरह स्पष्ट सोच प्रस्तुत की थी। इस तरह की बुद्धिमानी से कोई राजा ही नीतिगत बात कर सकता है।

"अर्थात् तुम क्या कहना चाहती हो?" महा के मुँह से कुछ स्पष्ट बात सुनने की उत्सुकता के साथ महागुरु ने सवाल किया था।

"मेरा तात्पर्य यह है कि हमारे जंबू राज्य का पूर्वी-दक्षिणी कोना बहुत ही असुरक्षित है। यदि उन्हें अपने साथ मिला लिया जाए तो हमारी शक्ति बढ़ जाएगी।" इस बार महा ने एक बुद्धिमान राजनीतिज्ञ की तरह महागुरु को समझाया था। अब वह एक चतुर नेतृत्वकर्ता की तरह लग रही थी।

"यदि तुम चाहो और युग को भी कोई आपत्ति न हो तो यह सुझाव स्वीकार किया जा सकता है। राज्य की नीति की दृष्टि से यह अच्छा सुझाव है, महा।" महागुरु की आँखों में एक चमक दिखाई पड़ी थी। उन्होंने पहली बार किसी को इस तरह से सोचते हुए देखा था।

"मुझे कोई आपत्ति नहीं है, महागुरु। यदि आप चाहें तो उन्हें जंबू में अवश्य जोड़ें, इससे हमारी शक्ति बढ़ेगी ही। वैसे आप यहाँ का हित-अहित हमसे बेहतर समझती हैं। आपका निर्णय हमें स्वीकार होगा।" युग ने बड़े आदर के साथ महागुरु को अपनी सहमति दी थी।

"मेरी राय में यह कई अर्थों में बहुत उचित निर्णय होगा। उनके पास सिंहों

की सवारी है। वे सिंहों को पालने में कुशल हैं। उनके पास कुछ अलग प्रकार के कँटीले वज्र हैं। उसके एक ही प्रहार से वीर योद्धा भी घात खाकर अजीव हो जाता है। उन्हें पराओं के बारे में सारी जानकारी है। परा कहाँ रहते हैं? उनकी कितनी संख्या है? उनकी शक्ति और उनकी दुर्बलता क्या है? उन्हें सब पता है। उन्हें जोड़ना हमारे लिए भी हितकर होगा और उनके लिए भी।" महागुरु ने मुसकराते हुए अपनी सहमति दी थी।

"यह आपका दायित्व है। आप उनसे बात करें।" महा ने अपनी ओर से महागुरु को अधिकृत किया था।

"ठीक है, मैं वहाँ के गुरुकुल में जाकर उन्हें अपने साथ जोड़ने का प्रयास करूँगी। मुझे पूरा विश्वास है कि वे इस बात से सहमत होंगे, शायद वे हर्षित भी हों! अब अपने पड़ोस के कबीलों के प्रमुखों से बात करो।" महागुरु ने सहमति देते हुए पड़ोस के कबीलो से आए प्रमुखों की ओर इशारा करते हुए कहा था।

"हाँ महागुरु, वैसे इन्हें मैं स्वयं से अलग नहीं समझती हूँ।" कहते हुए महा मुसकराई थी।

"बो, मुझे तुम्हारे कबीले के एक साथी से पता चला कि वहाँ पराओं ने घुसपैठ किया था?" युग ने बो की ओर देखते हुए पूछा था।

"हाँ युंग, तुम्हारे यहाँ आने से पहले यही जानकारी मैं महागुरु को दे रहा था।" बो ने संक्षिप्त जानकारी देने की कोशिश की थी।

"हमें मिलकर इन्हें पूरी तरह समाप्त करना ही होगा!" युग ने उसकी ओर देखते हुए एक पंक्ति में एक महत्त्वपूर्ण बात कहने की कोशिश की थी।

"मेरा एक परामर्श है, बो।" उनकी बातों को सुनकर महा ने युग की बात को आगे बढ़ाते हुए कहा था।

"कहो, महा।" बो ने उसकी ओर देखते हुए उत्सुकता दिखाई थी।

"मेरा यह केवल प्रस्ताव है। तुम मेरे प्रस्ताव को मानने या न मानने के लिए पूरी तरह स्वतंत्र हो। यदि तुम नहीं मानोगे तो भी हमारा एका बना रहेगा।" महा ने एक कुशल राजनीतिज्ञ की तरह प्रस्ताव रखने से पहले एक भूमिका बनाई थी।

"महागुरु हम सबकी हितकारी हैं। तुम और युग दोनों ही एक वीर एवं संवेदना से भरे जंबू के राजन् हो। बिना किसी हिचक के तुम जो प्रस्ताव रखना चाहती हो, वह कहो।" बो ने अन्य कबीलों के प्रमुखों की ओर देखते हुए कहा था।

"ओखा और अंतरद्वीप के मिलन की तरह जंबू राज्य में गोमती, अनार्तक

और चक्र का मिलन कर लो।" इतना कहकर महा चुप हो गई थी और सभी के चेहरे को जैसे पढ़ने की कोशिश कर रही थी। कुछ देर तक तीनों कबीलों के प्रमुखों ने एक-दूसरे को देखा था और फिर वे महागुरु की ओर देखने लगे थे।

"मुझे तुम्हारा प्रस्ताव स्वीकार है, महा। चक्र की ओर से मैं कबीले की प्रमुख इली जंबू राज्य में शामिल होने की घोषणा करती हूँ।" इली ने मुसकराते हुए महागुरु की ओर देखा था। उसे महागुरु ने आँखों-ही-आँखों में इस प्रस्ताव को स्वीकार करने का इशारा किया था और इली ने यह घोषणा कर दी थी। उसकी घोषणा से महा और युग के चेहरे पर मुसकराहट के साथ अनेक रंग उतर आए थे।

"मैं महागुरु के सामने अपने कबीले गोमती का प्रमुख होने के नाते जंबू राज्य में शामिल होने की घोषणा करता हूँ।" बो ने मुसकराते हुए यह महत्त्वपूर्ण फैसला लिया था। इन तीनों में उसका कबीला सबसे बड़ा और सामर्थ्यवान था।

"महागुरु के सामने मैं अनार्तक प्रमुख सुर जंबू राज्य में शामिल होने की घोषणा करता हूँ।" सुर की घोषणा के साथ ही महागुरु खड़ी हो गई थीं।

"तुम सबको बधाई! अब जंबू राज्य पाँच कबीलों का राज्य हो गया। छठे कबीले को भी शीघ्र ही इसमें शामिल कर लिया जाएगा। इसके बाद प्रेम या शक्ति से दूसरे कबीले को भी इसमें शामिल कर राज्य का विस्तार किया जाएगा। अब इस राज्य के राजन्-द्वय महा एवं युग का दायित्व है कि वे सभी के साथ बैठकर जंबू राज्य को मजबूत करें और इसका विस्तार करें! मैं तुम सभी को एक सुंदर राज्य की स्थापना के लिए बधाई देती हूँ।"

"गोमती कबीले के प्रमुख बो, अनार्तक के प्रमुख सुर और चक्र की प्रमुख इली का मैं आभार व्यक्त करती हूँ कि आप सबने हमारा प्रस्ताव स्वीकार किया। मैं युग की ओर से और जंबू राज्य की ओर से तुम सब को धन्यवाद देती हूँ। मुझे विश्वास है कि हम सब मिलकर इस राज्य के लिए एक नियम तैयार करेंगे और प्रेम से एक-दूसरे के हित का ध्यान रखते हुए आज से और अभी से जंबू राज्य के हरेक 'यह' की सुरक्षा और सुविधा का ध्यान रखेंगे।" महा ने अपनी बात खत्म कर सभी को हाथ जोड़कर प्रणाम किया था। उसका अनुसरण करते हुए युग ने भी सभी को प्रणाम करने के साथ ही धन्यवाद दिया था। प्रत्युत्तर में उन सभी ने भी हाथ जोड़कर एक-दूसरे को प्रणाम किया था और जंबू राज्य में शामिल होने के लिए खुशी जताई थी।

□

"फाइनली सभी कबीलों ने एक राज्य के रूप में काम करने के महत्त्व को समझा। महा तो गजब की नेतृत्वकर्ता है और महागुरु की भूमिका किसी नायक से कहीं अधिक है।" मिथ यह कहते हुए अपनी कुरसी से उठकर कॉफी मशीन के पास गई थी। वहाँ उसने अपने लिए कॉफी निकालते हुए पूछा था, "क्या तुम कॉफी लोगे, गणी?"

"हाँ, ले आओ, मिथ। वैसे भी तुम कॉफी पूछोगी तो मैं मना नहीं करूँगा। भले ही वह ऑफिस की मशीन की कॉफी ही क्यों न हो।" गणी कंप्यूटर सिस्टम को पॉज करते हुए हँसा था।

कॉफी लेकर मिथ भी हँसते हुए गणी के पास आई थी और उसे कॉफी का कप थमाते हुए बोली, "तुम्हारे साथ बाहर कॉफी-शॉप में भी कॉफी पीना मुझे अच्छा लगेगा, गणी।"

"अच्छा, वाह! तुमने यह कहकर मेरी इज्जत बढ़ा दी।" गणी ने हलकी सी चुटकी ली थी।

"ऐसा कुछ भी नहीं है, गणी। अब तुम मेरा मजाक उड़ा रहे हो।" मिथ ने मुसकराते हुए ही मुँह बनाया था।

"सॉरी, सॉरी माई डियर मिथ, सॉरी! क्या आज शाम में हम लोग 'कॉफी किंग' चलें?" गणी ने आँखें झपकाकर बड़े प्यार से मिथ की आँखों में झाँका था और मुसकराते हुए पूछा था।

"रहने दो, अब मैं अपना और मजाक नहीं उड़वाना चाहती हूँ।" मुसकराते हुए मिथ अपनी कुरसी पर आकर बैठ गई थी।

"सॉरी यार, अब इतनी छोटी बात पर नाराज तो न होओ!" गणी की आँखों में अनुरोध-भाव दिखने लगा था।

"अरे, ठीक है, बाबा! मैं नाराज नहीं हूँ। चलो, आज का काम खत्म कर हम लोग सीधे यहीं से चलते हैं।" मिथ ने मुसकराते हुए गणी की ओर देखा था और गणी ने भी उसे देखकर मुसकराया था।

"अरे, साढ़े छह बज चुके हैं। ...और कितना काम करने का इरादा है, मिथ?" गणी ने घड़ी की ओर एक नज़र देखते हुए कहा था।

"सही में, काम करते हुए समय का पता ही नहीं चलता है। चलो, काम बंद किया जाए। आगे का काम कल होगा।"

"ठीक है, तो तुम मेरे साथ 'कॉफी किंग' चल रही हो न, मिथ?" गणी ने

अपने सिस्टम को बंद करते हुए मुसकराकर पूछा था।

"जरूर, पर मैं अपनी गाड़ी ले लूँगी। वहीं से सीधे घर निकल जाऊँगी। मैं वहीं पहुँचती हूँ और तुम भी वहीं पहुँचो।" मिथ ने अपने बैग में सामान समेटकर रखते हुए कहा था।

"ठीक है, तुम वहीं पहुँचो। ओ.के. चिंतक, कल मिलते हैं।" कहते हुए गणी ने अपना बैग उठाया था और वहाँ से साथ-साथ निकलने लगे थे।

□

20

मिथ और गणी का प्रेम

"हाँ, मैं यहाँ हूँ।" गणी ने 'कॉफी किंग' के सामने ही अपनी गाड़ी पार्क की थी और खड़े होकर मिथ का इंतजार करने लगा था। उसे ज्यादा इंतजार नहीं करना पड़ा। मिथ ने अपनी गाड़ी थोड़ा पहले ही पार्किंग स्पेस देखकर पार्क कर ली थी और गाड़ी से उतरकर 'कॉफी किंग' के गेट की ओर बढ़ी थी। उसे देखते ही गणी ने हाथ उठाकर मिथ का ध्यान अपनी ओर खींचा था।

"हाँ, देख लिया।" मुसकराते हुए मिथ ने भी अपना हाथ उठाया था और उसकी तरफ बढ़ी थी।

"आओ, चलें।" मिथ के आते ही गणी उसके साथ 'कॉफी किंग' की सीढ़ियाँ चढ़कर अंदर घुसा था। नीचे अधिक भीड़ थी।

"आओ, फर्स्ट फ्लोर पर चलते हैं!" भीड़ देखकर गणी ने मिथ से 'कॉफी किंग' के ऊपरी तल पर चलने को कहा था।

"हाँ, वहीं ठीक रहेगा।" कहते हुए मिथ गणी के साथ ऊपरी तल पर गई थी और वहाँ कूपन काउंटर पर जाकर दोनों खड़े हो गए थे।

"तुम कॉफी के साथ क्या लोगी, मिथ?" गणी ने मेन्यू को सरसरी निगाह से देखते हुए पूछा था।

"ज्यादा कुछ नहीं लूँगी, सिर्फ कॉफी ऑर्डर कर दो, गणी। मैं घर पहुँचकर जल्दी खाना खा लेती हूँ, इसलिए इस समय और कुछ नहीं। मैं तो इस समय कॉफी भी नहीं लेती, पर तुमने इतने प्यार से कहा तो…!" कहते हुए मिथ के चेहरे पर चुटकी लेने का भाव उभरा था और वह मुसकराने लगी थी।

"मैं कॉफी के साथ फिंगर चिप्स भी लूँगा।" कहते हुए गणी ने ऑर्डर प्लेस किया था और हैंडकॉम को ऑन कर उससे पेमेंट किया था। कूपन लेकर दोनों एक टेबल पर आकर बैठ गए थे।

"...और बताओ गणी, तुम्हारे घर में सब कैसा चल रहा है?" मिथ ने बातों का सिलसिला शुरू किया था।

"सब अच्छा है। यहाँ तो मैं अकेला हूँ। मेरे मम्मी-पापा बेंगलुरु में रहते हैं। पापा सॉफ्टवेयर इंजीनियर हैं और मम्मी साइंटिस्ट हैं।" गणी ने अपने परिवार के बारे में बताया था।

"ओ, वाउ! साइंटिस्ट! लगता है, तुम पर मम्मी का ज्यादा प्रभाव है।" अपनी आँखों को ऊँची करती हुई मिथ मुसकराई थी और फिर मस्ती भरे शब्द उसके मुँह से निकले थे। वह बार-बार गणी को छेड़ रही थी। वैसे इन बातों का गणी पर कुछ खास असर नहीं हुआ था और वह भी इन बातों को हँसी में ही ले रहा था।

"तुम्हारे पापा-मम्मी तो प्रोफेसर हैं न, यहीं यूनिवर्सिटी में?" गणी ने मिथ की आँखों में झाँकते हुए पूछा था।

"हाँ, तुम सही कह रहे हो। मेरी मम्मी फिजिक्स की प्रोफेसर हैं और पापा मैथ्स के।" सहमति में सिर हिलाते हुए मिथ ने थोड़ा विस्तार से बताया था।

"अच्छा, जहाँ तक मुझे ध्यान है, तुम्हारा एक भाई भी है। उससे एक बार अपने ऑफिस के गेट पर मुलाकात हुई थी। उस दिन वह किसी कारणवश तुम्हें छोड़ने आया था, तब तुमने ही मिलवाया था।"

"हाँ, तुम्हें ठीक याद है, पर मुझे लगता है कि उस बात को तो लगभग तीन साल से भी ज्यादा हो गए।"

"हाँ शायद, बस थोड़ी सी याद है। मैं भी उस समय अपनी गाड़ी पार्क कर आगे बढ़ा था और तुम भी गाड़ी से नीचे उतरी थी। मुझे देखकर तुमने उसे गाड़ी से बाहर बुलाया था और मुझसे मिलवाया था। एक ही भाई है न, वह? क्या करता है वह?" गणी ने याद करते हुए उसके काम के बारे में पूछा था।

"हाँ, मेरा एक ही भाई है, राजवीर। वह साइंटिस्ट है।" मिथ ने सहमति जताते हुए भाई के बारे में बताया था।

"अच्छा, कहाँ है वह? मेरा मतलब किस कंपनी के लिए काम कर रहा है?" गणी ने उत्सुकता दिखाते हुए थोड़ा विस्तार से जानना चाहा था।

"वह अभी भारतीय सायबॉर्ग सेंटर, भारत सरकार में रिसर्च स्कॉलर है।" मिथ ने भाई की नौकरी के बारे में थोड़ा और बताया था।

"अरे वाह, उससे मिलकर मजा आएगा।" गणी ने जैसे ही यह कहा था कि उनके ऑर्डर का नंबर आ गया था।

"तुम बैठो, मैं लेकर आता हूँ, मिथ।" कहते हुए गणी उठा था और सर्विस काउंटर से एक बड़ा सा ट्रे उठा लाया था। ट्रे से उसने एक बड़ा सा कॉफी मग मिथ की ओर रखा था और दूसरा मग अपनी ओर। तब तक मिथ ने फिंगर चिप्स का प्लेट बीच में उठाकर रखा था और साथ में हरे और लाल रंग की चटनी की कटोरी भी।

"तुम अपने भाई के बारे में बता रही थी, मिथ।" गणी ने मिथ की ओर देखकर कॉफी का शिप लेते हुए जैसे और जानना चाहा था।

"ज्यादा कुछ नहीं, बस आजकल राजवीर सायबॉर्ग तैयार करने में लगा हुआ है। वह एक ऐसे आदमी को सायबॉर्ग के रूप में परिवर्तित करने में लगा है, जो बीमार था और उसके कुछ अंग फेल कर गए थे। सबसे पहले उसने अपनी टीम के साथ उन अंगों को मशीन से रिप्लेस किया। अब वह आदमी उन मशीनों के साथ पूरी तरह अभ्यस्त हो गया है। बाद में उसके गले में भी प्रॉब्लम हो गया था। अभी कुछ दिनों पहले उसने उसके गले को भी कृत्रिम मशीन से रिप्लेस कर दिया है। मतलब अब वहाँ मशीनें लगी हुई हैं और वे वैसे ही काम कर रही हैं, जैसे एक आदमी का नेचुरल अंग काम करता है। अब उस व्यक्ति के कई और अंगों को बदलने की तैयारी चल रही है।" मिथ ने राजवीर द्वारा किए जा रहे सायबॉर्ग के प्रयोग के बारे में विस्तार से बताया था।

"अच्छा, क्या खूब! वह तो मेरे काम का बंदा है। उसका फोन नंबर मुझे देना। मैं उससे बात करना चाहूँगा।" गणी ने उसके भाई की तारीफ की थी।

"हा-हा-हा, तुम तो बहुत प्रभावित हो गए मेरे भाई के काम से, आज तक मेरे काम से तो प्रभावित नहीं हुए! मैं दिन भर तुम्हारे साथ इतने महत्त्वपूर्ण रिसर्च पर काम करती रहती हूँ, जो शायद आज तक की सारी सोच को ही बदल दे!" मिथ ने हँसते हुए फिर से चुटकी ली थी।

"क्या बात करती हो, मिथ! पूरा ऑफिस जानता है कि मैं तुम्हारी कितनी तारीफ करता हूँ। मैं तो तुम्हें सिर-माथे पर बिठाए रहता हूँ। यदि तुम कभी छुट्टी पर चली जाती हो तो उस दिन हमारा काम ही नहीं होता। कभी-कभी सोचता हूँ कि यदि तुमने कभी यहाँ से रिजाइन कर दिया, तब मुझे भी छोड़ना पड़ेगा, क्योंकि तुम्हारे बगैर तो लगता है, जैसे मुझसे कुछ होगा ही नहीं।" मिथ गंभीर होते हुए बोला था।

"अच्छा, हम्म! खूब मजे ले लो बाबू! खूब मजे ले लो! तुम भला ऑफिस

के स्टार और··· !" हँसते हुए मिथ थोड़ा झेंप गई थी और अपनी झेंप मिटाने के लिए कुछ कहना चाह रही थी।

"तुम्हें तो पता है कि हमारी अंडरस्टैंडिंग कितनी अच्छी है! हमारी सफलता इसका प्रमाण है और पूरा ऑफिस इसका साक्ष्य है।" गणी कॉफी की एक घूँट लेते हुए अब भी अपनी अंडरस्टैंडिंग की व्याख्या करने में लगा था।

"मैंने कब कहा कि हमारी अंडरस्टैंडिंग अच्छी नहीं है! छोड़ो उस बात को। यह बताओ कि तुम्हारी जिंदगी में क्या चल रहा है?" फिंगर चिप्स में हरी चटनी लगाकर खाते हुए मिथ ने गणी से पूछा था।

"कुछ खास नहीं, मिथ। दिनभर ऑफिस के हेक्टिक काम के बाद उसी में खोया रह जाता हूँ। कभी-कभी यहाँ आकर कॉफी पीते हुए भी थोड़ा समय बिता लेता हूँ। यहाँ तो मेरा कोई दोस्त भी नहीं है न! तुम तो जानती ही हो कि मैं बेंगलुरु से हूँ। वहीं मेरी पढ़ाई भी हुई। मेरे अधिकांश दोस्त वहीं हैं। मैं यहाँ अहमदाबाद चला आया, इसलिए। वैसे घर में मैं हूँ, मेरे रंग हैं और आजकल मैं सायबॉर्ग साइंस पर थोड़ा अध्ययन कर रहा हूँ।" गणी ने होंठों को बिचकाकर कुछ चकित कर देनेवाली बातें कही थीं और फिंगर चिप्स के एक टुकड़े में लाल चटनी लपेटकर खाया था।

"वहाँ कोई गर्लफ्रेंड?" मिथ ने जानबूझकर रंग और सायबॉर्ग वाली बात को तवज्जो नहीं दी थी और मुसकराते हुए उसकी गर्लफ्रेंड के बारे में पूछ लिया था।

"हाँ, एक थी। ···पर वह जब से मुंबई गई है, हम लोगों में थोड़ी दूरी आ गई है। वह अपने काम में मस्त रहती है और हम अपने काम में। शुरू-शुरू में तो हम लोग फोन पर बात कर लिया करते थे, पर कई बार ऐसा हुआ कि जब उसने फोन किया, तब मैं कहीं व्यस्त था और जब मैंने फोन किया, तब वह कहीं व्यस्त थी। ऐसे में होना क्या था, हम दोनों की व्यस्तता का सिलसिला बढ़ता गया और हम अपनी-अपनी दुनिया में मगन हो गए शायद!" गणी ने कुछ याद करते हुए अपनी गर्लफ्रेंड के बारे में बताया था। उसकी आँखों में जैसे यादों के कई चित्र आ-जा रहे थे।

"मतलब अब वह एक्स हो गई?" मुसकराते हुए मिथ ने फिर चुटकी ली थी। आखिर मिथ का इरादा क्या था?

"क्यों जले पर नमक छिड़क रही हो?" गणी ने फिंगर चिप्स खाते हुए कॉफी की एक घूँट ली थी।

"तुमने शायद मेरी बातों पर ध्यान नहीं दिया। मैं पेंटिंग करता हूँ, साथ ही आजकल सायबॉर्ग साइंस पर नया अध्ययन कर रहा हूँ।" गणी ने कुछ रहस्य खोलने जैसी बातें की थीं।

"अच्छा, यह तो चकित करनेवाली बात है। सायबॉर्ग का अध्ययन और पेंटिंग, दोनों पर काम कर रहे हो? मैं तो ऑफिस के काम में इतना खोई रहती हूँ कि कुछ और करने का समय ही नहीं मिलता!" मिथ ने आँखों की भौहें को ऊँचा कर आश्चर्य से प्रश्नात्मक लहजे में कहा था।

"अरे, इसमें आश्चर्य की कोई बात नहीं है। मैं महायुग की पेंटिंग बना रहा हूँ। साथ ही सायबॉर्ग साइंस को समझकर स्वयं के सायबॉर्ग बनने की क्या संभावनाएँ हो सकती हैं, इसकी तलाश करूँगा।" कहते हुए मुसकराया था गणी।

"मतलब?" मिथ अब कुछ कन्फ्यूज होने लगी थी।

"मतलब यह कि ऑफिस के बाद मैं घर पर स्टोरी पेंटिंग बनाता हूँ। इसमें कंप्यूटर की मदद लेता हूँ और इसी के साथ सप्ताह में एक दिन सायबॉर्ग पर अध्ययन भी करता हूँ। इसमें आश्चर्य की क्या बात है?" गणी ने अपनी बातों को सहजता से समझाते हुए थोड़ा विस्तार दिया था।

"अच्छा, पहले तुम यह बताओ कि तुम्हारी पेंटिंग को देखकर हम महायुग की पूरी कहानी समझ सकते हैं?" मिथ ने उत्सुक होते हुए पूछा था।

"बिल्कुल, अभी अपडेट नहीं है, पर हमने सौ से भी अधिक पेंटिंग बना ली है।" गणी ने कॉफी की एक घूँट लेते हुए मिथ की उत्सुकता और बढ़ा दी थी।

"पेंटिंग से ज्यादा तुम्हारी सायबॉर्ग के अध्ययन वाली बात मुझे आश्चर्य में डाल रही है। क्या सच में तुम सायबॉर्ग बनने की संभावनाएँ तलाश रहे हो?" कॉफी की घूँट लेते हुए मिथ थोड़ा गंभीर होने लगी थी।

"हाँ, मैं सायबॉर्ग बनने की संभावनाएँ तलाश रहा हूँ। अध्ययन के बाद यदि मुझे लगा कि सायबॉर्ग बना जा सकता है, तब मैं बहुत आनंदित होऊँगा।" गणी पूरी तरह आश्वस्त लग रहा था।

"यह तुम क्या कह रहे हो, गणी? क्या तुम अपनी लाइफ से फ्रस्ट्रेट हो रहे हो? तुम्हारे जैसा इतना स्मार्ट और टैलेंटेड लड़का भला क्यों खुद को सायबॉर्ग में कन्वर्ट करेगा? क्या तुम्हारी जिंदगी में कोई बड़ी मुश्किल आ गई है? प्लीज शेयर करो, यार!" मिथ ने गणी की हथेलियों को पकड़कर अपनी हथेलियों में दबा लिया था और उसे पूरा साथ देने का भाव व्यक्त किया था। गणी की इस बात से मिथ डर

गई थी। मिथ की हथेलियों में कुछ देर गणी ने अपनी हथेली छोड़ दी थी, जैसे उन हथेलियों को मिथ की गरमी का न जाने कब से इंतजार हो। कुछ पल मौन होकर दोनों एक-दूसरे की आँखों में झाँकते रहे थे और स्नेह का आदान-प्रदान करते रहे थे।

"अरे, नहीं यार! मैं न ही फ्रस्ट्रेट हूँ और न ही डिप्रेस्ड। मैं मन से बहुत मजबूत आदमी हूँ, मिथ। पर हाँ, आज जो तुमने कंसर्न दिखाया है, उसने मुझे बेहद प्रभावित किया है। तुम्हारे मन में मेरे लिए इतना स्नेह है, यह आज पता चला।" गणी ने मिथ की हथेलियों से अपना हाथ निकालते हुए उसके हाथों को अपनी हथेलियों में दबा लिया था। दोनों ही एक-दूसरे के लिए अपनी आँखों से जैसे प्यार बरसा रहे थे।

"मिथ, दरअसल मैं अपने जीवन को कुछ विशेष बनाना चाहता हूँ। मैं चाहता हूँ कि अपने शरीर में कुछ ऐसा मशीनी यंत्र लगा दूँ, जिससे मैं वह कर पाऊँ, जो एक आदमी नहीं कर पाता है। अभी तक मेरा अधूरा अध्ययन है। जितना मैं समझ पाया हूँ, उसके आधार पर मैंने यह सोचा है कि काम के समय उस मशीन का इस्तेमाल करूँगा और इच्छानुसार उसे शरीर से हटाकर सामान्य आदमी की तरह जीवन भी जिऊँगा। हम इस अध्ययन में एक वैज्ञानिक का साथ ले रहे हैं।" गणी ने यह कहकर मिथ की उत्सुकता और भी बढ़ा दी थी।

"मतलब तुम पूरी तरह खुद को सायबॉर्ग में कन्वर्ट नहीं करोगे?" मिथ ने थोड़ी राहत के साथ कन्फर्म होना चाहा था।

"हाँ, तुमने ठीक समझा। हम वह उपकरण अपने शरीर में ऑपरेशन कराकर इनबिल्ट जरूर करेंगे, पर वह वहाँ ऐक्टिव तभी होगा, जब हम चाहेंगे, अन्यथा हम एक आम आदमी की तरह अपना जीवन जीते रहेंगे।" गणी ने मिथ को विश्वास दिलाने की कोशिश की थी।

"पर आश्चर्य है कि इतना कठिन विषय का अध्ययन और उसमें संभावनाओं की तलाश तुम अपने घर में ही कैसे कर रहे हो?" मिथ अब आश्वस्त हो गई थी और उसकी उत्सुकता ज्यादा जानने की होने लगी थी।

"हाँ, इसके लिए उस साइंटिस्ट ने सरकार से परमिशन भी ले ली है, मिथ।" गणी की बात सुनकर मिथ तो चकरा ही गई थी। दोनों पाँच वर्षों से साथ-साथ काम कर रहे हैं, पर एक-दूसरे को कितना कम जानते हैं।

"क्या सोचने लगी, मिथ?" गणी ने मिथ को अपनी ओर ध्यान से देखते हुए

खोया हुआ सा महसूस किया था।

"उम्म''' नहीं, कुछ भी नहीं। मैं सोच रही थी कि तुम कमाल के आदमी हो। अपने घर में ही तुम ऐसा अध्ययन कैसे कर पा रहे होगे, इसमें तो बहुत सारी मशीनों की आवश्यकता पड़ती है!" मिथ ने कॉफी की एक घूँट लेकर फिंगर चिप्स उठाया था।

"यदि तुम देखना चाहो तो अभी मेरे साथ मेरे घर चल सकती हो।" गणी ने मिथ को अपने घर चलने का ऑफर दिया था।

"अभी देर हो जाएगी। किसी छुट्टी के दिन चलेंगे।" मिथ ने अपने हैंडकॉम में झाँककर समय देखते हुए कहा था।

"अरे, देर नहीं होगी। मेरा घर यहाँ से बिल्कुल पास में है। मुश्किल से एक किलोमीटर। वह भी तुम्हारे रास्ते में। अगले चौराहे से बस एक टर्न है। तुम अपनी गाड़ी लेकर मेरे साथ चलो, वहीं से अपने घर चली जाना।" गणी ने बड़े प्यार और अधिकार के साथ कहा था, जिसे मिथ टाल नहीं पाई थी। वैसे भी शायद इन दोनों में यह स्नेह बहुत समय से पल रहा था, जो आज इस 'कॉफी किंग' में थोड़ा खुल पाया था।

"ठीक है फिर, चलो!" मिथ ने अपनी सहमति दी थी। इसके साथ ही दोनों ने अपनी ठंडी हो चुकी कॉफी खत्म की थी और वहाँ से निकल गए थे। बाहर निकलकर गणी ने मिथ को एड्रेस समझाया था और पीछे-पीछे चलने को कहा था। उसके बाद मिथ ने अपनी गाड़ी में बैठकर गणी की गाड़ी को फॉलो किया था और उसके घर पहुँच गई थी।

"तुमने सही कहा था, गणी। तुम्हारा घर तो बिल्कुल पास में है। एक सुंदर सी कॉलोनी में एक घर के बाहर ही दोनों ने अपनी गाड़ी लगाई थी और साथ-साथ चलते हुए वे घर के अंदर गए थे।

"तुमने अकेले रहने के लिए इतना बड़ा घर क्यों ले रखा है, गणी?" मिथ ने अंदर घुसते हुए पूछा था।

"मेरी प्रयोगशाला भी तो यहीं है।" कहते हुए गणी मिथ के साथ ड्राइंग हॉल में आ गया था। मिथ ने इधर-उधर नजरें दौड़ाई थीं, जैसे कुछ तलाश रही हों। दीवारों पर महायुग की सुंदर पेंटिंग टँगी थी। कुछ कदम बढ़ाते हुए वह उन दीवारों के पास गई थी और उन पेंटिंग्स को बारी-बारी ध्यान से देखने लगी थी।

"बहुत सुंदर पेंटिंग है, गणी। तुम्हें अपने इंडस के विजुअल से पेंटिंग का

आइडिया मिल गया है। महा और युग की यह तसवीर बहुत सुंदर है।" मिथ एक तसवीर के पास आकर रुक गई थी और उसे ध्यान से देख रही थी।

"धन्यवाद, मिथ! यह उस नदी किनारे वाला दृश्य है, जब महा ने युग को मछली ले जाने से रोका था और युग मछली ले जाने पर अड़ा हुआ था। जब दोनों युद्ध करते हुए एक-दूसरे पर गिर पड़े थे और महा ने युग को मारने के लिए अपनी मुट्ठी कसकर उसे उठाया था। दोनों एक-दूसरे को देख रहे हैं। युग की आँखों में प्यार उमड़ रहा है।" पेंटिंग के बारे में गणी ने मिथ को विस्तार से समझाया था।

"हाँ, मुझे याद है। तुमने दोनों के चेहरे पर बहुत सुंदर भाव दिए हैं। एकदम जीवंत हैं।" मिथ ने गणी की पेंटिंग की तारीफ की थी। पेंटिंग देखते हुए मिथ ने सोफे की ओर कदम बढ़ाए थे। ड्राइंग हॉल का सोफा भी शानदार था और वहाँ बड़े स्क्रीन का एक टीवी लगा हुआ था। पूरा घर बहुत सुंदर तरीके से सजाया गया था।

"आओ, बैठो मिथ। पहली बार मेरे घर में तुम्हारा स्वागत है!" गणी ने बड़े स्नेह से मिथ का स्वागत किया था।

"हुम्म, बहुत बड़ा घर है और तुमने इसे पेंटिंग की तरह ही मेंटेन भी कर रखा है। अन्यथा बैचलर्स तो…!" कहते हुए हँसने लगी थी मिथ।

"धन्यवाद मिथ! आओ, सबसे पहले मैं तुम्हें पूरा घर दिखा दूँ। इधर आओ, देखो, यह मेरा बेडरूम है।" अंदर घुसते हुए मिथ ने वहाँ भी चारों तरफ सरसरी नजर से देखा था।

"हम्म, बढ़िया है। तुम्हारी प्रयोगशाला किधर है?" मिथ अब प्रयोगशाला देखने के लिए व्यग्र हो रही थी।

"आओ, इधर है हमारी प्रयोगशाला।" गैलरी से होते हुए मिथ को बड़े से हॉल में ले गया था गणी। वहाँ कई तरह की मशीनें लगी हुई थीं, कई तरह के ड्रेस के साथ बहुत सारे तकनीकी सामान रखे हुए थे।

"यही हमारा छोटा सा रिसर्च सेंटर है। अब तुम इसे अध्ययनशाला कहो या प्रयोगशाला!" गणी ने हाथ उठाकर इशारा किया था। अब वह आगे बढ़कर कुछ उपकरणों के बारे में बताने लगा था।

"ओ, वाउ! सच में गणी। तुम ग्रेट हो। मुझे अफसोस है कि इतने सालों से मैं तुम्हें जान ही नहीं पाई।" मिथ ने गणी को देखते हुए कहा था। गणी मिथ की इस बात पर मुसकरा रहा था।

"तुमको देखकर मेरे मन में भी सायबॉर्ग साइंस के अध्ययन की इच्छा होने

लगी है, गणी। यदि मुझे लगा तो मैं भी तुम्हारी तरह अर्ध-सायबॉर्ग बनना चाहूँगी। जहाँ यह छूट हो कि मैं अपनी सामान्य जिंदगी भी जी सकूँ, निश्चित ही अध्ययन के बाद मैं यह निर्णय लूँगी।" कहकर मिथ मुसकराई थी और एक छोटी सी मशीन का निरीक्षण करने लगी थी।

"तुम्हारा भाई तो इसमें एक्सपर्ट है ही। वह तो इस पर काम कर ही रहा है। वह तुम्हारी मदद कर सकता है।" गणी ने मुसकराकर उसकी ओर देखते हुए कहा था।

"हम्म, शायद, पर मैं उससे मदद लेना नहीं चाहती।" मिथ की बातों और उसके चेहरे के भाव से यह स्पष्ट था कि वह इस काम के लिए अपने भाई की मदद लेना नहीं चाह रही थी।

"अच्छा, उम्म! यदि तुम चाहो तो मैं तुम्हारी मदद करूँगा मिथ, पर इसके लिए तुम्हें सप्ताह में एक या दो दिन तीन-चार घंटे के लिए यहाँ समय देना पड़ेगा।" गणी ने मिथ की आँखों में झाँककर कहा था। यह सुनकर मिथ के चेहरे पर खुशी छलक आई थी।

"सच में?" यह बात सुनकर मिथ जैसे चहक उठी थी और उसने गणी को गले लगा लिया था। कुछ देर तक गणी ने मिथ को गले लगाए रखा था और फिर उसकी पीठ सहलाई थी। ऐसा लगा था कि मिथ को गणी द्वारा पीठ सहलाना अच्छा लगा था। इस अच्छा लगने में बहुत सारा भाव छुपा हुआ था। यह अहसास होते ही कि उसने प्रेम की पहल कर दी है, लजाकर मिथ ने खुद को अलग करना चाहा था। इस बार गणी का प्रेम भी प्रबल हो उठा था। मिथ की अनचाही लजाई सी कोशिश पर गणी ने अपनी बाँहों का बंधन नहीं खोला था।

"अपने हाथ के बंधन खोलो, गणी।" उसे ऐसा करते देखकर मिथ ने बहुत प्यार से गणी को देखते हुए कहा था।

"यह बंधन खोलने के लिए नहीं है, मिथ।" कहते हुए गणी मुसकराने लगा था।

"अच्छा, तुम अब युग की वाणी बोल रहे हो।" मिथ के चेहरे पर खुली मुसकराहट छितराने लगी थी।

"हाँ, महा।" कहते हुए गणी के चेहरे पर भी खुली मुसकराहट पसर गई थी। अब दोनों के मुँह ने शब्द देना बंद कर चुके थे। दोनों की साँसें एक-दूसरे से टकराई थीं। आगे का काम होंठों ने शुरू किया था। दोनों के होंठ एक-दूसरे पर प्यार बरसाने लगे थे और वहीं लिप्स-किसिंग करते हुए वे एक सिंगल बेड पर लेट

गए थे। उन्होंने एक-दूसरे के कपड़े उतार दिए थे और बस, वे एका के वासंती आनंद में कहीं खो गए थे।

"शायद बहुत देर हो गई है।" मिथ ने गणी की ओर देखते हुए अपने कपड़े को सँभाला और उसे ठीक किया था।

"क्या मैं तुम्हें छोड़ दूँ?" गणी ने बड़े आत्मीय-भाव से पूछा था।

"नहीं, मैं चली जाऊँगी।" कहकर मिथ मुसकराई थी और लजाई आँखों से बाहर निकलने लगी थी।

"आओ, मैं तुम्हें बाहर तक छोड़ दूँ।" कहते हुए गणी मिथ के साथ उसकी कार तक आया था।

"कल ऑफिस में मिलते हैं। यदि तुम चाहो तो कल से भी यहाँ आ सकती हो!" गणी ने मुसकराते हुए कहा था।

"ठीक है, कल मिलते हैं। बाय!" कहते हुए मिथ गाड़ी में बैठ गई थी। हाथ के इशारे के साथ दोनों ने मुसकराकर एक-दूसरे को देखा था। इसी के साथ मिथ ने अपनी गाड़ी आगे बढ़ा दी थी।

□

21

एलियंस

"टू···टू···टू···टू···टू।" इस तरह की कुछ ध्वनि उभर रही थी। साफ समझ में नहीं आ रहा था कि यह किसकी ध्वनि हो सकती है! यह किसी क्रिया-प्रतिक्रिया से उत्पन्न होनेवाली ध्वनि है या प्राकृतिक? किसी जीव-जंतु की ऐसी ध्वनि तो नहीं हो सकती है। धीरे-धीरे वह ध्वनि नजदीक आ रही थी। जैसे-जैसे वह आवाज नजदीक आ रही थी, उसकी आवाज भी बदलती जा रही थीं।

"उम्म-उम्म-हुम्म।" इस ध्वनि के साथ वहाँ पर धरती की कंपन की आवाज आई थी। ऐसा लगा, जैसे धरती पर कोई चीज टकराई हो या फिर उतरी हो! तभी दृश्य उभरने लगे थे।

"यह क्या है? यह लंबे आकार का तीन स्तूपों वाला कोई विशालकाय यंत्र! यह यहाँ कहाँ से आ गया? यह कहते हुए गणी बत्तीस हजार साल पहले की ध्वनियों को फिर से उसी फ्रीक्वेंसी पर ट्यून किया था और उसे फिल्टर मशीन में छानकर दुबारा सुनने की कोशिश की थी।

"टू···टू···टू···टू···टू।" दुबारा वही ध्वनि सुनाई पड़ी थी। इस बार गणी ने उसे थोड़ा आगे तक परखने की कोशिश की थी।

"उम्म-उम्म्म-हुम्म।" इस ध्वनि के साथ एक अजीब तरह का लंबा सा मंदिर की तरह दिखनेवाला यंत्र, शायद यूएफओज जमीन पर उतरा था। सभी वैज्ञानिकों ने अपना काम छोड़कर अल्ट्रा इंडस कंप्यूटर पर अपनी नजरें गड़ा दी थीं और वे उस अद्भुत नजारे को देखने लगे थे। वे इस दृश्य से स्तब्ध थे।

"अहा, यूएफओज! अद्भुत! आखिर हमें वह चीज मिल ही गई, जिसका हम इतने सालों से इंतजार कर रहे थे। फाइनली यह दिख ही गया।" मिथ खुशी से झूम उठी थी। वह अचंभित होकर उसे देखे जा रही थी और उस उत्साह में बड़बड़ाए भी जा रही थी।

"क्या खूब! बत्तीस हजार साल पहले इस तरह के किसी उड़नतश्तरी का उतरना चकित करनेवाला था, पर यह किसी तश्तरी के आकार की नहीं है। यह तो भारत के दक्षिण का सुंदर सा किसी भव्य मंदिर की तरह दिख रही है। एकदम उसी के जैसे निचले हिस्से में अपने बेस के पास चौड़ा है। यह नीचे से ऊपर की ओर क्रमश: पतला होता हुआ तीन शीर्ष बना रहा है; तीन स्तूप बना रहा है। बीच का शीर्ष सबसे ऊँचा, बड़ा और चौड़ा है। उसकी दोनों तरफ दो छोटे शीर्ष थोड़ा कम ऊँचाई के एक जैसे हैं, पर उनकी चौड़ाई बड़े शीर्ष के जैसी ही हैं। तीनों शीर्ष-गुंबद तीन रंगों के हैं। इन तीनों स्तूपों से एक चमकदार प्रकाश चारों ओर फैल रहा था। आज की तरह किसी उपकरण से तैयार रोशनी, यानी कृत्रिम प्रकाश! उस प्रकाश में मंदिरनुमा यान का सौंदर्य देखते ही बन रहा था। उसके सभी रंग बहुत अलग तरह के लग रहे थे। यह तो कोई विष्णु भगवान् का मंदिर लग रहा है। यह कोई मंदिर है या फिर आकाशीय यान? क्या है यह?" गणी इस दृश्य से अति उत्साह में खड़ा हो गया था और जैसे कमेंट्री करने लगा था।

"आखिर यह यान किसी मंदिर की तरह क्यों है? ऐसा तो हमने कभी सुना ही नहीं है। अभी तक तो उड़नतश्तरी एक गोल प्लेट की तरह की मानी जाती रही है। अब तक वैज्ञानिकों ने यूएफओज की जो बात की है, वह तश्तरी की तरह ही होती है। उनकी कल्पनाओं में या फिर कुछ दृश्य के दावों में भी यह तश्तरी की तरह ही दिखाई जाती रही है। ऐसे आकार की न ही किसी ने कल्पना की है और न ही किसी ने देखने का दावा ही किया है। कल्पनाओं और दावों से यह अलग आकार है। क्या यह सच में कोई यान है?" मिथ उन आवाजों से उभरते दृश्य को देखकर अनेक सवालों में उलझी हुई थी और बड़बड़ाए जा रही थी।

"ऊऊऊ-इट्ट।" कुछ अलग तरह की मशीनी ध्वनियों को सुनकर वैज्ञानिकों ने फिर से अपना ध्यान उस ओर केंद्रित किया था। वे ध्वनियों और कंप्यूटर पर उभरते दृश्यों को पुरातत्त्ववेत्ताओं और वैज्ञानिकों के रिसर्च से तुलना करते हुए देखने की कोशिश कर रहे थे। पुरातत्त्ववेत्ताओं को सागर तल से मिले अवशेषों में एक ऊँची जगह पर कुछ ऐसी चीजें मिली थीं, जिससे यह अनुमान लगाया गया था कि उस समय वहाँ कुछ उड़नेवाले यंत्र हुआ करते थे। सागर की गहराइयों की सतह के नीचे अलग-अलग लेयर में एक ऊँची जगह का अनुमान लगाया गया था, जहाँ कुछ चिह्न आज भी मौजूद थे। इससे यह पता चलता है कि कुछ खास तरह का यान समय-समय पर जमीन पर उतरा करता था। तभी कुछ ध्वनियों के साथ लंबे

शीर्षवाले बड़े स्तूप के बीच से एक दरवाजा खुलने लगा था।

"कमाल है, दरवाजा ऊपर की ओर से खुलते हुए नीचे की ओर आ रहा है। अब तो यह आधा से अधिक खुल गया है और किसी ढलान सीढ़ी की तरह दिखने लगा है। अरे वाह, अंदर से भी आधुनिक तरीके का चमकीला सफेद प्रकाश बाहर आ रहा है और उस ढलानी सीढ़ी की सतह से भी पीले रंग का प्रकाश निकल रहा है।" चिंतक भी अति उत्साहित हो गया था। अपनी सीट से खड़े होकर उसने दोनों हाथ जोड़ते हुए उनकी उँगलियों को एक-दूसरे में घुसा लिये थे। चकित से आँखें फाड़े उस अनुपम दृश्य को निहारते हुए उसके जुड़े हुए हाथ होंठों के पास आकर सट गए थे।

"शायद पहले पृथ्वी पर आए कुछ अंतरिक्ष यात्रियों में से एक। ओखा, इति और महागुरु सुधि की बातों से तो यह स्पष्ट था कि ये वहाँ पहले भी आ चुके हैं।" तभी गणी की नजर कुछ लोगों पर पड़ी थी।

"वे पाँच की संख्या में दिखाई पड़ रहे हैं।" मिथ ने उन्हें देखकर कहा था।

"हाँ, किसी अंतरिक्ष यात्रियों की तरह ये स्पेस-ड्रेस और मास्क पहने हुए हैं। क्या इन्होंने भी हमारे अंतरिक्ष यात्रियों की तरह 'हार्ड अपर टोर्सो' नामक पदार्थ से बना स्पेस-सूट पहन रखा है, जिसमें पहननेवाले के शरीर का तापमान और बाहरी वातावरण से शरीर पर पड़नेवाला दवाब नियंत्रित रहता है, साथ ही वह अंतरिक्ष में मौजूद हानिकारक किरणों से हमारे शरीर को बचाने के लिए कवच का काम करता है, या फिर वह किसी और पदार्थ का बना हुआ है?" गणी ने उन अंतरिक्ष यात्रियों के ड्रेस को देखकर उनके ड्रेस से आज के आधुनिक स्पेस-ड्रेस के तकनीकी पक्ष से मिलान करते हुए समझने की कोशिश की थी।

"हमारे यहाँ से जो वैज्ञानिक अंतरिक्ष में जाते हैं, उनके स्पेस-सूट में एक लाइफ सपोर्टिंग सिस्टम भी होता है, जिससे अंतरिक्ष यात्रियों को शुद्ध ऑक्सीजन प्राप्त होता रहे। उस सूट के अंदर गैस और द्रव्य पदार्थों को रिचार्ज और डिस्चार्ज करने की व्यवस्था भी होती है; पर सवाल यह है कि यहाँ इन्हें इसकी आवश्यकता क्यों पड़ रही है?" गणी की बातों को आगे बढ़ाते हुए मिथ भी कुछ सवालों में उलझती जा रही थी।

"इनकी पीठ पर सिलेंडर भी है। यदि ये वही अंतरिक्ष यात्री हैं, जो यहाँ पहले भी आ चुके हैं तो इन्हें इसकी क्या आवश्यकता है?" गणी भी अब कुछ सवालों के साथ सोचने लगा था और अपने सवालों को तेजी से कंप्यूटर पर दर्ज भी करता जा रहा था।

"तुम ठीक कह रहे हो, गणी। तुम्हारा सवाल जेनविन है। हमें जो आवाजें मिली हैं, उसके अनुसार तो वहाँ के अनेक लोगों का जन्म इनसे ही हुआ है। मतलब कई लोगों के पिता यही हैं। कुछ लोगों का डी.एन.ए. भी इन्होंने बदला है। महा की माँ ओखा तो मरते समय महा से साफ यह कह रही थी कि उसका पिता कोई अंतरिक्ष यात्री है। वह महा से कहती है कि उसके पिता दूसरे ग्रह से आए थे और कहकर गए थे कि वे फिर आएँगे। उन्होंने उसका नाम भी लिया था। उस समय वह महा के पिता का क्या नाम बोली थी, गणी?" मिथ ने ओखा की बातों को याद करते हुए गणी से महा के पिता का नाम पूछा था।

"हाँ, तुम ठीक कह रही हो मिथ। उसका नाम, अंअ! उसका नाम ईश बताया था शायद उसने! हाँ, ईश ही बताया था ओखा ने और महागुरु ने भी। वैसे उसे फिर से देख लेंगे, इसमें कोई कठिनाई नहीं है।" मिथ की बातों पर सहमति जताते हुए गणी ने कहा था।

"हाँ, याद आ गया। तुमने ठीक कहा, गणी। उसका नाम ईश था। पर गणी, सोचो जरा कि यह ईश शब्द इत्तेफाक तो नहीं। अगर हाँ, तो यह बड़ा मजेदार इत्तेफाक है। कहीं यह ईश हमारे ईश्वर वाले शब्द का पिता तो नहीं है?" यह कहकर हँसने लगी थी मिथ।

"अभी उन बातों को छोड़ो, मिथ। हम यहाँ दुविधा में हैं। उस समय की बातों को यदि हमने ठीक से समझा है, तब ये अंतरिक्ष यात्री भी ऑक्सीजन ही लेते होंगे। फिर यहाँ उतरते हुए वे इस स्पेस-ड्रेस और सिलेंडर में बाहर क्यों आए हैं?" गणी अभी इस गुत्थी को समझने की कोशिश कर रहा था।

"अंतरिक्ष में सुरक्षित रहें, शायद इस कारण ये स्पेस-ट्रेवल के समय स्पेस-शूट में रहते होंगे!" मिथ ने कुछ अनुमान लगाने की कोशिश की थी।

"यह देखो गणी, ये सभी नदी के पास की इस ऊँचाई से उतरकर ओखा कबीले के भीतर जा रहे हैं। ये कुछ ढूँढ़ रहे हैं शायद?" मिथ ने उन्हें ओखा कबीले की ओर बढ़ते हुए देखकर कहा था।

"हाँ, शायद ये कई वर्षों के बाद आए हैं और ये किसी को ढूँढ़ रहे हैं! क्या ये ओखा को ढूँढ़ रहे हैं? तब के समय में और आज के समय में उन्हें बहुत फर्क दिखाई पड़ रहा होगा, इसीलिए वे घर के बाहर से ही कुछ देखने की कोशिश कर रहे हैं।" गणी बहुत ध्यान से अल्ट्रा इंडस कंप्यूटर पर ध्वनियों से बननेवाले इन दृश्यों को देखकर रोमांचित हो रहा था।

"इनके पास कुछ विशेष वैज्ञानिक शक्तियाँ हैं। ये हरेक घर के बाहर से ही हाथ उठाकर भीतर देख लेते हैं कि वहाँ कौन सोया हुआ है!" उनके हाथों से निकलते विशेष तरह के पारदर्शी प्रकाश को देखकर मिथ ने कहा था।

"ये महा के घर के पास पहुँच गए हैं। क्या ये महा के घर को पहचान पाएँगे, क्योंकि वह घर तो अब वैसा नहीं है और अब इन्हें वहाँ ओखा भी नहीं मिलेगी?" उन स्पेस-यात्रियों के एक-एक कदम पर गणी बड़ी बारीक नजर रखे हुए था।

"ये देखो गणी, वे महा के घर के सामने खड़े होकर देख रहे हैं। अरे, यह क्या, ये सभी बिना दरवाजा खोले अंदर प्रवेश कर गए! इनके लिए किसी दीवार को पार करना जैसे मामूली बात हो। क्या ये ऐसे समय में प्रकाश में तब्दील हो जाते हैं? या फिर ये अलग-अलग आयामों की गुत्थी को वैज्ञानिक तरीके से सुलझा चुके हैं? यह तो अद्भुत बात है। हमारा आधुनिक विज्ञान भी अभी तक यह नहीं कर पाया है। हमारा विज्ञान यह मानता है कि अलग-अलग डायमेंशंस होते हैं। अनेक वैज्ञानिक अब तक कुल तेरह या सोलह डायमेंशंस की बात करते रहे हैं, पर भारतीय संस्कृति में बत्तीस डायमेंशंस की बात कही गई है। यानी कोई इकाई हमें बत्तीस जगह एक ही समय पर दिखाई पड़ सकती है, पर यहाँ तो यह दृश्य किसी हॉलीवुड फिल्म की तरह लग रहा हैं, गणी।" मिथ हतप्रभ उन्हें देखे जा रही थी और डायमेंशंस की वैज्ञानिक एवं सांस्कृतिक पहलू पर विचार करने लगी थी।

"ये तो महा के कमरे में पहुँच गए! महा और युग सुहागरात की तरह प्यार से एक-दूसरे से लिपटे सोए हुए हैं।" कहकर गणी ने मिथ की ओर देखा था और हँस दिया था।

"...पर उस समय सुहागरात जैसा कोई कॉन्सेप्ट नहीं था। उस समय तक तो वहाँ खुला सेक्स था। कभी भी कोई किसी के साथ सेक्स कर सकता था। कोई मर्यादा जैसी चीज नहीं थी। इनकी बातों से तो यही लग रहा है कि संगी बनने से पहले महा और युग वर्जिन थे। इन्हीं से एक नई संस्कृति की शुरुआत हो रही है। स्त्री-पुरुष के सेक्सुअल संबंधों में एक नई मर्यादा की संस्कृति।" कहते हुए मिथ भी हँसी थी और फिर गंभीर हो गई थी।

"हाँ, तुम सही कह रही हो, मिथ। अरे, यह देखो, अंतरिक्ष-यात्री कलाप और सारंग को विशेष प्रकाश से देख रहे हैं। उन्होंने उसे उठा भी लिया है। लगता है, वे इसी से इनकी पहचान कर रहे हैं। वे सभी आपस में कुछ बात कर रहे हैं। ...पर क्या? यह स्पष्ट पता नहीं चल रहा है। उनके ऊपर कुछ गहरे नीले रंग का प्रकाश

छोड़ रहे हैं। उस प्रकाश से हलकी सी ध्वनि भी निकल रही है। पता नहीं, वे क्या कर रहे हैं?" गणी ने उनकी क्रिया पर प्रतिक्रिया दी थी।

"अरे, ध्यान से सुनो। वे आपस में कुछ कह रहे हैं—वय और मह, इनकी पहचान हो गई है। इनके पास सारंग और कलाप का होना इस बात का प्रमाण है कि ये ओखा और इति के बच्चे हैं या उनसे जुड़े हुए हैं।"

"कमाल है। ये तो वही भाषा बोल रहे हैं, जिस भाषा में यहाँ के लोग बोलते हैं, मतलब यहाँ के सभी कबीलों की भाषा और इनकी भाषा एक है। यह कैसे संभव है? इन कबीलों को इन्होंने ही अपनी वैज्ञानिक भाषा सिखाई है क्या?

"हम्म'''।" इतना कहते ही उन्होंने महा और युग को छुआ था और वे सभी वहाँ से एक पल में गायब हो गए थे।

"अरे, ये कहाँ गायब हो गए? सारंग व कलाप के साथ महा और युग भी गायब हो गए?" मिथ ने आश्चर्य करते हुए गणी की ओर देखा था और आश्चर्य से पूछा था।

"सच में मिथ, ये कहाँ गायब हो गए?" कहते हुए गणी ध्वनि कैचर मशीन को ट्यून किया था और अलग स्थान की उसी फ्रीक्वेंसी पर उनकी आवाजों को ढूँढ़ने की कोशिश की थी।

"गणी, उनके यान के पास ट्यून करो। शायद वहाँ कुछ मिले!" मिथ ने गणी को यान के पास की ध्वनियों को सुनने की सलाह दी थी। तभी एक अलग फ्रीक्वेंसी पर उन्हें कुछ ध्वनियाँ मिलने लगी थीं, जिसमें वे सीक्वेंस की तलाश करने लगे थे।

"हाँ, संभवतः यान के पास ही कुछ ध्वनियाँ हैं! कुछ आवाजें मिल रही हैं! शायद ये ध्वनियाँ इसी सीक्वेंस की हैं!" गणी ने एक खास फ्रीक्वेंसी पर ध्वानियों को फिल्टर करने की कोशिश की थी।

"अग, तुम इस लड़की के गर्भ को देखो। क्या वहाँ भ्रूण पहुँच चुका है?" यह कहते हुए कहनेवाले ने अपने दाएँ हाथ से बाएँ हाथ का बटन दबाया था। उसके बटन दबाते ही उसके मास्क और स्पेस-ड्रेस खुलने लगे थे।

"ओह, कमाल का है! यह तो कोई बहुत सुंदर स्त्री लग रही है। सच में, वाउ! यह बहुत सुंदर है। यह तो बिल्कुल हमारी तरह दिख रही है। इसकी आँखें, इसकी नाक, इसके होंठ—सब हमारे जैसे हैं। इसका ललाट थोड़ा बाहर की ओर उठा हुआ या उभरा हुआ है और इसके सिर का पिछला हिस्सा हम सबकी तुलना में ज्यादा बाहर की ओर निकला हुआ है।" मास्क हटते ही गणी ने उसका चेहरा देखा

था और अचंभित सा मिथ को ओर देखने लगा था।

"तुम इसके सौंदर्य के दीवाने हो गए क्या?" मिथ ने हँसते हुए गणी की ओर देखा था और चुटकी ली थी।

"उधर सुनो, वह क्या कह रही है, मिथ!" गणी ने मिथ का ध्यान उस ओर दिलाया था।

"ठीक है, अप...।" यह कहते ही निर्देशित स्पेस-यात्री ने महा के पेट के पास पहुँचकर उसके पेट पर हाथ रखा था। वहाँ से हलकी सी ध्वनि बाहर निकल रही थी। उस प्रकाश-ध्वनि के साथ वहाँ महा के गर्भ की स्थितियाँ दिखने लगी थीं। सभी अंतरिक्ष-यात्री महा के ऊपर झुककर उसके पेट के अंदर की स्थितियों को देखने लगे थे।

"कमाल का विज्ञान है उनका। उनके स्पेस-ड्रेस में ही बहुत सारे यंत्र लगे हुए हैं। निश्चित तौर पर उनके पास हमसे ज्यादा उन्नत स्पेस-ड्रेस है। प्रायोगिक रूप में उनका विज्ञान भी हमारे आज के विज्ञान से कहीं आगे दिख रहा है। हम सिर्फ इस विज्ञान की तकनीक को समझने भर लगे हैं, बस।" चिंतक ने चकित होते हुए सभी ध्वनियों और पिक्चर को अलग डिवाइस में सेव किया था।

"पर उन्हें गर्भ में कुछ दिखा? क्या वे महा की प्रेग्नेंसी चेक कर रहे हैं?" मिथ ने गर्भ में ध्यान से देखते हुए पूछा था।

"हाँ, शायद! देखो अब वे सभी पीछे हट गए हैं। अब सभी अपना मास्क और स्पेस-ड्रेस खोल रहे हैं।" गणी लगातार उनकी हर क्रिया-प्रतिक्रिया पर नजर बनाए हुए था।

"अरे वाह, स्त्री नेतृत्व। इनमें से तीन अंतरिक्ष-यात्री स्त्रियाँ हैं और दो पुरुष। सभी हम सबकी तरह हैं। देखो, उस पुरुष का पूरा व्यक्तित्व बहुत सुंदर लग रहा है। उसका नाम शायद नभ है।" मिथ ने तीन स्त्रियों को देखकर खुशी जाहिर की थी।

"हाँ, तुम ठीक कह रही हो मिथ, पर अप भी बहुत आकर्षक है। दोनों अंतरिक्ष-यात्रियों के चेहरे पर हमारी तरह दाढ़ी और मूँछें हैं। मुझे तो लगता है कि इनकी माँओं ने यहाँ के पुरुषों का शुक्राणु लिया होगा!" कहते हुए हँसा था गणी और मिथ की बातों पर सहमति जताई थी।

"तुम इसे मजाक में मत लो, गणी। हमारे पास जो कुछ ब्रिटिश वैज्ञानिकों और पुरातत्त्ववेत्ताओं के रिसर्च उपलब्ध हैं, उससे यह पता चलता है कि हमारे पुरुषों का शुक्राणु भी उन्होंने इस्तेमाल किया था और अपने यहाँ की स्त्रियों के गर्भ में डालकर

उसके डी.एन.ए. में भी बदलाव किया था। इसलिए यह संभव है कि यह सुंदर रूप उन्हें आकर्षित किया हो और उन्होंने हमसे अंडाणु-शुक्राणु के जरिए हमारा सौंदर्य लिया हो!" मिथ ने गणी के मजाक पर अपनी गंभीर टिप्पणी की थी।

"इनके नाम भी बड़े विचित्र हैं। तीनों स्त्रियों के नाम भी उन कबीलों के नाम की तरह हैं— अग, अप और मह। क्या वहाँ के कबीले को यही लोग संज्ञानात्मक समझ दे रहे थे? मतलब हमारा रूप-गुण और उनका विकसित दिमाग मिक्स हो रहा था। क्योंकि पिछले एक लाख वर्षों में होमो सेपियंस के डी.एन.ए. में भी बड़ा बदलाव आया है!" गणी भी उनके सौंदर्य और उनके नाम को लेकर अचंभित था।

"तुम ठीक कह रहे हो, गणी। कुछ कंकालों और खोपड़ियों को जब सी-14 आइसोटोप पर परखा गया और उसकी कार्बन डेटिंग के साथ डी.एन.ए. की जाँच की गई तो उन्हें एक लाख साल पहले मिले अवशेषों और चालीस हजार साल पहले मिले अवशेषों के डी.एन.ए. में साफ अंतर दिखा था। इसका यह भी मतलब निकलता है कि लगभग एक लाख साल पहले होमो सेपियंस का डी.एन.ए. कुछ और था, और चालीस हजार साल पहले उनके डी.एन.ए. में बदलाव आ गया था। इसीलिए होमो सेपियंस की स्त्रियों के गले के कोड में बदलाव आ गया था और वे ज्यादा कम्युनिकेटिव हो गई थीं।" मिथ ने अब तक के वैज्ञानिक-रिसर्च के आधार पर बड़ी महत्त्वपूर्ण बात कही थी।

"अप और वय, तुम दोनों अपना काम शुरू करो और इस लड़की के गर्भ के भ्रूण का डी.एन.ए. परीक्षण करो।"

"महिला अंतरिक्ष-यात्री अग ने उन्हें निर्देश दिया है। शायद वही इस पूरे अभियान की लीडर है या शायद धरती के कबीले के प्रमुखों की तरह यही उसकी प्रमुख हो।" मिथ ने उनकी ध्वनियों और उनकी ऐक्टिविटी से यह निष्कर्ष निकाला था।

"पीली रोशनी से नहाया यह यान का ऊपरी तल लग रहा है। नीचे से लगातार कोई ध्वनि ऊपर तक आ रही है। ऐसा लगता है कि यान के निचले हिस्से में कोई मशीन चल रही है। देखो गणी, वहाँ बगल में सीढ़ी जैसा बना हुआ है, एकदम आज की सीढ़ियों की तरह। ···पर जब ये वैज्ञानिक तौर पर इतने साउंड हैं, तब यहाँ लिफ्ट भी होना चाहिए। दूसरी बात यह है कि ये तो अपने आयामों को जब चाहें तब मनचाहा बदल लेते हैं, फिर इन्हें सीढ़ियों की क्या आवश्यकता है?" मिथ ने उनके यान के उस मंजिल का मुआयना करते हुए जैसे खुद से सवाल किया था।

"इनके नाम को लेकर मेरे मन में एक सवाल है, मिथ मैम।" चिंतक ने मिथ की ओर देखते हुआ कुछ पूछना चाहा था।

"पूछो, चिंतक!"

"मैम, इनके नाम हमारे पंचतत्त्वों के शब्द-नाम से मेल खा रहे हैं। जैसे—अग का शायद मतलब यहाँ आग से है। वय हमारे वायु से जुड़ा हुआ शब्द लग रहा है। मह का अर्थ तो पृथ्वी होता ही है। अप हमारी संस्कृत के आप: शब्द के करीब है। आप: का अर्थ जल से है और नभ तो हम सब जानते ही हैं। इसका अर्थ आकाश होता है।" यह कहकर चुप हो गया था चिंतक।

"अरे, तुमने तो कमाल की बात कह दी, चिंतक! सच में, इनके नाम तो पंचतत्त्वों से मेल खाते हैं। यह तो एक बड़े रहस्य की गुत्थी सुलझा सकता है।" मिथ ने चिंतक की इस सोच पर बहुत खुशी जताई थी।

"हाँ-हाँ, उसकी कोशिकाओं को देखो, सूत्रकणिका की ऊर्जा हमारे अनुरूप परिवर्तित है। इसके वंशाणु की संरचनाओं को देखो, अग। यह देखो।" नभ ने फिर उन्हें कुछ शारीरिक संरचनाओं के भीतर की स्थितियों के बारे में निर्देशित किया था। मिथ यह समझने का प्रयास कर रही थी कि क्या ये अंतरिक्ष-यात्री अपने उपकरणों के जरिए मानवीय संरचना या डी.एन.ए. में कोई बदलाव कर रहे हैं या पहले के किए गए बदलाव का परीक्षण कर रहे हैं!

"जानती हो मिथ, माइटोकॉण्ड्रियल मनुष्य की कोशिकाओं में मौजूद सूक्ष्म अंग है, जो कोशिकाओं द्वारा इस्तेमाल की जानेवाली ऊर्जा को उत्पन्न करते हैं। उनके अपने जींस का सेट होता है, जो कोशिकाओं के नाभिक में मौजूद डी.एन.ए. से पूरी तरह से भिन्न होता है। इसमें परवर्तन के लिए शिशु का नाभिक डी.एन.ए. दो अभिभावकों से आता है, जबकि माइटोकॉण्ड्रियल डी.एन.ए. किसी तीसरे व्यक्ति से आता है, मतलब वह किसी अन्य स्त्री से लिया गया होता है। यही प्रक्रिया ये संभवत: होमो सेपियंस के बदलाव के लिए पहले भी कर चुके हैं। वे हमारे नए डी.एन.ए. कोड का पुनर्लेखन भी कर चुके हैं। शायद इसीलिए होमो सेपियंस अन्य प्रजातियों से बेहतर और श्रेष्ठ होता चला गया। यानी इन अंतरिक्ष-यात्रियों ने धरती पर रह रहे मनुष्य की एक प्रजाति को चुना और उनके डी.एन.ए. का पुनर्लेखन कर दिया। अब तक हम इसे सिर्फ वैज्ञानिकों की कल्पना ही मान रहे थे, पर आज इनकी ध्वनियों से यह सिद्ध हो गया कि किसी दूसरे ग्रह से आए एलियंस ने हमारे जीवन को बदलकर रख दिया। उनकी भाषा-संस्कृति का हम पर बड़ा प्रभाव

पड़ा।" गणी ने शारीरिक संरचना के साथ-साथ डी.एन.ए. की पूरी स्थिति को समझाने की कोशिश की थी।

"आहह-आहह-युगगअ···! अरे, अब यह कैसी ध्वनि मिल रही है हमें? स्क्रीन पर चित्र भी नहीं उभर रहे हैं।" महा के कराहने की ध्वनि के साथ मिथ और गणी चौंक गए थे।

जारी···